위대한 개츠비

위대한 개츠비

위대한 개츠비

초판 발행	2025년 4월 17일
초판 인쇄	2025년 4월 25일
지은이	F. 스콧 피츠제럴드
디자인	김명선
펴낸이	김태헌
펴낸곳	문학홀릭
주소	경기도 고양시 일산서구 대산로 53
출판등록	2021년 3월 11일 제2021-000062호
전화	031-911-3416
팩스	031-911-3417

The Great Gatsby

위대한 개츠비

F. 스콧 피츠제럴드 지음

그럼 황금모자를 써라,

그리하여 그녀의 마음을 움직일 수 있다면.

높이 뛰어오를 수 있다면

그녀를 위하여 뛰어올라보려무나,

그녀가 이렇게 외칠 때까지.

"사랑하는 사람이여,

황금모자를 쓰고 높이 뛰어오르는 당신이여,

내가 그대를 차지해야겠구려!"

– 토마스 파크 딘빌리어스

* 토마스 파크 딘빌리어스 ;

피츠제럴드가 1920년 발표한 첫 장편소설에 등장하는 가상의 인물.

Contents

01

내 마음이 여렸던 어린 시절, 아버지가 해주신 충고를 아직도 기억하고 있다.

"네가 누군가를 비판하고 싶다면, 세상 사람들이 모두 너처럼 좋은 환경에서 자라고 있지는 않다는 사실을 명심해라."

아버지는 더 이상 다른 말씀을 하지 않았다. 그럼에도 아버지와 나는 많은 것을 소통했고, 그 말씀에 더 깊은 의미가 있다는 사실을 깨달았다. 그 후 나는 이런저런 일에 대해 섣불리 판단하지 않는 습관이 생겼는데, 그 바람에 지나친 호기심을 보이거나 약삭빠른 사람들이 내게 접근하는 일이 잦았다. 비정상적인 사람들은 정상적인 사람들이 그런 모습을 보일 때 어느 한순간 달라붙게 마련이다. 게다가 나는 대학 시절 정치적이라는 부당한 비난을 받기까지 했다. 그 이유는 잘 알지도 못하는 난폭한 녀석들이 찾아와 은밀한 슬픔을 털어놓고는 할 때, 내가 일부러 잠을 자는 시늉을 하거나 다른 일에 몰입해 있는 척하면서 무심한 태도를 보였기 때문이다. 나는 그와 같은 젊은 나이의 고백이 심적 억압으로 흠결이 있거나, 단순히 다른 사람들의 말을 흉내낸 것에 지나지 않는다고 생각했다. 무릇 판단을 유보하면 무한한 희망을 갖게 된다. 옛날에 아버지가 점잖게 말씀하셨고 지금 내가 다시 의젓하게 말하듯이 기본적인 예절 감각은 태어날 적부터 저마다 다르게 분배받는 것이다. 그런 사실을 깜빡할 때면 뭔가를 잃어버리고 있다는 느낌이 들므로 유의해야 한다.

이처럼 나의 관대함을 뽐냈지만, 그와 같은 나의 태도에도 한계는 있다. 인간의 행위란 것이 단단한 바위나 물기 축축한 습지에 근거를 둘 수도 있지만, 일정한 시점이 지난 뒤에는 그 행위의 근거가 어디에 있는지 나는 그다지 상관하지 않는다. 지난해 가을 동부에서 돌아왔을 때, 나는 이 세상이 제복을 갖춰 입고 '윤리적 차렷' 자세를 취하고 있기를 바랐다. 나는 더 이상 어떤 특권을 가진 시선으로 인간의 내면을 오만불손하게 탐사하고 싶지 않았던 것이다. 다만 이 책에 이름을 제공해준 개츠비만이 내가 그런 식으로 반응하지 않은 예외적 인물이었다. 그는 내가 드러내놓고 경멸하는 모든 것을 대표하는 사람이라고 할 수 있다. 그러나 인간이 갖는 개성이란 것을 성공적인 몸짓의 연속이라고 한다면, 개츠비에게는 뭔가 매력적인 면이 있었다. 그는 1만6000킬로미터 밖에서 발생하는 지진을 감지하는 정밀한 기계처럼 삶의 가능성에 대해 민감한 감각을 지녔던 것이다. 그것은 흔히 '창조적 기질'로 미화되는 그렇고 그런 감수성과는 비교할 수 없는 차원이다. 이를테면 그의 감각은 희망을 포착하는 남다른 재능이며, 예나 지금이나 누구에게서도 발견할 수 없을 것 같은 낭만적 예민함이라고 할 수 있다. 그렇다. 개츠비는 옳았다. 내가 잠깐이나마 사람들의 너절한 슬픔과 벅찬 환희에 대해 흥미를 잃어버렸던 까닭은 개츠비를 희생양으로 삼은 것들, 그의 꿈이 지나간 자리에 부유하는 더러운 먼지들 때문이었다.

우리 집안은 이곳 중서부 도시에서 3대째 살아왔으며 꽤 부유하고 이름이 알려져 있다. 캐러웨이 가문은 문중을 이루고 있는데다, 버클루 공작(영국 찰스 2세 국왕의 서자. 1685년, 제임스 2세의 왕위 등극에 반대하여 반란을 일으켰다가 실패함. ‒ 편집자 주)의 후손이라는 말도 전해져 내려온다. 하지만 실제로 우리 가문을 창시한 사람은 나의 할아버지의 형이다. 그분은 1851년 이곳으로 이주한 뒤 남북전쟁 때 대리인을 전쟁터로 보내고 나서 철물 도매업을 시작했다. 그 사업은 나의 아버지가 이어받아 오늘날까지 이어오고 있다.

나는 큰할아버지를 한 번도 만난 적이 없지만, 주위 사람들은 내가 그분을 닮았다고 한다. 아버지의 사무실에 걸려 있는 무표정한 인상의 초상화를 보면 그 말이 맞는 것 같다. 나는 1915년, 그러니까 아버지보다 25년 뒤에 예일대학교를 졸업했다. 그리고 얼마 지나지 않아 제1차 세계대전으로 알려진 게르만 민족의 대이동에 참여했다. 당시 미국의 반격을 만끽했던 나는 고향에 돌아오고 나서도 좀처럼 마음이 안정되지 않았다. 내게 중서부 지방은 어느덧 세계의 중심지가 아니라 우주의 볼품없는 변두리같이 느껴졌다. 그래서 나는 동부로 가서 증권업을 배우기로 마음먹었다. 그 무렵 내가 아는 사람들이 너나없이 증권업에 종사하고 있던 터라, 그 업계가 젊은 독신 남성 한 사람쯤 더 먹여 살릴 수 있을 것이라고 믿었다. 집안의 가까운 어른들이 모여 대학 예비 학교라도 골라주듯 그 일에 대해 의논했는데, 그분들은 매우 근엄한 얼굴로 마지못해 "뭐, 별일 없겠지."라고 이야기했다. 아버지는 1년 동안 내게 금전적 뒷바라지를 해주기로 약속했다. 나는 이런저런 일로 일정을 늦추다가 1922년 봄이 되어서야 어쩌면 아예 눌러앉을지도 모른다는 마음을 갖고 동부로 왔다.

먼저 뉴욕 시내에 방을 구하는 것이 선결 과제였다. 하지만 그 무렵은 따뜻한 계절인데다, 나는 넓은 잔디밭과 정겨운 나무들이 우거진 시골마을을 막 떠나온 터였다. 때마침 같은 사무실에 근무하는 젊은 친구가 회사까지 별 어려움 없이 통근

할 수 있는 베드타운에 집을 얻어 함께 살자는 말을 했을 때, 나는 귀가 번쩍 뜨였다. 그는 그 길로 비바람에 빛이 바랜 월세 80달러짜리 방갈로를 하나 구했다. 그런데 뜻하지 않은 문제가 발생했다. 방갈로로 떠나기 며칠 전 회사에서 그를 워싱턴으로 발령내는 바람에 나 혼자 이사를 가야 하는 일이 벌어졌던 것이다. 나는 그 집에서 개 한 마리와(비록 며칠 만에 도망쳐버렸지만) 오래된 닷지 자동차, 그리고 핀란드인 가정부와 함께 생활하게 되었다. 그녀는 나의 잠자리를 살피고 아침식사를 차려주었는데, 홀로 전기난로 곁에 앉아 핀란드 속담을 중얼거리고는 했다.

나는 이사를 한 후 한 이틀가량 쓸쓸한 시간을 보냈다. 그러던 어느 날 아침, 나보다 그곳으로 늦게 이사를 온 어떤 사람이 물었다.

"웨스트에그에 가려면 어떻게 해야 하나요?"

그는 막막한 낯빛이었다. 나는 흔쾌히 그에게 길을 알려주었다. 그러고 보니, 나는 더 이상 외롭지 않다는 생각이 들었다. 나는 안내자이고 길잡이며, 개척자와 다름없었다. 그 사람은 뜻밖에도 내게 이 마을의 어엿한 구성원이 되었음을 깨닫게 해주었다. 그래서 나는 영화에서 시간이 빠르게 지나가는 것처럼 햇살 아래 쑥쑥 자라나는 나뭇잎을 바라보며 여름과 함께 삶이 다시 시작되고 있다는 확신을 가졌다.

무엇보다 나는 읽어야 할 책이 많았고 신선한 공기를 마시며 건강을 돌봐야 했다. 나는 우선 은행업과 신용 대출, 주식 투자에 관한 책을 열 권 넘게 사들였다. 그 책들은 조폐공사에서 갓 찍어낸 지폐처럼 금빛과 붉은빛을 띠며 서가에 가지런히 꽂혔다. 그것들은 마치 그리스신화에 등장하는 마이다스 왕과 모건(미국 출신의 대은행가 – 편집자 주), 마이케나스(고대 로마의 정치가로, 부유한 후견인의 상징적 인물 – 편집자 주)만이 알고 있는 신비한 비밀을 알려주겠다고 약속하는 듯 보였다. 그 밖에도 나는 여러 분야의 다양한 책들을 읽을 생각이었다. 나는 대학 시절 문예 활동에 꽤 재능을 보여 학교 신문 〈예일 뉴스〉에 눈길을 끄는 사설을 쓰기도 했다. 이제 그런 경력을 되살려 전문가 집단에서도 좀처럼 찾아보기 어려운 '균형 잡힌 사람'이 되려고 마음먹었다. 결국 '인생이란 하나의 창으로 바라볼 때 훨씬 더 잘 볼 수 있다.'라는 말은 진부한 격언이 아닌 것이다.

내가 북아메리카 대륙에서도 매우 특이한 지역에 집을 얻은 것은 우연이었다. 그 집은 뉴욕에서 정확히 동쪽 방향으로 쭉 뻗어나간 번화한 섬에 위치했는데, 그곳에는 신기한 자연현상이 빚어낸 것들 중에서도 유별나다고 할 만한 지역이 두 군데 있다. 그 지역들은 뉴욕 시내에서 32킬로미터쯤 떨어져 있으며, 모두 거대한 계란 모양을 하고 작은 만(灣)으로 둘 사이가 나뉜 형태이다. 두 개의 거대한 계란은 서로 접하고 있는 면이 평평하게 깎여 완전한 타원형이라고 할 수는 없다. 두 지역은 서로 닮은 점이 많아 하늘을 나는 갈매기들조차 놀랍게 바라볼 만했다. 그런데 사람들의 눈에 두 지역이 더욱 흥미로웠던 까닭은 모양과 크기를 제외한 모든 것이 달랐기 때문이다.

나는 웨스트에그에 거주했다. 그곳은 이스트에그에 비해 덜 화려한 지역이었다. 하지만 그런 표현만으로 두 지역의 이상하면서도 불길한 차이점을 설명하기에는 부족하다. 나의 집은 롱아일랜드해협에서 45미터밖에 떨어져 있지 않은 계란의 꼭대기 지점에 자리했다. 양 옆에는 한 철 빌리기만 해도 1만2000달러에서 1만5000달러를 줘야 하는 대저택이 우뚝 서 있었다. 특히 오른쪽 저택은 여러 가지 면에서 눈이 휘둥그레질 만했다. 외형은 노르망디시청과 꼭 닮았으며, 한쪽 벽면에 가느다란 수염 같은 담쟁이덩굴이 뒤덮여 있었다. 또한 얼마 전에 만든 것으로 보이는 멋진 탑과 대리석 수영장 그리고 160제곱미터는 충분히 될 만한 잔디밭과 정원이 꾸며져 있었다. 그것이 바로 개츠비의 저택이었다. 아니, 그 때 나는 개츠비를 알지 못했으니까 그런 이름을 가진 어떤 신사의 대저택이라고 표현해야 바람직할 것이다. 그의 눈에 볼품없는 내 집이 거슬릴 수도 있었겠으나, 그는 차라리 무시하는 것 같았다. 그 덕분에 나는 단돈 80달러의 월세로 아름다운 바다 경치와 이웃집 정원 한 모퉁이의 멋진 풍경을 감상할 수 있었고, 상류층 부자의 이웃이라는 위안을 얻기도 했다.

만(灣)이라고 부르기도 민망한 작은 만의 건너편에는 해안을 따라 상류 사회인 이스트에그의 하얀 저택들이 호화롭게 줄지어 서 있었다. 그 해 여름의 이야기는 내가 톰 뷰캐넌 부부와 식사를 함께하기 위해 바로 그곳으로 차를 몰고 간 저녁에서부터 시작된다. 톰은 대학 시절 이래 알고 지낸 사이였고, 그의 아내 데이지는 나의 육촌 동생이었다. 나는 전쟁 직후 시카고의 그들 부부 집에 이틀 동안 머문 적도 있었다.

톰은 운동신경이 남달랐다. 그는 예일대학교 풋볼 선수들 가운데 가장 뛰어난 앤드(미식축구 용어로, 스크럼 양쪽 끝의 선수를 일컫는 말 – 편집자 주) 중 하나였다. 그 명성이 다른 지역에까지 꽤 알려졌는데, 21살의 나이에 이미 절정에 다다라 그 후에는 모든 것이 내리막처럼 느껴질 정도였다. 톰의 집안은 대단한 부자였다. 오죽했으면 대학 때 그의 거침없는 씀씀이가 비난의 대상이 되기도 했을까. 그는 이제 시카고를 떠나 깜짝 놀랄 만큼 화려한 모습으로 동부에 나타났다. 그는 폴로를 하려고 레이크포리스트(시카고 교외의 부유층 거주 지역 – 편집자 주)에서 경기용 말을 한 무리나 몰고 올 만큼 대단한 부자였다. 나는 같은 나이에 그처럼 많은 재산을 가진 사람이 있다는 사실이 쉽게 받아들여지지 않았다.

톰 부부가 동부로 온 이유를 나는 알지 못했다. 무슨 일인지 그들은 프랑스에서 1년을 지냈고, 그 후에는 폴로를 즐기는 부유층이 모이는 곳이라면 어디든 따라다녔다. 데이지는 거처를 옮길 적마다 전화해 이번이 마지막이라고 했지만, 나는 그 말을 믿지 않았다. 물론 데이지의 진심이야 알 수 없는 노릇이다. 하지만 톰을 생각하면 풋볼 경기의 역동적인 흥분을 그리워하며 이곳저곳 영원히 떠돌아다닐 것 같은 느낌을 지우기 어려웠다.

그 날 나는 따뜻한 바람이 부는 길로 차를 몰아 두 사람이 있는 이스트에그로 향했다. 나는 톰 부부를 알기는 했지만, 솔직히 모르는 것이 훨씬 많았다. 부부의 저택은 내가 짐작했던 것보다 더 화려했다. 붉은색과 흰색이 절묘하게 어우러진 조지 왕조 식민지 시대 풍의 저택은 바다가 내려다보이는 곳에 자리잡고 있었다. 잔디밭이 해변에서부터 집 현관까지 400여 미터나 펼쳐졌고, 해시계가 설치된 산책로에는 벽돌이 가지런히 깔려 있었다. 저택의 정면은 나란히 이어진 프랑스식 창문으로 양분된 형태였는데, 창문들은 모두 황금빛으로 반짝이며 따스한 바람이 부는 오후를 향해 활짝 열려 있었다. 가만 보니, 때마침 톰이 승마복을 입고 양 다리를 벌린 채 현관 앞에 서 있었다.

톰 뷰캐넌은 대학 시절과 여러모로 달랐다. 그는 어느덧 우직해 보이는 입과 거만해 보이는 태도, 밀짚 색깔의 머리카락을 가진 서른 살의 건장한 사내가 되어 있었다. 얼굴에서는 거칠 것 없다는 듯 번뜩이는 두 눈이 돋보이는 탓에, 그의 몸은 늘 공격적으로 앞을 향해 기울어져 있다는 분위기를 풍겼다. 여성적인 승마복으로도 그의 몸이 내포한 엄청난 힘은 감춰지지 않았다. 그가 신고 있는 부츠는 맨 위쪽 끈이 팽팽하게 당겨질 정도로 꽉 끼었고, 어깨가 움직일 때마다 상의 아래에서 우람한 근육이 꿈틀거렸다. 한마디로 거대한 지렛대의 힘을 가진 대단한 육체였다.

톰은 높은 톤의 거칠고 허스키한 목소리 탓에 그렇지 않아도 신경질적인 인상이 더욱 강렬해 보였다. 그의 목소리는 언뜻 자신이 좋아하는 사람들에게도 가부장적인 자세로 억압하듯 대한다는 느낌을 갖게 했다. 그런 까닭에 대학 시절 강압적으로 여겨지는 그의 태도를 싫어하는 친구들이 적지 않았다.

"내가 힘깨나 쓰고 사내답게 보인다고 해서, 이 문제에 대한 나의 견해를 결정적인 것으로 받아들이지는 말게."

톰의 태도는 마치 이렇게 말하는 듯했다.

나는 4학년 때 톰과 같은 클럽에 속해 있었다. 그 시절 우리는 한 번도 친하게 지낸 적은 없었다. 그럼에도 그는 나를 인정했으며, 비록 투박하고 도전적으로 보이는 태도로나마 내게 호감을 사려는 마음을 내비쳤다.

나는 톰과 따사로운 햇살이 비치는 현관 베란다에서 잠시 이야기를 나누었다.

"우리 집은 꽤 살기 좋아."

톰은 왠지 불안한 듯 주위를 두리번거리며 말했다. 그는 한쪽 팔로 내 몸을 잡아 돌리더니 넓적한 손을 들어 눈앞의 풍경을 가리켰다. 그곳에는 이탈리아식 정원과 향기가 코를 찌르는 넓은 장미 정원이 펼쳐져 있었다. 또한 파도에 흔들리는 매부리코 모양의 모터보트도 한 대 보였다.

"이 집은 전에 석유 재벌 드메인의 것이었어."

톰은 갑작스럽게 내 몸을 한 번 더 돌렸다. 그렇다고 그의 행동이 품위를 잃은 것은 아니었다.

"이제 그만 안으로 들어가지."

우리는 천장이 높은 복도를 지나 밝은 장밋빛 공간으로 들어갔다. 그곳은 양 끝에 달린 프랑스식 창문으로 장식된 형태였다. 살짝 열린 창문이 파릇파릇 돋아난 잔디를 배경삼아 하얗게 반짝이고 있었다. 부드러운 바람이 불어와 하얀 깃털 같은 커튼을 펄럭이게 하더니, 설탕 입힌 웨딩케이크 같은 천장 장식을 소용돌이치게 만들었다. 그리고는 와인 빛깔의 양탄자에 잔물결을 일으켜 바람이 바다 위에 그렇게 하듯 그림자를 드리웠다.

방 안의 물건들 중 완전히 정지되어 보이는 유일한 것은 소파였다. 거기에 젊은 여자 두 명이 마치 매어놓은 기구를 탄 것처럼 두둥실 뜬 채 앉아 있었다. 두 사람 다 흰 옷을 입었는데, 집 근처를 잠시 비행하다 들어온 듯 옷자락이 잔물결을 일으키며 펄럭였다. 나는 바람이 불어 커튼이 풀썩거리는 소리와 벽에 걸어놓은 그림이 달그락거리는 신음을 들으며 멍하니 서 있었다. 그 때 톰 뷰캐넌이 거칠게 창문을 닫는 소리가 들렸다. 그제야 방 안에 갇힌 바람이 양탄자 위로 가라앉았고, 두 여자도 천천히 바닥으로 두둥실 내려왔다.

여자들 중 젊은 쪽은 처음 보는 얼굴이었다. 그녀는 소파 한쪽에 몸을 쭉 펴고 앉아 꼼짝하지 않았다. 턱을 약간 치켜 올린 모습이, 마치 흔들거리는 물건을 턱 위에 올려놓고 균형을 잡으려 애쓰는 것처럼 보였다. 그녀가 곁눈질로 나를 보았는지는 알 수 없지만 그런 내색은 전혀 하지 않았다. 나는 순간 당황해 갑자기 방 안으로 들어와 미안하다며 얼떨결에 나지막이 사과를 할 뻔했다.

그 옆의 여자는 데이지였다. 그녀는 소파에서 일어서려다가 몸을 앞으로 약간 기울이며 상냥한 표정을 지었다. 그녀의 매력적인 웃음에 나도 따라 미소를 지으며 안쪽으로 들어갔다.

"행복이 넘쳐 온 몸이 마비될 것 같아요."

그녀는 스스로 재치 있는 말을 했다고 생각했는지 다시 웃음을 지어 보였다. 그리고는 내 손을 잡고 이 세상에서 가장 보고 싶었던 사람을 만난 표정으로 바라보았다. 데이지는 언제나 그랬다. 그녀는 귓속말로 자기 옆에 있는 여자의 성이 베이커라고 알려주었다. 나는 데이지의 그런 행동이 상대방이 자기 쪽으로 몸을 기울이게 하기 위해서라는 이야기를 들은 적이 있다.

베이커는 입술을 약간 움직이며 고개를 살짝 끄덕이더니 머리를 재빨리 뒤쪽으로 되돌렸다. 그녀는 턱 위에 올려놓고 균형을 잡던 물건이 흔들렸는지 깜작 놀라는 기색을 내보였다. 순간 나는 또다시 미안하다는 사과의 말이 입술에 맴돌았다. 나는 일찍이 완벽한 자존감을 가진 사람에게 존경의 마음을 표하는 습관이 있었다.

나는 나지막이 떨리는 음성으로 이런저런 질문을 하기 시작하는 친척 여동생을 바라보았다. 그녀의 목소리는 높낮이에 따라 귀를 오르락내리락 하며 주의를 기울이게 만들었다. 그녀의 얼굴은 반짝이는 눈과 정열적으로 빛나는 입술 때문에 가련하면서도 사랑스럽게 보였다. 데이지의 목소리에는 그녀를 사랑해본 남자라면 결코 잊지 못할 어떤 흥분이 스며들어 있었다. 이를테면 노래하는 듯한 강한 유혹이나 "자, 한

번 들어볼래요?" 하는 속삭임, 방금 즐거운 일이 있었는데 곧 다시 신나는 일이 있을 것이라는 약속이 깃들어 있는 것이다.

나는 그녀에게 동부로 오는 길에 시카고에서 하룻밤 머물렀다고 말했다. 그리고 그곳에서 열 명도 넘는 사람들이 안부를 전해달라는 부탁을 했다고 이야기했다.

"정말로 그 사람들이 저를 보고 싶어 하던가요?"

데이지는 황홀한 듯 소리쳤다.

"네가 없으니까 거리가 텅 빈 것 같더구나. 차들은 하나같이 왼쪽 뒷바퀴를 검게 칠해 슬픔을 표했고, 노스쇼어(부유층이 거주하는 시카고 거리 - 편집자 주)를 따라 밤새 통곡소리가 끊이지 않았어."

"아, 멋져! 톰, 우리 내일이라도 당장 돌아가요!"

그리고 그녀는 엉뚱하게 이런 말을 덧붙였다.

"우리 아기를 보셔야지요?"

"그래, 보고 싶구나."

"딸아이는 지금 자고 있어요. 이제 두 살이 됐지요. 아직 한 번도 보지 못했지요?"

"응, 아직 못 봤지."

"그럼 이번에 꼭 보셔야 해요. 그 아이는요……."

그 때 불안하게 방 안을 서성이던 톰이 걸음을 멈추고 내

어깨에 손을 얹었다.

"닉, 자네는 요즘 무슨 일을 하고 있나?"

"증권 관련 일을 하고 있어."

"어느 회사에서?"

나는 톰에게 회사 이름을 말해주었다.

"음…… 들어본 적 없는 회사인데."

그의 단정적인 말에 나는 기분이 나빴다.

"머지않아 듣게 되겠지. 자네가 계속 동부에 머물러 있는다면 말이야."

"그건 걱정 말게. 난 계속 동부에 있을 테니까."

톰은 뭔가 신경쓰이는 듯 데이지를 흘깃 쳐다보더니, 내게 시선을 돌리며 말을 이었다.

"멍청이가 아니라면 여기 말고 다른 곳에서 살 리가 있나."

바로 그 순간, 나는 베이커가 갑자기 "당연하지요!"라고 외쳐 화들짝 놀랐다. 그것이 내가 방에 들어온 뒤 들은 그녀의 첫 목소리였다. 하품을 하면서 빠르고 능숙하게 소파에서 일어나 방 한가운데에 서 있는 것으로 보아, 아마 그녀 스스로도 깜짝 놀란 것이 분명했다.

"몸이 뻣뻣하게 굳었어요. 소파에 너무 오래 앉아 있었나봐요."

베이커가 투덜거렸다.

"어째서 나를 쳐다보는데? 난 오후 내내 너를 뉴욕에 데려가려고 했잖아."

데이지가 퉁명스럽게 대꾸했다.

"전 안 마실래요."

베이커는 막 주방에서 가져온 넉 잔의 칵테일을 쳐다보며 말했다.

"난 지금 훈련에 집중하고 있거든요."

톰은 그 말을 믿지 못하겠다는 표정으로 그녀를 바라보았다.

"물론 그러겠지! 난 당신이 어떻게 그런 일을 해내는지 도무지 모르겠단 말이야."

톰은 바닥에 술이 한 방울밖에 남지 않은 것처럼 칵테일 잔을 들어 쭉 들이켰다.

나는 베이커를 쳐다보면서 그녀가 '해내는' 일이 무엇일까 생각해보았다. 웬 일인지 그녀를 바라보고 있으면 기분이 좋았다. 그녀는 날씬한 몸매에 가슴이 작았으며, 사관생도처럼 어깨를 쫙 펴고 있어 꼿꼿한 자세가 두드러져 보였다. 또한 햇살 탓에 가늘게 뜬 잿빛 눈동자에는 예의바른 호기심이 가득했고, 창백한 얼굴은 냉소적이면서도 매력이 넘쳤다. 그 때 문득 나는 그녀를 어디선가 보았거나, 아니면 사진으로라도 본 것 같은 생각이 들었다.

“웨스트에그에 사신다고요? 제가 아는 사람도 그곳에 사는데.”

그녀는 깔보는 듯한 목소리로 말했다.

“전 아직 아는 사람이 한 명도…….”

“개츠비란 사람은 아실 텐데요.”

“개츠비? 대체 어떤 개츠비 말이야?”

데이지가 물었다.

내가 이웃에 사는 사람이라고 말해주려는데, 마침 저녁식사가 준비되었다는 소리가 들려왔다. 그러자 톰이 대뜸 자신의 근육질 팔을 내 팔 아래에 끼워, 체스 판에서 말을 옮기듯 나를 이끌고 갔다.

우리 앞에서 두 여자가 먼저 발걸음을 옮겼다. 그녀들은 엉덩이에 팔을 살짝 얹은 채 석양을 향해 열려 있는 장밋빛 현관 쪽으로 걸어갔다. 현관에 놓인 탁자 위에서는 네 개의 촛불이 잦아든 바람 속에서 흔들거리고 있었다.

“촛불은 왜 켰대?”

데이지가 찡그린 얼굴로 말했다. 그녀는 두 손가락으로 촛불을 비벼 꺼버렸다.

“이제 이주일만 지나면 일년 중 낮이 가장 긴 날이 돼요.”

그녀는 환한 표정으로 우리 모두를 바라보았다.

“저는 항상 하지를 기다리다 그만 잊어버리고는 해요. 모두 일년 중 해가 가장 긴 날을 기다리다가 막상 그 날이 되면 깜빡 잊고 지나가지 않나요?”

“뭔가 계획을 세워야겠어.”

베이커가 마치 잠자리에 드는 듯한 몸짓으로 탁자에 앉아 하품을 하며 말했다.

“좋아, 무슨 계획을 세울까?”

데이지는 이렇게 말하며 도움을 청하듯 나를 바라보았다.

“다른 사람들은 어떤 계획들을 세우나요?”

그녀는 나의 대답을 듣기 전에 갑자기 겁먹은 얼굴로 자신의 새끼손가락을 응시하며 소리쳤다.

“아이, 이것 좀 봐요. 여기를 다쳤다고요!”

모든 사람들의 눈길이 데이지에게 향했다. 그녀의 손가락 마디에 푸르스름한 멍이 들어 있었다. 그녀는 원망하듯 말을 이었다.

“톰, 당신 때문이에요. 일부러 한 일이 아닌 줄은 알지만, 분명 당신이 그랬어요. 하기야 덩치 큰 야수 같은 남자와 결혼한 덕분이지요, 뭐.”

“덩치 큰 야수 같다는 얘기 좀 하지 마. 농담이라도 말이야.”

톰이 언짢은 표정으로 퉁명스럽게 쏘아붙였다.

“덩치가 큰 것은 사실이잖아요.”

데이지도 물러서지 않았다.

데이지는 베이커와 이따금 단 둘이 이야기를 나누었다. 논리라고는 찾아볼 수 없는 두 사람의 시시콜콜한 대화는 잡담이라고 하기도 어려울 정도였다. 그것은 그녀들이 입고 있는 하얀 옷과 다름없었다. 아무런 욕망과 감정도 없는 눈동자처럼 썰렁했다는 말이다. 그녀들은 단지 그 자리에서 그저 예의 바르고 즐겁게 서로 대우하고 대접받으려 애쓰며 톰과 나를 받아들였다. 두 여자는 머지않아 저녁식사 시간이 끝나고, 그 밖에 모든 것도 지나간다는 것을 잘 알고 있었다. 서부와는 사뭇 다른 분위기였다. 서부에서는 저녁 시간이 뭔가에 대한 기대와 매순간 긴장된 두려움 속에서 한 단계에서 다음 단계로 끝을 향해 정신없이 이어지기 일쑤였다.

"데이지, 너와 함께 있으니까 내가 야만인이라도 된 것 같구나."

나는 비록 코르크 냄새가 배어 있기는 해도 꽤 훌륭한 레드 와인을 두 잔째 마시며 고백했다.

"넌 농작물 재배 등에 관한 얘기는 할 수 없니?"

그것은 원래 특별한 의도를 갖고 꺼낸 말이 아니었다. 그럼에도 나의 물음에 대한 답변은 엉뚱한 곳에서 들려왔다.

"곧 문명이 산산이 붕괴될 판이야."

톰은 사나운 말투로 이렇게 내뱉으며 말을 이었다.

"난 어느새 지독한 비관주의자가 되었어. 자네 고다르가 쓴 〈유색인종 제국의 번성〉이라는 책을(저자와 책 제목 모두 허구임 – 편집자 주) 읽어봤나?"

"아니, 아직 못 읽어봤어."

나는 그의 말투에 약간 놀라며 대답했다.

"그건 정말 괜찮은 책이야. 누구나 한번쯤 읽어봐야 해. 만약 우리 백인종이 조심하지 않으면 완전히 끝장나버리고 말 것이라는 내용을 담고 있지. 모두 근거가 확실한 과학적인 이야기야."

"톰이 점점 심각해지고 있어요."

데이지가 안쓰러워하며 말했다.

"요즘 이 사람은 어렵기 짝이 없는 어휘들이 가득한 심오한 책들만 읽고 있어요. 그게 무슨 단어였지요, 우리가……."

"거참, 모두 과학적인 책들이라니까."

톰은 조바심이 난 듯 아내를 바라보며 힘주어 책에 관한 말을 이었다.

"그 저자는 모든 것을 다 분석해놓았어. 지배 인종인 우리 백인들이 정신을 바짝 차리지 않으면 다른 인종들이 이 세계를 통치하게 될 것이라는 충고를 하고 있단 말이야."

"그 인종들을 모두 깨부숴야 해요."

데이지가 햇살 때문에 눈을 연방 깜박거리며 속삭였다.

"두 사람은 캘리포니아에서 살아야 하는데……."

베이커가 이야기를 꺼내려고 하자, 톰이 의자에서 우람한 몸을 고쳐 앉으며 말문을 막았다.

"그 책이 전하는 요지는 우리가 북유럽 인종이라는 거야. 나를 비롯해 당신과 당신, 그리고……."

톰은 무슨 까닭인지 잠시 망설이는 눈치였다. 그리고는 고개를 끄덕이며 북유럽 인종의 범주에 데이지를 포함시켰다. 그러자 그녀가 나에게 다시 눈짓을 보냈다.

"그리고 그 책에 따르면, 문명을 이루는 것은 모두 우리가 만들어냈다는 거야. 과학과 예술 같은 것들 전부 말이지. 어때, 알아듣겠어?"

톰의 자족감은 옛날보다 더욱 심해졌지만, 그마저 그를 만족시키지는 못하는 듯 보였다. 자꾸만 핏대를 올리며 열변을 토하는 그의 모습에서 왠지 서글픔이 느껴졌다. 그 때 전화벨이 울렸다. 집사가 전화를 받기 위해 사라지는 틈에, 데이지가 내 쪽으로 몸을 기울이며 속삭였다.

"우리 집의 비밀 하나를 말해줄게요. 집사의 코에 관한 건데, 들어볼래요?"

"그래, 바로 그 얘기를 들으러 오늘 밤 여기 온 거야."

"좋아요. 그런데 저 사람은 원래 집사가 아니었어요. 뉴욕에서 은그릇 닦는 일을 했지요. 그를 고용한 사람들은 이백

명 분의 은그릇을 갖고 있었다는군요. 아침부터 저녁까지 그릇을 닦다 보니 그의 코에 문제가 생기기 시작해서……."

"날이 갈수록 상태가 나빠졌나보군요."

베이커가 데이지의 이야기에 끼어들었다.

"그런 셈이지……. 그는 결국 증상이 악화되어 일자리를 그만둘 수밖에 없었대요."

그 순간 노을이 데이지의 뺨을 붉게 물들여 낭만적인 매력이 느껴졌다. 그녀의 목소리는 숨 가쁘게 나를 끌어당겼다. 하루가 저물면 즐겁게 놀다가 집으로 돌아가는 아이들처럼, 그녀의 얼굴을 발갛게 물들였던 석양이 아쉬움을 남기며 서서히 사라져갔다.

잠시 후 집사가 돌아와 톰의 귀에 귓속말을 했다. 그러자 그는 마뜩잖은 낯빛이 되어 의자를 뒤로 밀치고는 말없이 안으로 들어가 버렸다. 그것이 어떤 면에서 마음을 자극했는지, 데이지는 다시 내 앞으로 몸을 숙여 열정적으로 노래하듯 말했다.

"우리 집에서 함께 식사하게 되어 정말 기뻐요. 닉 오빠를 보고 있으면 늘 장미꽃이 생각나요. 순수한 장미꽃 말이에요."

그녀는 베이커를 바라보며 동의를 구하기까지 했다.

"그렇지 않니? 순수한 장미 같지?"

하지만 그것은 전혀 사실과 달랐다. 나한테 장미꽃 같은 구석은 없었다. 그것은 다만 즉흥적으로 내뱉은 말이었을 뿐이다. 그럼에도 그녀에게는 사람을 감동시키는 따뜻함이 분명 있었다. 마치 두근거리는 그 한마디 말 속에 그녀의 심장이 몸을 숨긴 채 밖으로 뛰쳐나오려는 것처럼 느껴졌다. 그런데 그녀가 갑자기 식탁 위에 냅킨을 휙 내던지더니 실례한다는 말을 남기고 집 안으로 들어가 버렸다.

베이커와 나는 아무 의미 없는 시선을 의식적으로 주고받을 따름이었다. 내가 말문을 열려는 순간, 그녀가 의자에서 자세를 바로잡더니 "쉿!" 하고 주의를 주었다. 건너편 방에서 흥분된 감정을 억누르는 듯한 목소리가 들려왔다. 베이커는 염치없게도 몸을 기울여 그 말을 엿들으려고 했다. 건너편 방의 목소리는 감정의 변화에 따라 떨림과 흥분이 뒤섞이는가 싶더니 이윽고 뚝 끊어졌다.

"아까 말씀하신 개츠비 씨는 제 이웃입니다만……."

내가 말했다.

"조용히 좀 하세요. 어떤 얘기를 하는지 궁금하단 말이에요."

"무슨 일이 있기는 한 건가요?"

내가 순진하게 물었다.

"어머, 아직도 모르신단 말이에요? 다들 알고 있는 일인 줄 알았는데.”

베이커는 정말 놀랍다는 표정으로 되물었다.

“전 모릅니다만.”

“그렇군요……. 톰은 뉴욕에 여자가 있어요.”

그녀는 머뭇거리며 말했다.

“여자가 있다고요?”

나는 멍한 표정으로 그녀의 말을 되풀이했다. 베이커가 고개를 끄덕였다.

“아무리 그래도 저녁식사 때 전화를 거는 것은 무례한 일인데……. 그렇지 않나요?”

내가 그녀의 말을 미처 다 이해하기 전에 드레스 자락이 펄럭이는 소리와 저벅거리는 가죽 부츠 소리가 들려왔다. 톰과 데이지가 다시 식탁으로 돌아왔던 것이다.

“어쩔 수 없었어요!”

데이지가 짐짓 명랑한 표정을 지으며 소리쳤다. 그녀는 나와 베이커의 눈치를 살피며 말을 이었다.

“잠깐 밖을 내다봤는데 참 낭만적이었어요. 내 생각에 커나드나 화이트스타 해운 회사의 배를 타고 왔을 것 같은 나이팅게일 새가 잔디밭에 홀로 앉아 있지 뭐예요. 그 새가 어여쁘게 노래하고 있었는데…….”

데이지의 목소리는 노래를 하듯 울려 퍼졌다.

"정말 낭만적이었어요, 톰. 그렇지 않나요?"

"그래, 아주 낭만적이었지."

톰은 이렇게 대답하며 괴로운 표정으로 나를 보며 말했다.

"저녁식사를 마치고도 해가 완전히 지지 않는다면 자네에게 마구간을 구경시켜주겠네."

그런데 그 때 집 안에서 다시 전화벨 소리가 울렸다. 데이지는 톰을 바라보며 빠르고 단호하게 고개를 가로저었다. 그 바람에 마구간 이야기를 비롯해 우리의 모든 대화 소재는 허공으로 훌훌 흩어져버리고 말았다. 그 날 저녁식사의 마지막 5분 동안 일어났던 일들 가운데 지금도 기억나는 것은 무심히 촛불을 다시 켜놓았던 행동뿐이다. 그 때 나는 자신도 모르게 톰과 데이지 부부로부터 시선을 돌렸다. 나는 그들이 무슨 생각을 하는지 도무지 짐작할 수가 없었다. 아마도 그런 상황을 흥미롭게 즐기는 성격을 가진 사람은 거의 없을 것이다.

말하나 마나, 마구간을 보러 가자는 이야기는 다시 나오지 않았다. 톰과 베이커는 약간의 시간차를 두고 마치 시체 옆에서 밤을 새러 가는 사람들처럼 서재로 걸어 들어갔다. 나는 귀가 잘 안 들리는 척, 애써 명랑한 척하며 데이지의 뒤를 따라 베란다를 돌아서 정문 현관 밖으로 나갔다. 우리는 어둠 속에서 키버들로 짠 의자에 나란히 앉았다.

데이지는 잠시 자신의 얼굴을 손으로 감싸고 있더니, 천천히 벨벳 같은 어둠에 눈길을 주었다. 나는 그녀의 감정이 요동치고 있다고 생각해 마음을 진정시킬 만한 몇 가지 질문을 했다. 그런데 그녀가 느닷없이 말했다.

"오빠, 우리는 서로를 잘 몰라요. 육촌간이지만, 오빠는 제 결혼식조차 참석하지 않았잖아요."

"그 무렵은 전쟁터에서 돌아오기 전이었으니까."

"그건 그래요."

데이지는 머뭇거리며 이어 말했다.

"그런데 오빠, 그동안 전 너무 힘들었어요. 그 바람에 몹시 냉소적인 사람이 되고 말았지요."

분명 그녀에게는 그럴 만한 이유가 있어 보였다. 그런데 그녀는 더 이상 아무 말도 하지 않았다. 나는 별 수 없이 딸아이 이야기로 말머리를 돌릴 수밖에 없었다.

"이젠 제법 말도 잘하고, 밥도 먹고, 이런저런 예쁜 짓을 하겠네."

"네, 그럼요."

데이지는 넋이 나간 사람처럼 나를 바라보았다.

"오빠, 그 애를 낳았을 때 내가 뭐라고 했는지 아세요?"

"뭐라고 했는데?"

"아마 이 얘기를 들으면 지금 내 기분이 어떤지 짐작하실 거예요. 아 글쎄, 아이를 낳은 지 한 시간도 되지 않았을 때 톰이 어디에 있는지 알 수가 없지 뭐예요. 마취에서 깨어나자마자 버림받은 기분이 들더군요. 전 간호사한테 아이가 아들인지 딸인지 물어보았어요. 딸이라고 하대요. 저는 고개를 돌리고 울면서 혼잣말을 중얼거렸지요. '괜찮아, 차라리 딸이라서 다행이야. 이 애가 자라나서 바보가 되면 좋겠어. 이런 세상에서는 그것이 여자가 살아가는 최선의 길이야. 아름답고 귀여운 바보…….'"

데이지의 말은 계속됐다.

"제게는 모든 것이 다 끔찍하게 여겨져요. 다들 그렇게 생각하는걸요. 가장 진보적이라는 사람들까지 말이에요. 난 알아요. 안 가본 데가 없고, 못 본 것이 없으며, 안 해본 일도 없으니까요."

그녀는 도발적인 태도로 눈빛을 번득이며 경멸 섞인 미소를 지었다. 그런 모습은 언뜻 톰을 닮아 보였다.

"맙소사! 난 닳고 닳았어요. 닳아빠진 여자라고요!"

데이지의 목소리는 더 이상 억지로 나의 관심을 끌거나 믿음을 얻으려고 하지 않았다. 그녀의 이야기가 뚝 끊긴 순간, 나는 지금까지의 모든 말이 그다지 진실하지 못하다고 느꼈다. 마치 자신에게 유리한 감정을 갖게 하려는 속임수인 것 같아 내심 언짢았던 것이다. 내가 다음 이야기를 기다리자,

그녀는 귀여운 표정으로 어색한 미소를 띠며 나를 바라보았다. 자신과 톰이 이름난 비밀 조직에라도 몸담고 있다고 주장하려는 듯 말이다.

집 안으로 들어서자, 방에는 꽃이 핀 듯 진홍빛 불빛이 가득했다. 톰과 베이커는 소파의 양 끝에 떨어져 앉아 있었다. 베이커가 톰에게 〈새터데이 이브닝 포스트〉를 큰 소리로 읽어주고 있는 참이었다. 그녀의 속삭이는 듯하면서도 높낮이의 변화가 거의 없는 잔잔한 목소리는 아이를 달래는 것 같았다. 그녀가 가냘픈 손으로 책장을 넘길 때마다 램프의 불빛이 종이를 따라 어른거렸다.

우리가 방 안에 들어섰을 때, 베이커는 잠시 기다려달라는 의미로 손을 들어 보였다.

"다음 호에 계속됩니다."

그녀는 이렇게 말하며 잡지를 탁자 위에 던졌다. 그리고 불안하게 무릎을 몇 차례 들썩이더니 자리에서 벌떡 일어났다.

"벌써 10시네요. 이 착한 아가씨는 잠자리에 들 시간이랍니다."

베이커는 천장에 매달린 시계를 보며 말했다.

"조던은 내일 경기가 있어요. 웨스트체스터에서 말이에요."

데이지가 설명했다.

"아, 당신이 바로 조던 베이커로군요!"

그제야 나는 그녀의 얼굴이 낯익었던 이유를 깨달았다. 언뜻 유쾌하면서도 다른 사람들을 깔보는 듯한 그 표정을 애쉬빌과 핫스프링스, 팜비치에서 찍은 경기 장면 사진에서 본 적이 있었던 것이다. 나는 일찍이 그녀를 비난하는 이야기도 들은 적이 있었지만, 그 내용은 기억나지 않았다.

"잘 자, 데이지. 여덟 시에 깨워줘, 알았지?"

베이커가 부드럽게 말했다.

"깨워서 바로 일어난다면."

"꼭 일어날게. 그럼 캐러웨이 씨, 또 만나요."

"당연히 그렇게 될 테지."

데이지가 시큰둥하면서도 확신에 찬 목소리로 대꾸했다.

"실은 내가 중매를 서려고요, 오빠. 그러니 우리 집에 자주 놀러 와요. 뭐랄까, 난 두 사람을 함께 엮어주고 싶어요. 그런 거 있잖아요. 두 사람이 눈치채지 못하게 옷장에 가둔 뒤 문을 잠가버린다든가, 보트에 태워 바다에 띄워 보낸다든가 하는 것 말이에요……."

"잘 자. 나는 아무 말도 못 들은 걸로 하겠어."

베이커가 계단에서 소리쳤다.

"괜찮은 아가씨야. 저런 여자를 이렇게 시골로만 돌아다니게 해서는 안 되는데."

톰이 뜬금없이 끼어들었다.

"누가 그러면 안 된다는 말이지요?"

데이지가 쌀쌀맞게 물었다.

"누구긴. 조던의 가족들이지."

"쳇, 가족이라고 해봤자 천 살쯤 먹은 늙은 숙모 한 사람밖에 없는걸요. 그건 그렇고, 앞으로는 오빠가 조던을 보살펴줄 거죠? 그 애는 이번 여름의 주말을 대부분 우리 집에서 보낼 거예요. 전 우리의 가족적인 분위기가 걔한테 바람직한 영향을 끼칠 것이라고 생각해요."

톰과 데이지는 잠시 서로를 말없이 바라보았다.

"저 아가씨는 뉴욕 출신인가?"

내가 재빨리 물어보았다.

"루이빌(켄터키 주에 있는 도시 – 편집자 주) 태생이에요. 우리는 그곳에서 함께 순수했던 소녀 시절을 보냈지요."

"당신, 혹시 베란다에서 닉에게 할 얘기 못할 얘기 다 털어놓은 것 아니야?"

톰이 갑자기 물었다.

"제가요?"

데이지는 반문하며 나를 쳐다보았다.

"잘 기억나진 않지만, 북유럽 인종에 관해 대화를 나눈 것은 틀림없어요. 그래 맞아요, 그 얘기가 문득 떠올랐는데 당신이 먼저 알아야 할 것은…….”

“닉, 이 사람에게서 들은 말을 다 믿지는 말게.”

나는 심상치 않은 상황에 아무런 이야기도 듣지 못했다고 짧게 말했다. 그리고는 잠시 뒤 집으로 돌아오기 위해 자리에서 일어났다. 두 사람은 문 앞까지 따라 나와 정사각형으로 비치는 밝은 불빛 아래 나란히 섰다. 그런데 내가 자동차에 시동을 거는 순간, 데이지가 “잠깐만 기다려요!” 하고 다그치듯 외쳤다.

“꼭 물어볼 말이 있었는데 깜빡했네요. 서부에 있을 때 어떤 아가씨와 약혼했다는 소문을 들었는데 사실인가요?”

“그래, 맞아. 나도 자네가 약혼했다는 소리를 들었지.”

톰이 친절하게도 아내의 말을 거들었다.

“헛소문이야. 내겐 그럴 만한 돈도 없어.”

“하지만 우린 분명히 들었는걸요. 세 사람한테서 그런 말을 들었으니 사실이라고 믿을 수밖에 없어요.”

데이지는 이렇게 말하면서 얼굴이 다시 환해졌다. 나는 그녀의 변화에 놀라움을 감추지 못했다

단언컨대, 나는 약혼을 한 적이 없었다. 내가 동부로 옮겨 온 이유 중 하나가 바로 곧 결혼을 하게 될 것이라는 소문 때문이었다. 그렇다고 옛 친구를 만나지 않을 수도 없었고, 더구나 소문이 났다고 해서 실제로 결혼을 할 수는 없는 노릇이

었다.

아무튼 나는 톰과 데이지가 보여준 관심에 약간 감동했다. 그들이 굉장한 부자인 탓에 느꼈던 거리감도 꽤 사라졌다. 그럼에도 나는 차를 몰아 집으로 돌아오는 내내 불쾌한 기분이 스멀거리며 이래저래 혼란스러웠다. 나는 데이지가 당장 어린아이를 안고 저택을 뛰어나오는 편이 옳다고 생각했다. 그녀에게는 그럴 마음이 조금도 없겠지만 말이다. 톰에 관해서는 그가 뉴욕에 다른 여자를 두었다는 사실보다 어떤 책 한 권 때문에 울적한 기분에 빠져들었다는 점에 더 신경이 쓰였다. 이제 강인한 육체의 자만심으로도 지탱하기 어려울 만큼, 뭔가가 그로 하여금 낡은 사고방식의 가장자리를 갉아먹게 하고 있었던 것이다.

길가의 여관 지붕들과 붉은색 새 휘발유 펌프가 불빛을 받으며 서 있는 주유소에는 여름이 한창 깊어가고 있었다. 나는 웨스트에그의 집에 도착해 차를 차고에 넣어둔 뒤 마당에 놓여 있던 잔디 깎는 기계에 잠시 앉았다. 바람이 불어왔고, 나뭇가지 사이에서 새들이 푸드득거렸으며, 대지의 풀무가 개구리들에게 한껏 생기를 불어넣어 오르간 소리가 계속 밤하늘로 울려 퍼졌다. 나는 달빛에 어른거리는 고양이 그림자를 살피려고 고개를 돌리다가, 내가 혼자가 아니라는 사실을 깨달았다. 대략 15미터쯤 떨어진 거리였을까, 옆집 그림자 속에 두 손을 호주머니에 찔러 넣은 채 은빛 후추가루를 뿌려놓은 듯한 별들을 바라보고 서 있는 한 사람이 눈에 띄었다. 나는 그의 여유로운 움직임과 안정된 자세로 미루어, 어디까지가 자신 몫의 하늘인지 살펴보려고 나온 개츠비인 것을 단박에 알아챘다.

　나는 그에게 아는 체를 하려고 마음먹었다. 베이커가 저녁 식사 때 그에 관한 이야기를 꺼냈던 것으로 소개는 충분할 것 같았다. 하지만 나는 개츠비에게 말을 붙이지 않았다. 그가 얼핏 혼자 있고 싶다는 뉘앙스를 내비쳤기 때문이다. 그는 캄캄한 바다를 향해 이상한 자세로 두 팔을 뻗었는데, 나는 분명 그의 몸이 부르르 떨리는 것을 느낄 수 있었다. 그 바람에 나도 얼떨결에 바다 쪽을 바라보았다. 그런데 멀리서 자그마하게 반짝이는 희미한 초록 불빛 말고는 아무것도 보이지 않았다. 아마도 그 불빛은 부두 맨 끝자락을 알리는 표시인 것이 틀림없었다. 내가 다시 개츠비가 서 있는 쪽으로 눈길을 돌렸을 때, 그는 어디론가 사라지고 없었다. 나는 어수선한 어둠 속에서 혼자가 되었다.

02

웨스트에그와 뉴욕시 중간쯤, 차도와 철도가 만나 400미터가량 나란히 달리는 곳이 있다. 그런 설계는 어떤 황량한 지역을 피해가기 위해 이루어진 것인데, 그곳을 흔히 재[灰]의 계곡이라고 일컫는다. 그도 그럴 것이 그 지역은 재가 밀처럼 자라 산마루와 언덕을 괴상한 정원으로 만들어버리는 환상적인 농장이나 다름없다.

재의 계곡은 한쪽으로 작고 더러운 강과 접해 있다. 그런 까닭에 도개교가 화물선을 통과시키기 위해 올라갈 때면 기차가 멈추어, 승객들은 그와 같은 음울한 광경을 하릴없이 지켜봐야 한다. 기차는 그곳에서 최소한 1분가량 정차하는데, 내가 톰 뷰캐넌의 그 여자를 처음 만난 것도 그 때문이었다.

톰을 아는 사람들은 너나없이 그의 정부(情婦)를 화제로 삼았다. 톰은 카페 같은 곳에 그 여자를 데리고 들어가 테이블에 앉혀둔 채 어슬렁거리다 안면이 있는 사람이 나타나면 누구든 붙잡고 지껄여댔는데, 그의 지인들은 그런 행동을 못마땅하게 생각했다. 나는 그녀가 어떻게 생겼는지 궁금했지만 애써 만나고 싶은 마음은 없었다. 그런데 나는 그녀를 만나고 말았다. 어느 날 오후 톰과 함께 기차를 타고 뉴욕에 가는 길이었다. 그 날 기차가 재의 계곡에 멈춰 서자, 그가 갑자기 자리에서 일어나더니 내 팔을 붙잡고 기차에서 끌어내렸다.

"여기서 내려. 내 애인을 소개시켜줄 테니까."

톰은 다짜고짜 고집을 부렸다. 나는 그 친구가 점심식사 때 술을 지나치게 마시지 않았나 의심했다. 그는 자신의 의지를 실천하기 위해서라면 폭력도 마다하지 않을 것 같았다. 그는 어처구니없게도 일요일 오후이므로 내게 별다른 계획이 없을 것이라고 넘겨짚는 듯했다.

나는 석회도료를 하얗게 바른 야트막한 철로변 담장을 넘어 톰을 따라갔다. 대략 90미터쯤 발걸음을 옮겼는데, 보이는 것이라고는 황무지 끝에 서 있는 작고 노란 벽돌 건물뿐이었다. 거기가 일종의 중심가인 셈이었지만, 주변에는 아무것도 찾아볼 수 없었다. 그 건물에는 3개의 상점이 있었다. 그 가운데 첫 번째 상점은 세입자를 찾는 중이었고, 다른 두 상점은 야간에도 영업을 하는 식당과 자동차 정비소였다. 톰은 '자동차 정비소 – 조지 B. 윌슨, 자동차 사고 팝니다'라는 팻 말이 내걸린 곳으로 나를 데리고 들어갔다.

그곳은 장사가 잘 안 되는지 무척 썰렁했다. 자동차라고는 어두운 구석에서 먼지를 뒤집어쓰고 있는 고물 포드 한 대가 전부였다. 나는 문득 볼품없는 정비소는 눈속임일 뿐이고, 2층에 화려하고 낭만적인 방들이 숨겨져 있을지도 모른다는 생각이 들었다. 그 때 주인으로 보이는 사내가 헝겊 조각에 손을 닦으며 사무실 문 앞에 모습을 드러냈다. 그는 금발에 미남형이었지만 빈혈이 심한 사람처럼 낯빛에 생기가 없었다. 우리와 맞닥뜨린 사내의 옅은 푸른색 눈에 어렴풋이 희망의 빛이 감돌았다.

"잘 있었나, 윌슨? 장사는 잘 돼?"

톰이 반가워하면서 그의 어깨를 툭툭 치며 물었다.

"그저 그렇지요, 뭐. 한데 그 차는 언제 저한테 파실 건가요?"

조지 윌슨의 시큰둥한 목소리에는 영 기운이 없었다.

"다음주쯤……. 지금 우리 정비사가 손을 좀 보고 있거든."

"그 사람 손이 꽤나 느리군요. 그렇지 않나요?"

"아니, 안 그래. 자네가 그렇게 생각한다면 다른 곳에 팔아야겠군."

톰이 말투가 순간 싸늘해졌다.

"그게 아니고요……. 저는 다만……."

윌슨은 당황하며 재빨리 변명을 늘어놓으려 했다.

하지만 윌슨은 말끝을 흐렸다. 톰은 조바심이 나는 듯 정비소 안을 이리저리 훑어보았다. 그 때 계단을 내려오는 발걸음 소리가 들렸다. 잠시 뒤, 살집이 제법 있는 여자가 사무실 문으로 들어오는 빛을 가로막고 섰다. 삼십대 중반으로 보이는 그녀는 육감적인 매력이 있었다. 그 여자는 검푸른 비단으로 만든 물방울무늬 드레스를 입었는데, 얼굴은 별로 예쁘지 않았지만 온몸의 신경이 끓어오르듯 연신 생동감을 발산하고 있었다. 그녀는 살며시 미소를 짓더니 남편이 유령인 듯 지나쳐 톰의 눈을 지그시 바라보면서 악수를 나누었다. 그리고는 남편에게 눈길조차 돌리지 않은 채 입술에 침을 적시며 부드러운 목소리로 말했다.

"의자 좀 가져와요. 편히 앉으시게 해야지요."

"아, 그렇지."

윌슨은 서둘러 회색 벽과 바로 잇닿아 있는 작은 사무실로 갔다. 재의 계곡 근처에 있는 것들이 대부분 그렇듯, 그의 검은 양복과 푸석해 보이는 머리카락에도 먼지가 뽀얗게 덮여 있었다. 하지만 그의 아내에게는 재가 묻어 있지 않았다. 그녀가 톰에게 바짝 다가섰다.

"만나고 싶어. 다음 기차를 타도록 해."

톰이 달뜬 목소리로 말했다.

"네, 알았어요."

"지하에 있는 신문 가판대에서 기다릴게."

그녀는 가만히 고개를 끄덕였다. 그리고 윌슨이 사무실에서 의자 두 개를 들고 나오자 톰에게서 떨어졌다.

우리는 길 아래쪽으로 내려가 눈에 잘 띄지 않는 곳에서 그녀를 기다렸다. 독립기념일을 며칠 앞두고 불꽃놀이를 하려는지, 깡마른 이탈리아계 아이가 철도를 따라 폭죽을 한 줄로 늘어놓고 있었다.

"정말 끔찍한 곳이지 않나?"

톰이 찡그린 얼굴로 물었다.

"그렇군."

"여기를 떠나는 편이 그녀에게도 바람직해."

"남편이 반대하지 않을까?"

"윌슨 말이야? 그 자는 아내가 뉴욕에 사는 여동생을 만나러 가는 줄 알 거야. 자기가 살아 있다는 사실조차 잊고 지낼 만큼 어리석고 둔한 사람이거든."

결국 나는 톰과 그 여자와 함께 뉴욕으로 갔다. 아니, 정확히 말하자면 '함께'라고 표현하기에는 적절하지 않은 면이 있다. 왜냐하면 윌슨의 아내 머틀 윌슨이 눈치껏 다른 객실에 탔기 때문이다. 톰은 어쩌면 같은 기차를 타고 있을지도 모르는 이스트에그 주민의 감정을 위해 그만한 배려는 할 줄 알았다.

윌슨 부인은 갈색 무늬의 모슬린 드레스를 입고 톰을 만나러 나왔다. 뉴욕역 플랫폼에서 그녀가 내리는 것을 톰이 도와줄 때, 그 옷은 여자의 다소 펑퍼짐한 엉덩이에 착 달라붙어 있었다. 그녀는 신문 가판대에서 〈타운 태틀〉(작가가 설정한 가상의 잡지 — 편집자 주) 한 부와 영화 전문 잡지를 샀다. 그리고 역 구내 매점에 들러서는 콜드크림과 향수도 한 병 장만했다. 그녀는 웅장한 소음이 메아리로 들리는 지상으로 올라와서는 4대의 택시를 그냥 보낸 뒤, 비로소 좌석에 회색 시트가 덮여 있는 보라색 택시를 탔다. 우리를 태운 택시는 사람들로 붐비는 뉴욕역을 빠져나와 햇살이 반짝이는 거리를 내달렸다. 그렇게 얼마쯤 지났을까, 그녀가 창에서 눈길을 돌리더니 몸을 굽히며 앞 유리를 두드렸다.

"아파트에서 기를 개 한 마리를 사고 싶어요. 저기 있는 개를 키우면 얼마나 좋을까……."

우리는 그녀의 말을 듣고 록펠러(스탠더드 석유 회사를 세운 백만장자 — 편집자 주)를 닮은 백발노인이 있는 쪽으로 차를 후진시켰다. 노인은 목에 커다란 광주리를 걸고 있었는데, 그 안에는 갓 태어난 강아지 열두어 마리가 몸을 웅크리고 있었다.

"품종이 뭔가요?"

노인이 택시의 창문 옆으로 다가오자 윌슨 부인이 물었다.

“여러 품종이 있지요. 부인은 어떤 것을 원하시나요?”

“전 경찰견을 사고 싶은데, 그런 개는 없나 보지요?”

그 말에 노인은 허탈한 표정으로 광주리 안을 들여다보더니 발버둥치는 강아지 한 마리의 목덜미를 잡아 올렸다.

“그건 경찰견이 아니잖아요.”

톰이 말했다.

“네, 딱히 경찰견이라고 할 수는 없지요. 이놈은 에어데일에 가까워요.”

노인은 실망스러워하며 갈색 수건 같은 개의 등을 쓰다듬었다.

“이 털 좀 보세요. 훌륭하지 않나요? 이런 개는 감기 따위에 걸려서 주인을 귀찮게 하지는 않지요.”

“아이, 예뻐! 이 개는 가격이 얼마인가요?”

윌슨 부인이 들뜬 목소리로 물었다.

“이놈은…… 십 달러는 주셔야지요.”

노인은 강아지를 경탄하는 눈길로 바라보며 대답했다.

비록 다리가 너무 하얗기는 했지만 분명 에어데일 다운 점이 있는 그 강아지는 그렇게 새 주인을 맞이하게 되었다. 녀석은 곧 윌슨 부인의 무릎 사이를 파고들었고, 그녀는 추위를 타지 않는다고 들은 강아지의 털을 황홀한 듯 쓰다듬었다.

“수컷이에요, 암컷이에요?”

윌슨 부인이 노인에게 물었다.

"그놈 말인가요? 수컷이지요."

"아니, 암캐야."

톰이 손사래를 치며 단호하게 말했다. 그러면서 그는 노인에게 강아지 값을 치렀다.

"자, 여기 있소. 아마 이 돈이면 같은 강아지를 열 마리는 다시 살 거요."

택시는 5번가를 향해 내달렸다. 한여름 일요일 오후의 공기가 따뜻하고 부드러워 언뜻 목가적인 분위기가 느껴졌다. 만약 한 무리의 양 떼가 길모퉁이를 돌아 나타나더라도 그다지 놀랍지 않을 것 같았다.

"차 좀 세워주세요. 난 여기서 내려야겠어."

내가 말했다.

"안 돼. 자네가 아파트까지 가지 않으면 머틀이 서운해 할 거야. 그렇지, 머틀?"

"그래요, 함께 가요. 전화를 걸어 제 동생 캐서린을 부를게요. 걔는 주위 사람들한테 자주 미인이라는 소리를 듣는답니다."

"글쎄, 저도 가고 싶기는 하지만……."

우리는 센트럴파크를 지나 웨스트 100번대 거리 방향으로 계속 달렸다. 잠시 뒤 158번가에 다다르자, 비로소 택시는 하얀 케이크 덩어리처럼 늘어서 있는 아파트 한쪽에 멈춰 섰다. 월슨 부인은 강아지를 비롯해 이런저런 물건들을 들고 택시에서 내리더니, 주변을 휘둘러보고 나서 오랜만에 궁전으로 돌아온 여왕처럼 당당하게 건물 안으로 발걸음을 옮겼다.

"맥키 부부를 부를게요. 물론 캐서린한테도 전화하고요."

월슨 부인이 엘리베이터를 타고 올라가며 말했다.

일행이 향한 곳은 아파트 맨 위층이었다. 집 안에는 자그마한 거실과 주방이 보였고, 소박한 침실 하나에 목욕탕이 딸려 있었다. 거실에는 태피스트리를 씌워 장식한 가구 세트가 현관 앞까지 자리를 차지하고 있는 것이 눈에 띄었다. 거실 넓이에 비해 가구가 얼마나 큰지, 태피스트리에 수놓은 베르사유 궁전에서 그네를 타고 있는 부인들에게 발이 걸려 넘어질 지경이었다. 벽에는 바위 위에 앉아 있는 수탉을 찍은 사진 한 장이 지나치게 확대되어 걸려 있었다. 그 때문인지 사진이 너무 희미했는데, 그것을 멀리서 보면 수탉이 마치 부인들이 쓰는 모자처럼 보이기도 했다. 또 얼핏 살찐 노부인이 아래를 내려다보며 빙그레 웃는 것 같은 착각을 불러일으키기도 했다. 탁자 위에는 〈베드로라 불리는 시몬〉(1921년 영국에서 출간된 로버트 키블의 대중소설 ─ 편집자 주)과 여기저기 찢어진 〈타운 태틀〉 몇 권, 브로드웨이의 스캔들을 다룬 그렇고 그런 잡지들이 놓여 있었다. 월슨 부인은 무엇보다 강아지한테 관심이 쏠려 있었다. 엘리베이터보이에게 짚이 가득 든 상자와 우유를 사 오라고 심부름을 시켰는데, 그는 말하지도 않은 단단한 개 비스킷까지 한 통 구해 왔다. 그 비스킷들 가운데 한 개는 우유 접시에 버려져 오후 내내 조금씩 죽처럼 풀어져갔다. 그 때 톰이 잠가두었던 옷장을 열고 위스키 한 병을 꺼내 왔다.

나는 지금까지 술에 취한 적이 두 번밖에 없는데, 그 날 오후에 바로 두 번째 경험을 했다. 그 날 방 안에는 오후 8시가 되도록 환한 햇살이 남아 있었다. 하지만 그 때의 모든 기억은 희뿌연 안개 속에 덮여버리고 말았다. 윌슨 부인은 톰의 허벅지에 앉아 몇 군데 전화를 걸었다. 내가 담배를 사러 밖으로 나갔다가 돌아와 보니 두 사람은 보이지 않았다. 나는 말없이 거실에 앉아 〈베드로라 불리는 시몬〉을 펼쳐들었다. 위스키 탓인지, 아니면 형편없는 소설이라서 그런지 내용이 잘 이해되지 않았다.

얼마 뒤 톰과 머틀이 나타났다. 그 날 나는 술을 마시면서 윌슨 부인과 서로 이름을 부르기로 했다. 곧이어 손님들이 하나둘 아파트 문을 열고 들어섰다.

머틀의 여동생 캐서린은 서른 살쯤 되어 보였다. 그녀는 날씬한 몸매에 숱이 많은 붉은 단발머리를 하고 얼굴에는 하얀 분을 듬뿍 발랐는데, 왠지 모르게 속물스런 분위기가 감돌았다. 게다가 원래의 것을 다 뽑아버리고 그려 넣은 눈썹 사이로 새 눈썹이 삐죽삐죽 자라나 지저분해 보이기도 했다. 그녀가 몸을 움직일 때마다 두 팔에서는 도자기 팔찌들이 흔들리며 경쾌한 소리를 냈다. 그녀는 냉큼 집 안으로 들어와 이런저런 가구들을 자기 것인 양 자연스럽게 둘러보는 바람에 문득 집주인이 아닐까 하는 착각이 들 정도였다. 그래서 나는 그녀에게 여기서 사느냐고 물었다. 그 말에 그녀는 호들갑스럽게 웃음을 터뜨리며 내 질문을 큰 소리로 똑같이 되풀이하더니, 자기는 여자 친구와 함께 호텔에서 지낸다고 대답했다.

아래층에서 올라온 맥기 씨는 창백한 얼굴에 여자 같은 느낌을 주는 남자였다. 광대뼈에 흰 거품 자국이 남아 있는 것으로 미루어 방금 면도를 한 듯했다. 그는 다른 사람들에게 예의바르게 인사하며, 자신이 '예술 작업'에 종사한다고 말했다. 나는 나중에 그가 사진사라는 것을 알게 되었다. 마치 유령처럼 흐릿하게 확대되어 벽에 걸려 있는 머틀 어머니의 사진도 그의 솜씨였다. 맥기 씨의 아내는 꽤 예뻤지만 분위기는 별로였다. 그녀의 목소리는 날카로웠고 기운이 하나도 없는 듯 몸이 축 늘어져 있었다. 그녀는 결혼 후 남편이 무려 127번이나 사진을 찍어주었다고 자랑스럽게 떠들어댔다.

윌슨 부인, 그러니까 머틀은 어느새 새로운 옷으로 갈아입었다. 그녀의 새 옷은 크림색 실크로 정성껏 짠 야회복이었다. 그녀가 움직일 적마다 옷에서 바스락거리는 소리가 들렸다. 옷이 날개라고 했던가. 그녀는 새 옷 덕분에 자동차 정비소에서 느껴졌던 활력 대신 당당함이 넘쳐 거만하기까지 해보였다. 그녀의 웃음과 몸짓, 말투는 시간이 지날수록 점점 더 거침없는 태도를 보였다. 그녀가 한껏 부풀어 오를수록 집은 자꾸 비좁아지는 듯했다. 마침내 그녀는 자욱한 담배 연기 속에서 요란하게 삐걱거리는 회전축을 따라 빙빙 돌고 있는 것처럼 보였다.

"캐서린!"

그녀는 뽐내는 듯 커다란 목소리로 동생을 부르며 말했다.

"그런 자들은 늘 너를 속이려고 들 것이 분명해. 그저 돈만 쫓는 놈들이지. 나는 지난주에 발을 좀 봐달라고 어떤 여자를 여기로 불렀는데, 청구서를 보고 맹장수술이라도 받았나 싶었다니까. 세상에!"

"그 여자 이름이 뭐라던가요?"

맥키 부인이 물었다.

"에버하트 부인이에요. 집집마다 돌아다니며 발을 봐주는 일을 하는 여자지요."

"옷이 참 멋지네요. 정말 근사해요."

맥키 부인이 뜬금없이 옷 칭찬을 늘어놓았다. 머틀은 그 말을 듣는 둥 마는 둥 경멸하듯 눈썹을 치켜올리며 대구했다.

"낡아빠진 형편없는 옷인걸요, 뭐. 아무 옷이나 입어도 될 때 가끔 걸치곤 하지요."

"제 말은 부인이 입으시니까 옷이 괜찮아 보인다는 거예요. 무슨 뜻인지 아시겠지요? 만일 제 남편 체스터가 당신의 멋진 모습을 포착해낼 수 있다면 그럴듯한 작품이 나올 거예요."

우리의 눈길이 일제히 머틀에게 향했다. 그녀는 두 눈을 덮고 있는 머리카락을 쓸어올리고 우리를 쳐다보며 환한 미소를 지었다. 맥키 씨가 한쪽으로 고개를 기울인 채 그녀를 주시하며 눈앞에서 이리저리 손을 천천히 움직여 보았다.

"조명을 바꿔야겠어요."

그의 말은 계속 이어졌다.

"이목구비의 입체감을 좀 더 살리고 싶군요. 뒤쪽 머리카락도 전부 돋보이게 하면서 말이에요."

"조명은 그대로 두는 편이 좋을 것 같아요. 제 생각에는……."

갑자기 맥키 부인이 소리쳤다. 그녀의 남편이 "쉬!" 하고 말허리를 끊었다. 우리의 눈길은 또다시 모델에게 향했다. 그때 톰이 소리내어 하품을 하며 자리에서 벌떡 일어났다.

"맥키 씨 부부도 뭐 좀 마셔야지요. 머틀, 얼음하고 탄산수를 더 가져오지 그래. 다들 잠자리에 들겠다고 하기 전에 말이야.”

“안 그래도 엘리베이터보이에게 얼음을 가져오라고 시켰어요.”

머틀은 이렇게 말하며 하류층 사람들의 게으름에 언짢은 듯 눈썹을 치켜올렸다.

“아무튼 그런 부류의 인간들은 어쩔 도리가 없어! 잔소리를 입에 달고 살아야 한다니까.”

그녀는 나와 눈이 마주치자 멋쩍은 미소를 지었다. 그리고는 강아지를 안고 몇 차례나 입을 맞추더니, 열두 명의 요리사가 자신의 명령만을 기다리고 있기라도 한 듯 주방으로 달려갔다.

“저는 롱아일랜드에서 멋진 사진들을 찍어왔답니다.”

맥키 씨가 자랑스러운 표정으로 단호하게 말했다. 톰은 멍하니 그를 바라보았다.

“그 가운데 둘은 액자에 끼워 아래층에 걸어두었지요.”

“둘이라니요, 뭐가?”

톰이 물었다.

“두 개의 작품 말입니다. 하나는 〈몬턱포인트(롱아일랜드 동쪽 끝에 위치한 지역 – 편집자 주), 갈매기〉, 다른 하나는 〈몬턱포인트, 바다〉라고 제목을 붙였지요.”

그 때 캐서린이 내 옆으로 다가와 앉으며 물었다.

"당신도 롱아일랜드에 사나요?"

"전 웨스트에그에 삽니다."

"그게 정말이에요? 저는 한 달 전쯤 그곳에서 열린 파티에 간 적이 있었지요. 개츠비란 분의 집이었는데, 혹시 그를 아시나요?"

"그럼요, 바로 옆집인걸요."

"그렇군요. 한데 그분은 독일 빌헬름 황제의 조카인가 사촌인가 된다더라고요. 그분의 많은 돈이 다 거기서 나오는 거래요."

"정말 그런가요?"

그녀는 내게 고개를 끄덕이고 나서 말했다.

"전 그 사람이 두렵더라고요. 행여나 그분이 저를 마음에 둘까봐 걱정스러울 정도예요."

그 때 갑자기 맥키 부인이 캐서린을 가리키며 남편에게 뭔가를 말하려고 했다. 그 바람에 나의 이웃에 관한 흥미로운 정보를 더는 들을 수가 없었다.

"여보, 내가 보기에는 당신이 이 아가씨와 함께 괜찮은 작품을 만들 수 있을 것 같아. 당신 생각은 어때요?"

그러나 맥키 씨는 아내의 갑작스런 말이 귀찮게 여겨지는 듯했다. 그는 건성으로 고개를 끄덕이고 톰을 향해 얘기했다.

"전 가능하면 롱아일랜드에서 좀 더 일하고 싶어요. 제가 바라는 것은 다시 작업을 시작할 기회를 얻는 것뿐이지요."

"머틀한테 한번 부탁해보시지 그래요."

톰은 이렇게 말하며, 때마침 머틀이 쟁반을 들고 들어오자 웃음을 터뜨렸다.

"허허, 모르긴 몰라도 이 사람이 당신에게 소개장을 써줄 겁니다. 안 그래, 머틀?"

"아니, 뭘 써준다고요?"

머틀이 깜짝 놀라며 물었다.

"당신의 남편을 모델로 작품을 만들 수 있도록, 당신이 윌슨에게 맥키 씨에 관한 소개장을 써주란 말이야."

그리고 톰은 말없이 입술을 우물거리며 작품의 제목을 궁리해보았다.

"제목은 '주유소 펌프 앞에 서 있는 조지 B. 윌슨', 뭐 그 정도면 되겠군."

그러자 캐서린이 내게로 몸을 기울이며 귓속말을 속삭였다.

"두 사람 다 자기 배우자가 싫어 미칠 지경이에요."

"그런가요?"

"도저히 참을 수가 없대요."

캐서린은 톰과 머틀을 번갈아 쳐다보며 말을 이었다.

"저는 서로를 그토록 싫어하면서 왜 같이 사는지 모르겠어요. 저라면 당장 헤어지고 나서 재혼을 할 텐데 말이에요.”

“머틀도 윌슨을 안 좋아하나요?”

이 물음에 대한 답변은 다른 사람의 입에서 들려왔다. 우리의 대화를 엿듣고 있던 머틀이 직접 그렇다고 대답한 것이다. 그 목소리는 난폭하면서도 묘하게 음탕했다.

“그것 봐요!”

캐서린은 자기 말이 틀리지 않다는 것이 입증되자 의기양양하게 소리쳤다. 그녀는 나지막하게 말을 이었다.

“사실 두 사람을 떼어놓고 있는 것은 톰의 부인이에요. 그녀는 가톨릭 신자거든요. 가톨릭에서는 이혼을 허락하지 않잖아요.”

그런데 데이지는 가톨릭 신자가 아니었다. 나는 캐서린의 그럴싸한 거짓말에 약간 충격을 받았다. 그녀의 말이 계속됐다.

“두 사람이 결혼하면, 주변이 잠잠해질 때까지 한동안 서부에 가서 살 거예요.”

“그보다는 유럽으로 가는 편이 나을 텐데요.”

“아, 유럽을 좋아하세요? 전 얼마 전에 몬테카를로에서 돌아왔거든요.”

그녀는 놀라서 소리쳤다.

“그랬군요.”

"바로 작년 일이에요. 여자 친구와 함께 그곳에 갔었지요."

"오래 머물렀나요?"

"아니요. 마르세유를 거쳐 몬테카를로에 갔다가 바로 돌아왔어요. 출발할 때 천이백 달러 넘게 가져갔는데, 도박장에서 몽땅 날렸지 뭐예요. 그 바람에 집으로 돌아오면서 지독하게 고생했지요. 으, 지금도 그놈의 도시만 떠올리면 몸서리가 쳐질 정도예요!"

늦은 오후의 하늘이 지중해의 푸른 바다처럼 화려하게 창문에 비쳤다. 그 때 나는 맥키 부인의 날카로운 목소리에 번뜩 정신이 들어 시선을 돌렸다.

"하마터면 저도 실수를 저질렀을지 몰라요. 몇 해 동안 저를 쫓아다니던 키 작은 유태인과 결혼할 뻔했거든요. 모두 저한테 '루실, 그 남자는 너의 배우자감으로 부족해!'라고 얘기하더라고요. 저 역시 그가 저보다 못난 사람이라는 것을 알고 있었어요. 그럼에도 제가 지금의 남편인 체스터를 만나지 못했다면, 그가 저를 차지했을 것이 틀림없어요."

맥키 부인의 목소리에는 힘이 넘쳤다.

"맞아, 하지만 제 말 좀 들어봐요."

머틀이 고개를 끄덕이며 말을 받았다.

"그래도 당신은 그 남자와 결혼하지 않았잖아요."

"그래요, 안 했지요."

"한데 저는 결혼한걸요. 그게 당신과 제가 다른 점이에요."

머틀의 말은 어딘지 모르게 애매모호했다.

"언니는 왜 그 사람과 결혼했어? 강요하는 사람도 없었는데."

캐서린이 묻자, 머틀은 잠시 생각에 잠겼다가 입을 열었다.

"그 사람을 신사로 착각했기 때문이지. 난 그가 꽤 교양 있는 사람이라고 생각했는데, 알고 보니까 내 신발을 핥을 자격도 없는 인물이지 뭐야."

"그래도 언니는 한동안 그 사람한테 미쳐 있었잖아."

캐서린이 다시 말했다.

"내가 미쳐 있었다고?"

머틀은 믿어지지 않는다는 듯 소리를 내질렀다.

"내가 그깟 인간한테 미쳐 있었다고 누가 그러든? 난 저기 있는 저분에게 미쳐 있지 않은 것처럼 그 작자한테 반해 정신줄을 놓은 적이 결코 없어."

그녀가 왜 갑자기 나를 언급했는지 모를 일이었다. 여하튼 그녀의 말을 들은 사람들이 비난 섞인 눈길로 나를 바라보았다. 나는 그녀의 사랑을 기대한 적이 없다는 것을 표정으로 증명하기 위해 애썼다.

"설령 내가 그 사람에게 미쳐 있었다고 해도 막 결혼했을 때 뿐이야. 금세 실수했다는 것을 깨달았지. 그 인간은 결혼식 때 예복을 빌려 입고도 아무런 설명조차 하지 않았어. 결혼하고 며칠이 지난 어느 날, 그가 외출한 사이에 옷 주인이 찾아왔지 뭐야. '아, 그게 당신 양복인가요? 전 처음 알게 된 사실이에요.' 그 날 내 기분이 어땠는지 알아? 나는 양복을 내주고 나서 오후 내내 엉엉 울기만 했지."

"언니는 과감히 그 사람을 차버렸어야 하는데."

캐서린은 안타까워하면서 나를 바라보며 말을 이었다.

"두 사람은 자동차 정비소에서 십일 년이나 살았어요. 톰이 언니의 첫 애인이나 다름없지요."

사람들은 계속 위스키를 찾아내 두 번째 병을 마시고 있었다. '술을 마시지 않아도 취한 사람처럼 기분을 낼 수 있다'고 하는 캐서린만 잔을 들지 않았다. 톰은 초인종을 눌러 아파트 수위를 부르더니 저녁식사로 먹을 이름난 샌드위치를 사다 달라고 심부름을 시켰다. 나는 몇 번이나 밖으로 나가 부드러운 황혼에 둘러싸인 동쪽 공원을 산책하고 싶었지만, 그 때마다 귀를 솔깃하게 하는 자극적인 이야기가 밧줄처럼 내 발목을 잡아당겨 의자에 눌러 앉히고는 했다. 그 시각 도시의 하늘 위로 줄지어 난 노란 창문들은 어둠이 깔리는 거리를 걷다가 우연히 고개를 들어 위를 올려다보는 사람들에게 인간의 비밀을 속삭여줄 것이 틀림없었다. 나 역시 그런 비밀에 호기심을 갖는 사람들 중 하나였다. 나는 변화무쌍한 삶에 때로는 매혹당하고 때로는 혐오감을 느꼈는데, 문득 집 안에 있으면서도 집 밖에 있는 것 같은 기분이 들기도 했다.

머틀이 의자를 끌어당겨 나에게 가까이 다가와 앉았다. 그녀는 불쑥 더운 입김을 내뿜으며 톰과 처음 만난 날의 이야기를 털어놓았다.

"기차를 타보면 마지막까지 비어 있곤 하는 두 개의 작은 좌석이 있잖아요. 마주 보는 그 자리에서 일이 벌어졌지요. 저는 뉴욕의 동생 집에 가는 길이었어요. 저 이는 말쑥한 신사복에 반짝이는 에나멜가죽 구두를 신고 있었는데 자꾸만 눈길이 가더군요. 저는 그가 저의 시선을 의식해 고개를 돌릴 적마다 머리 위쪽의 광고판을 보는 척했지요. 역에 거의 도착할 무렵에는 저 이가 바로 옆으로 다가와 흰 와이셔츠를 입은 가슴으로 내 팔을 누르더라고요. 저는 당장 경찰을 부르겠다고 했지만, 저 이는 그 말이 거짓이라는 것을 잘 알고 있었어요. 저는 그 날 어찌나 흥분했던지, 저 이와 함께 택시를 타고 가면서도 지하철을 탄 것이 아니라는 사실을 한동안 인식하지 못했지요. 단지 그 때 저는 머릿속으로 '그래, 인생은 영원한 게 아니야. 인생은 영원하지 않아!'라는 말만 되풀이했어요."

머틀은 순간 맥키 부인을 향해 몸을 돌렸다. 그러자 집 안 가득 그녀의 어색한 웃음소리가 울려 퍼졌다.

"이봐요, 오늘 이 옷을 벗으면 곧바로 당신에게 줄게요. 저는 내일 또 한 벌 사면 되니까요. 아예 쇼핑할 물건 목록을 만들어놔야겠군요. 마사지 기계와 파마 기구, 개 목걸이, 스프링 달린 귀여운 재떨이, 여름 내내 어머니의 무덤을 장식할 까만 비단 매듭 화한, 뭐 그런 것들 말이에요. 목록을 적어둬야 잊어버리지 않을 테니까요."

어느새 시간은 9시가 되었다. 그리고 얼마 지나지 않은 것 같은데, 다시 내 시계를 바라보았을 때는 10시를 가리키고 있었다. 그 시각 맥키 씨는 두 주먹을 불끈 쥐어 무릎에 올려놓은 채 잠들어 있었다. 그것이 마치 움직이는 모습을 찍은 한 장의 사진처럼 보였다. 나는 손수건을 꺼내어 그의 뺨에 말라붙은 비누거품 자국을 닦아주었다. 오후 내내 왠지 신경이 거슬렸기 때문이었다.

강아지는 탁자 위에 자리를 잡고 앉아 게슴츠레한 눈으로 담배 연기 자욱한 실내를 둘러보며 낑낑거리는 소리를 냈다. 그곳에 모인 사람들은 어디론가 사라졌다가 다시 나타나고, 두런두런 어디로 떠날 계획을 세우기도 했으며, 자신의 대화 상대를 잃어버려 잠시 헷갈려 하다가 그 사람을 곧 찾아내고는 했다. 자정이 가까워올 무렵, 톰과 머틀은 얼굴을 맞댄 채 열띤 언쟁을 벌이고 있었다. 그 내용은 머틀이 데이지의 이름을 들먹일 권리가 있느냐 하는 것이었다.

"데이지, 데이지, 데이지! 내가 그러고 싶을 때, 언제든지 그녀의 이름을 부를 거예요! 데이지, 데이지, 데이지……."

머틀은 큰 소리로 고함을 치듯 외쳐댔다. 그러자 톰이 손바닥을 펴 날렵한 동작으로 그녀의 코를 후려쳤다.

곧이어 목욕탕 바닥에는 피 묻은 수건들이 나뒹굴었다. 여자들이 여기저기서 비명을 질러댔다. 그리고 그보다 더 큰 소리로 한 여자가 아프다며 울부짖었다. 맥키 씨가 잠에서 깨어나 어안이 벙벙한 얼굴로 문 쪽으로 향하는가 싶더니 걸음을 돌려 집 안을 휘 둘러보았다. 자신의 아내와 캐서린은 구급약을 들고 비좁은 실내를 뛰어다니며 누군가를 꾸짖거나 위로의 말을 건네고 있었다. 또한 상심한 표정으로 많은 피를 흘린 채 기다란 의자에 누워 있는 머틀의 모습도 눈에 들어왔다. 그녀는 베르사유 풍경을 담은 태피스트리를 망가뜨리지 않으려는 듯 그 위에 〈타운 태틀〉을 펼쳐놓고 있었다. 맥키 씨는 다시 발걸음을 돌려 문 밖으로 나갔다. 나도 샹들리에에 걸어두었던 모자를 집어 들고 그의 뒤를 따라갔다.

"언제 점심식사나 하러 오시지요."

엘리베이터가 소음을 내며 내려가는 중에 그가 말했다.

"어디로 말인가요?"

"어디든 좋지요."

그 때였다.

"레버에서 손을 떼세요."

엘리베이터보이가 단호하게 말했다.

"미안하네. 내가 레버를 잡고 있는 줄 몰랐어."

맥키 씨의 목소리는 위엄이 있었다.

"그래요, 기꺼이 가지요."

나는 그의 점심식사 초대를 수락했다.

……그다음에 나는 그의 침대 옆에 서 있었고, 속옷 차림의 그는 침대 시트 사이에 앉아 두 손에 커다란 포트폴리오를 들고 있었다.

"〈미녀와 야수〉…… 〈고독〉…… 〈식료품 가게의 늙은 말〉…… 〈브루클린 다리〉……."

그리고 나는 어느새 펜실베이니아 역의 추운 지하 대합실에 누워 조간신문 〈트리뷴〉을 읽고 있었다. 새벽 4시 기차를 기다리는 중이었다.

03

그 여름, 이웃 저택에서는 밤마다 음악소리가 들려왔다. 개츠비의 푸른 정원에서는 부나방처럼 오가는 몇몇 남녀가 별빛을 받으며 샴페인 잔을 들고 이야기를 나누었다. 그의 손님들은 밀물 때가 되자 부잔교 탑에서 다이빙을 하거나 해변의 모래밭에서 일광욕을 즐겼다. 가끔은 두 대의 모터보트가 수상스키를 끌어 해협의 물살을 가르며 거품을 일으키는 모습도 보였다. 개츠비의 롤스로이스는 마치 셔틀버스처럼 주말마다 아침 9시부터 자정이 넘을 때까지 파티에 참석하는 손님들을 실어 나르느라 바빴다. 그의 스테이션왜건 역시 기차를 타고 오는 손님들을 맞이하려고 노란 딱정벌레마냥 저택과 역 사이를 부지런히 돌아다녔다. 그리고 월요일이 되면 정원사를 비롯해 8명의 일꾼들이 하루 종일 저택을 청소하며 이곳저곳 망가진 곳을 수리하느라 분주했다.

개츠비의 저택에는 매주 금요일마다 뉴욕에 위치한 과일가게에서 오렌지와 레몬이 다섯 상자씩 배달되었다. 그것은 월요일이면 반으로 잘린 껍질만 남아 뒷문 밖에 수북이 쌓였다. 그의 집에는 성능 좋은 주스 기계가 있었다. 거기에 집사가 오렌지를 넣고 엄지손가락으로 작은 단추를 200번 누르기만 하면 30분 안에 200잔의 오렌지주스가 척척 만들어졌다.

저택의 파티에는 연회 전문가들도 동원되었다. 그들은 적어도 2주에 한 번씩 찾아와 야회용 천막과 갖가지 색깔의 전구를 이용해 개츠비의 정원을 거대한 크리스마스트리처럼 장식했다. 뷔페식으로 차려진 테이블에는 눈길부터 사로잡는 전채 요리와 양념을 가미해 구운 햄, 알록달록한 샐러드, 밀가루를 묻혀 튀긴 돼지고기, 거무스레하면서도 금빛이 감도는 칠면조 요리 등 다양한 음식들이 놓였다. 또 중앙 홀에는 청동 레일로 장식한 바를 설치해 각종 음료와 진, 코디얼 주를 준비해두었다. 코디얼 주는 오랫동안 잊혔던 술이라, 나이 어린 여자 손님들은 어리둥절해했다.

저녁 7시가 되면 오케스트라가 도착했다. 그것은 대충 꾸려진 5인조 악단이 아니라 오보에와 트럼본, 색소폰, 비올라, 코넷, 피콜로를 비롯해 저음과 고음의 드럼까지 갖춘 훌륭한 오케스트라였다. 그 시각 해변에서 늦게까지 수영을 하던 사람들은 저택으로 돌아와 위층에서 옷을 갈아입었다. 주로 뉴욕에서 손님들이 타고 온 자동차들이 저택 안 도로까지 다섯 겹으로 주차되어 있었고, 이미 홀과 베란다에는 고급 숄을 두른 여자들이 북적거렸다. 그녀들은 너나없이 컬러풀한 옷을 입고 최신 유행하는 단발머리로 한껏 멋을 부렸다. 바에도 많은 사람들이 붐볐다. 그들은 칵테일 잔을 들고 정원으로 나가 다른 손님들과 수다를 떨며 웃음을 터뜨렸다. 처음 만나는 사람을 소개받고도 금세 잊어버리는가 하면, 서로 이름도 모르는 여자들끼리 여기저기서 깔깔거리며 잡담을 늘어놓았다.

지평선 너머로 태양이 완전히 모습을 감추자 불빛은 더욱 밝아졌다. 오케스트라는 분위기를 무르익게 하는 음악을 연주했고, 손님들은 오페라 공연을 하듯 고음의 목소리로 떠들어댔다. 시간이 지날수록 유쾌한 말 한마디에도 요란한 웃음소리가 터져 나왔다. 새로운 손님들이 계속 도착하면서 이 모임 저 모임 사람들이 빠르게 모이고 흩어지기를 반복했다. 술에 취해 몸을 제대로 가누지 못하는 손님들이 하나둘 늘어갔고, 이미 자리를 잡고 있는 사람들 사이를 거침없이 비집고 돌아다니는 대담한 여자들도 보였다. 그녀들은 모임의 중심이 되어 즐거운 순간을 만끽했다. 스스로 어떤 승리감에 도취되어 현란한 불빛과 변화무쌍한 사람들 사이를 미끄러지듯 누비고 다녔다.

그 때 그런 접시 같은 여자 손님들 중 하나가 캔버스가 깔린 무대 위로 나가 홀로 춤을 췄다. 그녀는 흔들리는 오팔로 온 몸을 치장했는데, 칵테일 잔을 들어 단숨에 들이켜고는 프리스코(1900년대 초 활동한 미국의 유명한 댄서)처럼 손을 놀렸다. 모두 숨을 죽이고 그녀를 바라보았다. 오케스트라 지휘자는 그녀의 리듬에 맞춰 음악을 바꾸었다. 몇몇 사람들은 그녀가 브로드웨이 뮤지컬 쇼 〈시사 풍자극〉에 나오는 유명 배우 질다 그레이의 대역 배우라고 수군거렸다. 그렇게 파티 분위기는 점점 무르익어갔다.

개츠비의 저택을 처음 방문한 날 밤, 나는 정식으로 초대받은 몇 안 되는 손님들 중 하나였다. 그곳에 모인 대부분의 사람들은 특별한 초대 없이 스스로 참석했다. 그들은 차를 타고 롱아일랜드로 향하다가 무조건 개츠비의 저택 앞에서 내렸다. 그리고 어떻게 해서 개츠비를 아는 사람의 소개를 받아 저택에 들어서게 되면, 그 다음부터는 놀이공원의 규칙을 따르듯 행동하면 그만이었다. 그들은 종종 개츠비도 만나지 않고 돌아가고는 했는데, 그런 단순한 열정이 곧 초대장이나 다름없었다.

여하튼 나는 정식으로 초대를 받았다. 토요일 아침, 개똥지빠귀 알 색깔 같은 푸른 제복을 입은 운전기사가 주인이 전하는 초대장을 들고 우리 집 잔디밭으로 건너왔다. 거기에는 오늘 밤 자신의 '조촐한 파티'에 참석해주면 더없는 영광으로 알겠다는 지극히 형식적인 내용이 적혀 있었다. 그러면서 그는 이미 나를 몇 번 본 적이 있다면서, 진작 만나고 싶었지만 사정의 여의치 않았다는 말을 전했다. 초대장 아래쪽에는 위엄 있는 필체로 쓰인 '제이 개츠비'라는 서명이 있었다.

나는 7시가 좀 지난 시각에 하얀 플란넬 양복을 차려입고 그의 잔디밭으로 건너갔다. 그리고 낯선 사람들 사이를 조금 어색한 기분으로 돌아다녔다. 물론 이따금 통근 열차 안에서 본 것 같은 낯익은 얼굴들이 보이기는 했다. 무엇보다 나는 영국인들이 꽤 많이 눈에 띄어 놀랐다. 그들은 너나없이 말쑥한 차림새였지만 어딘지 모르게 굶주린 듯한 표정이었다. 영국인들은 진지한 목소리로 믿음직하고 부유해 보이는 미국인들과 나지막이 대화를 나누고 있었다. 그들은 채권이나 보험, 자동차 따위를 팔고 있는 것이 틀림없었다. 아무래도 그 자리가 그들에게는 몇 마디 말만 잘하면 손쉽게 돈을 벌 수 있는 기회로 여겨지는 듯했다.

나는 파티 장소에 다다르자마자 주인을 찾으려고 했다. 몇몇 사람들에게 그가 어디 있느냐고 물었지만, 모두 동그랗게 눈을 뜨며 모른다고 딱 잘라 말했다. 나는 그런 반응에 칵테일 테이블 쪽으로 슬그머니 꽁무니를 빼고 말았다. 그곳은 외톨이가 할 일 없는 사람처럼 보이거나 혼자인 것을 들키지 않고 시간을 보낼 수 있는 유일한 장소였다.

나는 어색한 기분을 달래려고 술을 마시고 취해볼까 생각했다. 그 때 조던 베이커가 집 안에서 나와 대리석 계단 꼭대기에 서더니 몸을 약간 뒤로 젖힌 채 깔보는 듯하면서도 재미있다는 표정으로 정원을 내려다보았다.

그 때 나는 지나가는 사람들에게 스스럼없이 말을 건네려면 그 전에 누군가와 한 패가 되어야 한다는 사실을 깨달았다. 그것이 좋든 싫든, 어쨌거나 말이다.

"안녕하세요!"

나는 그녀 쪽으로 걸음을 옮기면서 크게 소리쳤다. 내 목소리가 정원에 울려 퍼지는 것 같아 어색했다.

"여기에 오실지도 모른다고 생각했어요. 이웃에 사신다는 걸 잊지 않고 있었거든요……."

내가 곁으로 다가서자, 베이커가 멍한 표정으로 대꾸했다. 그녀는 이제부터 나를 잘 보살펴주겠다고 약속이라도 하듯 아무런 감정 없이 불쑥 내 손을 잡았다. 그리고는 노란색 드레스를 입은 두 여자의 말에 귀를 기울였다.

"안녕하세요! 당신이 이기지 못해 아쉬워요."

두 여자가 한 목소리로 소리쳤다.

그것은 골프 시합을 두고 하는 말이었다. 베이커는 지난주에 펼쳐진 결승전에서 패했다.

"당신은 우리가 누군지 모르겠지만, 한 달 전에 여기서 만난 적이 있어요.”

노란 드레스를 입은 두 여자 중 한 사람이 말했다.

“그 뒤로 머리 염색을 하셨네요.”

그 말에 베이커는 친절히 대꾸했다. 그러나 여자들이 금세 별 생각 없이 자리를 옮기는 바람에 그녀의 말은 이르게 떠오른 달을 향해 내뱉은 꼴이 되고 말았다. 베이커는 황금빛으로 그을린 날씬한 팔로 내 팔을 감싸더니 계단 아래로 이끌어 정원 주변을 산책했다. 우리는 황혼 속에서 칵테일 잔을 들었고, 노란 드레스를 입은 두 여자를 다시 만나 다른 세 남자와 함께 테이블에 앉았다. 남자들은 하나같이 자신을 미스터 ‘멈블’이라고 소개했다. 그것은 정체가 불분명한 미스터 아무개라는 말과 다름없었다.

“이런 파티에 자주 오시나요?”

베이커가 옆에 앉은 여자에게 물었다.

“지난번에 당신을 만나고 난 뒤에는 오늘이 처음이에요.”

그 여자는 자신만만한 말투로 대답하더니, 친구에게 고개를 돌려 물었다.

“루실, 너도 그렇지?”

루실이라는 이름의 여자는 그렇다는 의미로 고개를 끄덕였다.

“난 이런 파티를 아주 좋아해요. 내가 뭘 하든 일일이 신경쓰지 않고 즐길 수 있으니까요. 지난번에 여기 왔을 때는 어떤 분의 의자에 옷이 걸려 찢어졌는데, 그 신사께서 제 이름과 주소를 묻더라고요. 그리고는 일주일도 지나지 않아 크루아리에(작가가 설정한 가상의 의상실 – 편집자 주)에서 새 이브닝드레스를 소포로 부쳐왔지 뭐예요."

루실이 말했다.

"그래서, 그 옷을 받았나요?"

베이커가 물었다.

"그럼요. 오늘 그 옷을 입고 싶었는데, 가슴 부분이 너무 커서 줄여야겠더라고요. 보랏빛 구슬로 장식된 하늘색 드레스예요. 자그마치 265달러짜리래요."

"그렇게 지나친 호의를 베푸는 사람은 뭔가 수상한 구석이 있어. 그 사람은 누구와도 말썽이 생기는 것을 원치 않는다던걸."

다른 여자가 친구에게 말했다.

"그 사람이 누군데요?"

내가 물었다.

"누구긴요, 개츠비 씨지요. 어떤 사람이 그러는데……."

두 여자와 베이커는 비밀 이야기라도 하려는 듯 서로 가까이 몸을 기울였다.

"누가 그러는데, 그분이 전에 살인을 저지른 적이 있대요."

그 말에 우리는 모두 묘한 전율을 느꼈다. 세 명의 아무개 씨도 눈빛을 번뜩이며 귀를 기울였다.

"나는 그 말을 믿지 않아. 차라리 그분이 전쟁 중에 독일 첩자였다는 얘기가 맞을 거야."

루실이 의심스러운 듯 말했다. 세 남자 중 한 사람이 그 말에 동의하는 의미로 고개를 끄덕이며 덧붙였다.

"나도 그런 얘기를 들었어요. 그와 함께 독일에서 자란 사람한테 말이지요."

남자의 말투는 단정적이었다.

"아니, 아니에요. 그럴 리가 없어요. 왜냐하면 그 사람은 전쟁 중에 미군에 소속되어 있었거든요."

루실의 친구가 말했다. 우리가 그 이야기에 솔깃해 하자, 그녀는 몸을 앞으로 기울이며 좀 더 진지하게 말을 이었다.

"그가 이따금 주위에 아무도 없다고 생각해 짓는 표정을 보세요. 살인을 한 사람이 틀림없다고 느껴질 거예요."

그녀는 눈살을 찌푸리며 몸을 떨었다. 친구 루실도 몸서리를 쳤다. 우리는 누가 먼저라고 할 것도 없이 개츠비가 어디에 있는지 주위를 두리번거렸다. 세상일에 대해 쑥덕거릴 필요가 없다고 생각하는 사람들조차 흥미를 보일 만큼, 개츠비는 다른 사람들에게 낭만적인 추측을 불러일으키는 인물이었다.

첫 번째 만찬(자정이 지나면 다시 만찬이 나옴)이 나올 무렵, 베이커는 자신의 일행과 함께 식사를 하자며 다른 테이블에 자리 잡고 있는 나를 불렀다. 거기에는 베이커의 경호원 자격으로 온 파트너와 결혼한 세 쌍의 커플이 있었다. 베이커의 파트너는 괜히 거들먹거리는 것으로 보아 철없는 대학생 같은 남자였다. 그들은 여기저기 돌아다니지 않고 한결같이 위엄 있는 태도를 유지했다. 이스트에그 사람들은 겸손한 태도로 웨스트에그 사람들을 대했지만, 내심 웨스트에그의 화려하고 활달한 특성에 경계심을 보이고 있었다.

"우리 밖으로 나가요. 제가 있기에는 너무 점잖은 자리 같아요."

대략 30분 정도 지루한 시간이 흐른 뒤, 베이커가 내게 속삭였다.

우리는 곧 자리에서 일어났는데, 그녀는 자신의 파트너에게 집주인을 찾으러 간다고 말했다. 내가 한 번도 개츠비를 만나본 적이 없어서 그렇다는 것이었다. 나는 그런 설명이 다소 불편했고, 그녀의 파트너는 냉소적이면서 침울한 표정으로 고개를 끄덕였다.

우리가 먼저 찾아간 곳은 바였다. 여전히 많은 사람들이 북적였지만 개츠비는 보이지 않았다. 그는 계단 꼭대기에도, 베란다에도 없었다. 나와 베이커는 이곳저곳 둘러보다 우연히 천장이 높은 고딕식 건물의 서재로 들어가게 되었다. 그곳은 영국식 참나무를 조각해 장식을 꾸몄는데, 마치 외국의 유적을 고스란히 옮겨놓은 듯했다.

마침 서재에서는 건장한 중년 남자가 올빼미 눈 모양의 커다란 안경을 끼고 불안정한 시선으로 책을 보고 있었다. 그는 약간 술에 취해 넓은 탁자 한쪽에 앉아 있었는데, 우리가 들어서자 빙글 몸을 돌려 베이커를 찬찬히 훑어보았다.

"어떻게 생각하시오?"

그가 갑자기 말을 붙여 왔다.

"뭘 말인가요?"

그러자 그는 서가를 향해 손을 흔들어댔다.

"저것들 말이오. 사실 직접 진위를 조사할 필요는 없겠지요. 내가 이미 확인해봤는데, 저것들은 모두 진짜더군요."

"저 책들 말인가요?"

그는 고개를 끄덕였다.

"완벽히 진짜요……. 한 페이지도 누락되지 않았지요. 난 저것들이 그냥 두툼한 장식용 소품일 것이라고 생각했소. 한데 완벽한 진품인 거요. 자, 여기 좀 보시오."

그 사람은 우리가 당연히 의심할 것이라고 여기는 듯했다. 그는 잰걸음으로 서가에 가서 〈스토더드 강연집〉 제1권을 가져와 펼쳤다.

"이걸 보시오! 진짜로 인쇄한 책이오. 아, 나도 한때는 깜박 속았어요. 이 집 주인은 정말 벨라스코(실제와 비슷하게 정교한 무대장치를 만든 연극 연출가 – 편집자 주) 같은 인물이오. 이건 실로 대단한 위업이에요. 얼마나 철저하고 놀라운 리얼리즘이냔 말이오! 정확히 그만둘 때를 알아 페이지를 칼로 자르지도 않았소. 한데…… 당신들은 왜 여기에 들어온 거요? 뭐 찾는 것이라도 있소?"

그는 나에게 질문을 던지며 낚아채듯 책을 거둬들였다. 그리고는 한 권이라도 빠지면 우르르 무너질지 모른다고 투덜거리며 급히 서가에 그 책을 꽂아두었다.

"누가 당신들을 데려왔소? 아니면 제 발로 걸어온 거요? 나는 처음에 누가 데려다 주더군요. 대부분의 사람들이 누군가를 따라오는 것 같소."

그의 말에 베이커는 밝은 미소를 지어 보이면서도 경계심을 풀지 않았다. 그의 말이 계속됐다.

"나는 루스벨트라는 여자가 여기에 데려다줬소. 클로드 루스벨트 부인 말이오. 혹시 그 부인을 아시오? 지난밤 어딘가에서 그녀를 만났소. 나는 오늘까지 일주일 내내 술을 퍼마셨는데, 서재에 와서 앉아 있으면 술이 좀 깨지 않을까 생각했다오."

"그래, 술은 좀 깨셨나요?"

"그렇소, 조금은. 여기 들어온 지 한 시간밖에 되지 않아 아직 확실한 것은 아니지만 말이오. 내가 당신들한테 책 이야기를 했던가? 저것들은 진짜 책인데……."

"그 얘기는 이미 하셨어요."

우리는 그와 정중히 악수를 나누고 나서 서재 밖으로 나왔다.

정원에서는 무도회가 펼쳐지고 있었다. 나이 든 남자들이 빙 둘러 원을 만들더니 점잖지 못하게 자꾸만 젊은 여자들을 안으로 밀어 넣었다. 몇몇 상류층 커플들은 한쪽 구석에서 서로를 끌어안고 우아하게 춤을 추고 있었다. 그리고 파트너 없이 온 많은 여자들은 홀로 춤을 추거나, 잠시 오케스트라의 밴조나 타악기 연주자들을 거들었다. 밤이 깊을수록 파티 분위기는 한층 더 흥겨워졌다. 이름난 테너 가수는 이탈리아어로, 다른 유명한 알토 가수는 재즈풍으로 노래를 불렀다. 그 사이사이에 정원 한쪽에서는 장기자랑이 펼쳐졌고, 즐거우면서도 공허하기 짝이 없는 웃음소리가 시끌벅적 하늘로 울려 퍼졌다. 또 노란 드레스를 입고 무대에 오른 '쌍둥이'는 어린이 흉내를 내며 시대극을 공연했다. 핑거볼보다 더 큰 잔에 담긴 샴페인이 돌았다. 하늘에는 달이 높이 떠 있었다. 롱아일랜드 해협에 떠 아른거리는 은빛 비늘이 잔디밭에서 두들겨대는 밴조 리듬에 맞춰 바르르 떨리는 듯 보였다.

나는 여전히 조던 베이커와 함께했다. 우리가 앉은 테이블에는 나와 비슷한 나이대의 한 남자와 툭하면 웃음보를 터뜨리며 수선을 떨어대는 아가씨가 있었다. 어느새 나도 신바람이 나기 시작했다. 핑거볼 두 잔 정도 양의 샴페인을 마시자 눈앞에서 펼쳐지는 파티의 풍경이 뭔가 중요하고 의미 깊게 느껴졌다. 여기저기 요란하던 소란이 잠시 가라앉았을 때, 내 또래의 남자가 미소를 띠며 말문을 열었다.

"왠지 낯이 익군요. 혹시 전쟁 때 1사단에 근무하지 않았습니까?"

그의 말투는 정중했다.

"네, 맞습니다. 28보병연대에 있었지요."

"저는 1918년 6월까지 16보병연대에 있었어요. 그래요, 전에 어디선가 뵌 것 같았어요."

우리는 한동안 비가 자주 내리고 음울하던 프랑스의 작은 마을에 관해 이야기를 나누었다. 그는 얼마 전에 모터보트를 새로 샀다며 내일 아침에 타볼 생각이라고 말했다. 그것으로 미루어 그는 근처에 살고 있는 것이 틀림없었다.

"저랑 같이 모터보트를 타지 않겠습니까? 이 근처 바다에서 말이에요."

"몇 시예요?"

"당신이 편할 때요."

순간 나는 그의 이름을 물어보려고 했다. 그 때 베이커가 미소를 지으며 물었다.

"이제 기분이 나아지신 모양이네요?"

"네, 한결 좋아졌어요."

그러면서 나는 새로 알게 된 동년배에게 눈길을 돌렸다.

"저한테는 좀 익숙하지 않은 파티입니다. 아직 주인도 만나 보지 못했지요. 저는 저기 건너편에 살고 있습니다."

나는 손을 들어 어두워서 잘 보이지 않는 울타리 쪽을 가리켰다.

"개츠비 씨라는 분이 운전기사를 통해 제게 초대장을 보내셨지요."

그는 왠지 말귀를 못 알아들은 듯 멍하니 잠시 내 얼굴을 바라보았다. 그리고는 전혀 예상치 못한 뜻밖의 말을 했다.

"제가 개츠비입니다만."

"뭐라고요! 아…… 실례했습니다."

나는 너무나 놀라 소리를 질렀다.

"저를 알고 계신 줄 알았습니다. 제가 주인 노릇을 제대로 못했군요."

그는 사려 깊은 미소를 지었다. 아니, 그 미소에는 훨씬 더 많은 의미가 담겨 있는 듯했다. 그것은 결코 흔히 볼 수 없는 영원히 변치 않을 확신이 내비치는 미소였다. 그 미소는 일방적인 애정으로 당신에게 온 정신을 집중하겠다는 뜻이었다. 또한 당신이 바라는 만큼 당신을 이해하고, 당신이 원하는 만큼 당신에게 신뢰를 보내며, 당신이 전하려는 만큼 호의적인 인상을 분명히 전달받았다고 메시지를 보내는 미소였다. 그런 생각을 하는 순간, 그의 미소는 사라졌다. 어느새 내 앞에는 서른한두 살 먹은 단정한 젊은 사내가 앉아 있을 따름이었다. 그런데 격식을 차린 그의 말투는 어리석다는 느낌을 겨우 벗어난 수준이었다. 나는 그가 자신을 소개하기 전만 해도 조심스럽게 말을 가려서 한다는 인상을 받고 있었다.

개츠비가 자신의 신분을 밝힌 뒤, 급히 집사가 다가와 시카고에서 전화가 왔다고 전했다. 그는 우리와 한 사람씩 일일이 시선을 맞추면서 고개를 살짝 숙여 잠시 실례하겠다고 말했다.

"뭐든 필요한 것이 있으면 망설이지 말고 부탁하십시오."

그의 말투는 여전히 정중했다.

"그럼 실례하겠습니다. 나중에 또 뵙지요."

그가 자리를 뜨자마자, 나는 베이커 쪽으로 돌아앉았다. 아무래도 내가 얼마나 당혹스러웠는지 확인시켜줘야 할 것 같았기 때문이다. 나는 사실 개츠비가 뚱뚱하고 혈색 좋은 중년 남자일 것이라고 막연히 생각해오고 있었다.

"그가 어떤 사람인지, 좀 알고 있나요?"

내가 물었다.

"개츠비라는 이름을 가진 남자일 뿐이지요, 뭐."

"제가 궁금한 것은 그가 어디 출신이냐는 것입니다. 또 어떤 일을 하는지도 알고 싶고요."

"이제 당신도 그 사람에 대해 호기심이 발동하셨군요."

베이커는 살며시 웃음을 내보이며 말을 이었다.

"글쎄요, 언젠가 제게 자신이 옥스퍼드대학 출신이라고 얘기하던군요."

그 말에 나는 개츠비의 배경이 희미하게 그려지는 느낌을 받았다. 하지만 그녀의 다음 말이 이내 나를 허탈하게 만들었다.

"하지만 난 그 말을 믿지 않아요."

"왜요?"

"모르겠어요. 그냥 그가 옥스퍼드대학을 다녔을 것이라고는 생각되지 않아요."

나는 그녀의 이야기에서 문득 "내 생각에 그는 분명 살인을 저지른 적이 있어요."라는 다른 여자의 말이 연상되어 호기심이 일었다. 만약 개츠비가 루이지애나주의 습지나 뉴욕 이스트사이드 아래쪽 출신이라고 했다면 선뜻 믿었을지 모른다. 그건 그럴싸하다는 말이다. 어쨌거나 나의 짧은 인생 경험에 비추어보면, 젊은 사람이 어딘지도 모르는 낯선 곳에서 롱아일랜드 해협에 불쑥 흘러들어와 궁전 같은 저택을 사지는 않을 것 같았다.

"아무튼 그의 파티는 매우 성대해요."

베이커는 구구절절 이야기하는 것을 별로 좋아하지 않는 듯했다. 말머리를 돌린 그녀가 말을 이었다.

"나는 성대한 파티가 마음에 들어요. 남의 이목을 끌지 않잖아요. 작은 파티에 가보면 프라이버시를 보호받기 어려워요."

그 때 큰북 소리가 울렸다. 곧이어 오케스트라 지휘자의 목소리가 들려왔다.

"신사 숙녀 여러분! 개츠비 씨의 요청에 따라, 블라디미르 토스토프의 최근 작품을 연주하겠습니다. 이미 신문 보도를 보셨겠지만, 이 작품은 지난 5월 카네기홀에서 연주되어 큰 화제를 불러일으킨 바 있습니다. 그야말로 굉장한 센세이션이었지요!"

그의 말투는 공손하면서도 유쾌했다. 파티에 참석한 사람들이 웃음을 터뜨리자, 지휘자는 힘차게 마지막 말을 전했다.

"이 작품의 제목은 〈블라디미르 토스토프의 세계 재즈 역사〉랍니다!"

그런데 내 귀에는 그 연주가 제대로 들리지 않았다. 연주가 막 시작되었을 무렵, 대리석 계단 위에 서서 음악에 귀 기울이는 손님들을 흐뭇하게 바라보고 있는 개츠비의 모습이 눈에 띄었기 때문이다. 문득 햇볕에 적당히 그을려 팽팽한 그의 피부가 좋아 보였고, 헤어스타일도 매일 손을 보는 듯 단정하게 느껴졌다. 나는 그의 모습에서 어떤 수상쩍은 예감도 떠올리지 않았다. 술을 마시지 않는다는 사실만 빼면, 그는 여느 손님들과 다른 점이 별로 없는 것 같았다. 손님들이 즐거워할수록 그는 더욱 단정함을 잃지 않았다. 잠시 뒤 연주가 끝나자, 감동이 채 가시지 않은 몇몇 여자들이 마치 강아지처럼 애교스럽게 남자들의 어깨에 머리를 기댔다. 또 다른 여자들 몇 명은 누군가 받쳐주겠지 하는 기대로 남자들의 팔, 심지어 사람들 속으로 그냥 자신의 몸을 쓰러뜨리기도 했다. 하지만 누구도 개츠비의 어깨에 몸을 내맡기지는 않았다. 그를 둘러싸고 노래를 부르는 4중창단도 없었다.

"실례지만, 베이커 양이신가요? 개츠비 씨께서 조용히 드릴 말씀이 있다고 하십니다."

갑자기 개츠비의 집사가 우리 앞에 나타나 말했다.

"저한테요?"

베이커가 깜짝 놀라며 물었다.

"네, 그렇습니다."

그녀는 내게 눈썹을 추켜올려 보여 당황한 기색을 나타냈다. 그리고는 천천히 자리에서 일어나 집사를 따라나섰다. 그녀의 뒷모습을 보니, 이브닝드레스 차림이었지만 마치 운동복을 입고 있는 것처럼 보였다. 다른 어떤 옷을 입어도 마찬가지일 듯했다. 그녀는 상쾌한 아침에 처음 필드에 나가 골프를 배우는 사람처럼 경쾌하게 움직였다.

나는 혼자 남겨졌다. 어느새 시간은 새벽 2시가 되어가고 있었다. 테라스 바로 위의 창문 많은 길쭉한 방에서 한동안 수선스러우면서도 흥미를 끄는 소리가 들려왔다. 베이커의 경호원 겸 파트너로 왔던 젊은 남자가 코러스를 하는 두 명의 여자와 음담패설을 하고 있었다. 그들이 같이 어울리자고 했지만, 나는 슬그머니 자리를 피해 집 안으로 들어갔다.

넓은 홀 안에는 사람들이 가득 들어차 있었다. 노란 드레스를 입은 아가씨들 중 한 사람이 피아노를 치고 있었다. 그녀 옆에서는 키가 크고 붉은 머리카락을 가진 합창단 출신의 젊은 부인이 서서 노래를 불렀다. 그녀는 샴페인을 꽤 마셔서 그런지 노래를 부르며 세상이 너무나 슬픈 곳이라는 어이없는 결론을 내린 듯했다. 그녀는 심지어 눈물까지 흘리고 있었다. 노래가 잠시 끊어질 적마다 흐느끼고 나서, 다시 떨리는 소프라노로 노래를 불러 나갔다. 눈물이 그녀의 뺨을 적셨다. 그러나 짙게 화장한 속눈썹 때문에 검은 실개천처럼 변한 눈물이 주르르 흘러내리지는 않았다. 누군가 그 여자를 향해 얼굴에 그려진 악보대로 노래를 하는 모양이라고 우스갯소리를 했다. 잠시 뒤 그녀는 더 이상 술기운을 견디지 못하고 두 손을 번쩍 들어 올린 채 깊은 잠에 곯아떨어졌다.

"저 여자는 스스로 남편이라고 떠들어대는 어떤 남자와 다퉜어요."

내 곁에 있는 여자가 말했다.

나는 주위를 휘 둘러보았다. 그 시각까지 집으로 돌아가지 않은 여자들은 대부분 남편들과 다투고 있었다. 베이커와 잘 아는 이스트에그에서 온 두 쌍의 부부도 말싸움 끝에 뿔뿔이 흩어져 있었다. 한 여자는 자신의 남편이 젊은 여배우에게 은근슬쩍 말을 붙이자, 처음에는 무관심한 척 웃어넘겼지만 순식간에 이성을 잃어 폭발하고 말았다. 그녀는 각진 다이아몬드처럼 뾰족해져서 남편의 귀에 대고 "당신, 약속했잖아!"라며 소리를 질러댔다.

늦은 시각까지 집으로 돌아갈 생각이 없는 것은 바람기 많은 사내들만이 아니었다. 넓은 홀은 어느덧 술에 취하지 않은 두 남자와 몹시 화가 난 그들의 아내들이 주인 행세를 하고 있었다. 아내들은 격앙된 목소리로 서로 공감대를 형성했다.

"제가 기분을 좀 내려면, 우리 집 양반은 늘 집에 가자고 재촉해요."

"그래요? 평생 처음 듣는 이기적인 이야기로군요."

"우리는 항상 맨 먼저 자리를 뜨는 편이지요."

"하기야, 우리도 그래요."

그 때 두 남자 중 한 사람이 아내들의 대화에 끼어들었다.

"그런데 오늘 밤에는 우리가 마지막까지 남아 있는 손님이 되었구려. 오케스트라도 벌써 삼십 분 전에 여기를 떠났는데 말이야."

남자의 목소리는 나지막했다.

아내들은 남편들이 워낙 심술궂어 그 말을 믿을 수 없다며 언성을 높였다. 하지만 부부간의 말다툼은 이내 끝났고, 아내들은 발버둥을 치며 남편들에게 이끌려 집 밖의 어둠 속으로 사라졌다.

나는 홀에서 하인이 모자를 가져다주기를 기다렸다. 그 때 서재의 문이 열리면서 베이커와 개츠비가 함께 걸어 나왔다. 그는 베이커에게 뭔가 마지막 말을 건네려는 듯 보였다. 그러나 손님들 몇이 그에게 작별 인사를 하려고 다가서자 금세 열성적인 모습을 감추고 의례적인 태도를 내보였다.

현관에서는 베이커의 일행이 그녀가 나오기를 재촉하고 있었다. 그녀는 악수를 나누느라 잠시 더 머뭇거렸다.

"저는 방금 전에 놀라운 이야기를 들었어요. 우리가 저 안에 얼마나 오래 머물렀나요?"

베이커가 작은 소리로 속삭였다.

"글쎄요, 한 시간쯤 됐을까요……."

"이건…… 정말로 놀라운 얘기예요."

하지만 그녀는 모든 것을 털어놓지 않은 채 얼떨떨한 표정만 지었다.

"전 그 이야기를 아무한테도 하지 않겠다고 약속했어요. 그러니 당신을 이렇게 애태울 수밖에 없네요."

그녀는 내 얼굴에 대고 우아하게 하품을 하며 말을 이었다.

"언제 저를 찾아오세요. 전화번호부를 보면…… 시고니 하워드 부인 이름으로…… 저의 숙모님이거든요……."

그녀는 이 말을 남기고 서둘러 집 밖으로 걸어 나갔다. 그리고는 쾌활하게 손을 흔들며 자신을 기다리던 일행 속으로 사라져버렸다.

나는 처음 참석한 파티에 너무 늦도록 남아 있는 것이 조금 쑥스러웠다. 하지만 개츠비를 중심으로 모여든 사람들과 마지막까지 함께했다. 개츠비에게 솔직히 초저녁부터 당신을 찾아다녔으며, 정원에서 만나고도 알아보지 못해 미안하다는 말을 꼭 전하고 싶었다.

"그런 말씀 마세요. 그렇게 신경쓸 일이 아닙니다, 친구."

개츠비는 나의 말을 듣고 진지하게 대꾸했다. 나를 안심시키려는 듯 어깨를 쓰다듬으며 '친구'라는 호칭까지 썼지만 그다지 친밀감이 느껴지지는 않았다.

"내일 아침 아홉 시에 모터보트 타기로 한 것 잊지 마세요."

그 때 집사가 그의 뒤에 다가와 말했다.

"필라델피아에서 전화가 왔습니다."

"알았네. 곧 갈 테니 잠깐만 기다리라고 하게……. 자, 그
럼 안녕히 가십시오."

"네, 안녕히 계세요."

"안녕히 가세요."

그가 문득 미소를 지었다. 그는 내가 마지막까지 남아 있는
손님들 무리에 있다는 것이 흡족한 듯했다.

"안녕히 가십시오, 친구. 편히 주무세요."

그런데 나는 계단을 내려가면서 파티가 완전히 끝나지 않
은 것을 알게 되었다. 정문에서 15미터쯤 떨어진 곳에 열두어
개의 헤드라이트가 시끌벅적 희한한 광경을 비추고 있었다.
가만 보니, 개츠비 저택의 차고를 나온 지 2분도 지나지 않은
신형 쿠페 자동차의 바퀴 하나가 빠져 길가 도랑에 푹 처박혀
있었다. 아마도 볼록 튀어나온 담벼락에 부딪혀 사고가 일어
난 듯했는데, 다른 운전기사 대여섯 명이 모여들어 이러쿵저
러쿵 이야기를 주고받느라 주위가 온통 떠들썩했다. 게다가
그들의 차가 길을 막아선 바람에 뒤따라 나온 자동차들이 요
란한 경적 소리를 울려대 더욱 혼란스러웠다.

기다란 코트를 입은 남자가 사고 차에서 나와 길 한복판에

내려섰다. 그는 당황스러우면서도 유쾌한 표정으로 자신의 차를 이리저리 훑어보더니 구경꾼들을 향해 시선을 돌렸다.

"이걸 어쩐담. 차바퀴가 도랑에 빠져버리고 말았어."

그는 갑작스런 사고에 놀란 눈치였다. 나는 그의 놀라는 태도가 예사롭지 않다는 느낌이 들었는데, 곧 그 남자가 누군지 알게 되었다. 그는 바로 얼마 전 개츠비의 서재에서 만났던 사람이었다.

"이게 어떻게 된 일입니까?"

그가 어깨를 으쓱했다.

"난 기계에 대해서라면 아는 게 하나도 없어요."

그는 단호했다.

"그래도 차에 타고 있었으니까 어떤 일이 벌어졌는지 알잖아요. 담벼락을 들이받았나요?"

"자꾸 나한테 묻지 말아요. 난 운전에 대해 잘 모르니까. 아니, 전혀. 나도 이렇게 사고가 벌어졌다는 사실만 알고 있을 뿐이오."

올빼미 눈의 남자는 그 일이 자신과 아무런 관계도 없는 것처럼 말했다.

"운전이 서툴면 밤에는 운전대를 잡지 말았어야죠."

"하지만 난 운전을 하려던 게 아니었소. 그럴 생각이 조금도 없었단 말이오!"

그는 화가 난 목소리로 자신의 입장을 설명했다. 그 모습에 구경꾼들은 놀라 잠시 말문이 막혔다.

"혹시 자살하려고 했나요?"

"그나마 바퀴 하나만 빠진 게 천만다행이지요. 운전도 서툰 사람이 아예 운전을 하려는 생각조차 하지 않았다니, 원!"

몇몇 구경꾼들이 다시 수군거렸다.

"모르는 소리 그만 해요! 내가 운전한 게 아니라, 차 안에 다른 사람이 있었단 말이오."

마치 범인 취급을 받던 남자가 큰 소리로 대꾸했다.

그 말을 들은 구경꾼들은 어안이 벙벙했다. 그 때 쿠페 자동차 문이 열리면서 나지막이 신음 소리가 새어나왔다. 이미 구경꾼을 넘어 군중이라고 표현할 만한 많은 사람들이 얼떨결에 뒷걸음질을 쳤다. 그리고는 이내 유령이라도 본 것처럼 모두 숨을 죽인 채 우뚝 멈춰 섰다. 그 순간 차 안에서 창백한 낯빛의 사람 하나가 아주 천천히 몸을 비틀거리며 밖으로 나왔다. 그 사람은 발에 잘 맞지도 않는 큼지막한 무용화를 신고 있었는데, 시험하듯 두어 번 땅을 두드려보고 발을 내디뎠다.

유령 같은 그 사람은 밝은 헤드라이트 불빛 때문에 눈이 부셔 앞을 잘 분간하지 못했다. 연방 들려오는 경적 소리는 정신을 차리지 못하게 했다. 그는 잠시 비틀거리다가 코트를 입은 남자를 알아보고 물었다.

"어떻게 된 일이요? 휘발유가 떨어졌소?"

"저길 좀 봐요!"

그의 질문에 대여섯 명의 사람들이 동시에 손가락으로 빠져나간 바퀴를 가리켰다. 그는 잠시 그것을 쳐다보고는 하늘을 올려다보았다. 마치 그 바퀴가 하늘에서 떨어지기라도 한 것처럼.

"바퀴가 빠져버렸어요."

누군가 말하자, 그가 고개를 끄덕였다.

"처음에 나는 차가 멈춘 것도 몰랐어요."

그는 잠시 말문을 닫았다. 그리고는 깊은 숨을 푹 내쉬더니 어깨를 쫙 펴고 큰 결심이라도 한 듯 물었다.

"주유소가 어디 있는지 아는 분 있나요?"

그러자 적어도 열 명이 넘는 사람들이 자동차에 바퀴가 붙어 있지 않다고 설명해주었다. 그들 중 몇몇은 차에서 비틀거리며 나온 사람보다 상태가 나을 것도 없었지만 말이다.

"차를 뒤로 뺍시다. 후진기어로 놔 봐요."

잠시 뒤, 그가 제안했다.

"거참, 바퀴가 빠져버렸다니까 그러시네!"

누군가의 말에 그가 머뭇거렸다.

"한번 시도해본다고 손해 볼 건 없잖소."

그가 다시 말했다.

그러는 중에도 빵빵거리는 경적 소리는 점점 더 커졌다. 나는 잔디밭을 가로질러 집으로 향했다. 그러면서 힐끗 뒤를 돌아보았다. 언제나처럼 웨이퍼 과자 같은 달이 밤하늘을 아름답게 장식하며 개츠비의 저택을 환히 비추고 있었다. 그의 정원에서 울려 퍼지던 이야기 소리와 웃음소리의 여운이 아직도 남아 있는 듯했다. 그 때 갑자기 커다란 문과 여러 창문에서 공허감이 밀려 나오더니, 현관에서 한 손을 들고 정중하게 작별 인사를 하고 있는 집주인의 모습을 고독한 분위기로 에워싸 버렸다.

지금까지 내가 써놓은 글을 읽어보면, 몇 주에 걸쳐 따로따로 벌어진 사흘 밤의 일들에 내가 철저히 사로잡혀 있는 것 같은 인상을 준다. 하지만 그것은 사람들로 북적거리던 어느 여름에 일어난 우연한 사건들에 지나지 않는다. 나는 한참 시간이 지난 뒤까지도 그런 사건들보다는 나의 사적인 일에 훨씬 더 관심이 많았다.

나는 대부분의 시간을 일을 하며 보냈다. 내가 아침 일찍 프로비티 트러스트 회사를 향해 뉴욕 남쪽의 하얀 건물들 사이를 급히 내려갈 때면, 태양이 나의 그림자를 서쪽으로 드리웠다. 점심식사 때가 되면, 나는 가까이 지내는 동료 직원들이나 증권회사의 젊은 직원들과 함께 늘 붐비는 어두운 식당으로 가서 돼지소시지 작은 것과 으깬 감자를 먹고 커피를 마셨다. 또 나는 저지시티에 사는 경리과 아가씨와 짧은 연애를 하기도 했다. 그녀의 오빠가 나를 못마땅한 눈빛으로 바라보았기 때문에, 나는 그녀가 7월에 휴가를 떠난 것을 계기로 우리의 관계가 조용히 막을 내리도록 내버려두었다.

나는 특별한 일이 없으면 맨해튼 그랜드센트럴역 건너편에 있는 예일클럽(예일대학 졸업생과 교수들을 위한 곳 – 편집자 주)에서 저녁식사를 했다. 그런데 무슨 이유 때문인지는 몰라도 나는 그 시간이 하루 중 가장 우울했다. 저녁식사를 마치고 나면, 나는 위층에 있는 도서실로 올라가 한 시간 정도 투자와 증권에 관해 공부했다. 흔히 클럽에는 수선을 떨며 이리저리 어슬렁거리는 사람들이 있게 마련이었지만 도서실은 그렇지 않았다. 그곳은 공부를 하기에 안성맞춤이었다. 나는 공부를 마친 뒤 밤공기가 따뜻하면 매디슨가를 따라 천천히 산책을 하고는 했다. 유서 깊은 머리힐 호텔을 지나 33번가를 넘어 펜실베니아역까지 걸어갔던 것이다.

나는 뉴욕이 점점 좋아졌다. 활기 넘치고 모험이 가득한 밤 분위기를 비롯해 끊임없이 등장했다가 사라지기를 반복하는 남녀와 자동차들, 그리고 화려한 네온사인이 들뜬 마음에 만족감을 안겨주었던 것이다. 나는 5번가로 걸어 올라가 한 무리의 군중 속에서 낭만적인 여자들을 골라내 몇 분 동안 그들의 삶 속에 들어가 보는 즐거운 상상을 하고는 했다. 어느 누구도 그런 사실을 눈치채거나 거부하는 경우는 없었다. 나는 이따금 외진 길모퉁이에 있는 아파트까지 그 여자들을 따라가, 그녀들이 문을 열고 따뜻한 어둠 속으로 사라지기 전에 뒤돌아서 나를 바라보며 미소짓는 모습을 상상하기도 했다. 나는 종종 마법에 걸린 듯한 대도시의 황혼녘에 떨쳐버리기 힘든 고독감을 느꼈다. 다른 사람들도 그런 감정에서 자유롭지 못한 듯 보였다. 이를테면 가난한 젊은 사무원들은 쇼윈도 앞에서 서성대며 외롭게 저녁식사 시간을 기다리거나, 밤과 삶의 가장 강렬한 순간들을 어둠 속을 헤매며 허비하고 있었다.

8시 무렵, 40번가의 어둑한 골목에 극장가로 향하는 택시들이 엔진 소리를 내며 다섯 줄로 서 있었다. 나는 왠지 가슴이 덜컥하는 기분이었다. 택시에 탄 사람들은 출발을 기다리며 서로 어깨를 기대거나 노래를 불렀고, 낯선 농담을 지껄여대면서 웃음을 터뜨리기도 했다. 택시 안에 앉은 사람들의 움직임은 붉은 담뱃불의 흔들림으로 짐작되었다. 나는 그들과 다름없이 즐거운 일을 향해 발걸음을 재촉하고 있다고 생각했다. 그들의 은밀한 흥분을 함께 나누며 행운을 빌어주었다.

나는 조던 베이커를 한여름이 되어서야 다시 만나게 되었다. 많은 사람들이 골프 챔피언인 그녀의 이름을 알고 있던 터라, 나는 처음에 괜히 우쭐한 마음이 들어 그녀와 이곳저곳 돌아다니고는 했다. 그러다 보니 상황은 묘하게 진행되었다. 나는 그녀를 사랑하지 않았지만, 애정 어린 호기심 같은 것을 갖게 되었던 것이다. 세상에 대해 권태를 느끼는 듯한 그녀의 거만한 얼굴에는 뭔가가 숨겨져 있었다. 비록 본래의 의도는 그렇지 않더라도, 대부분의 가식적인 태도는 결국 뭔가를 감추고 있게 마련이었다. 그러던 어느 날, 나는 마침내 그것이 무엇인지 깨달았다. 우리가 뉴욕 북쪽의 워릭에서 열린 파티에 함께 갔을 때, 그녀는 비가 내리는데도 빌려온 자동차의 지붕을 열어놓고는 거짓말을 했다. 순간 나는 문득 데이지의 집에서는 미처 떠올리지 못했던 그녀에 관한 소문이 기억났다. 그녀가 처음 참가했던 메이저 골프 대회에서 거의 신문에까지 날 뻔한 소동이 있었던 것이다. 그 소문에 따르면, 그녀는 준결승전에서 어려운 위치에 떨어진 공을 은근슬쩍 퍼팅하기 쉬운 곳으로 옮겨놓았다고 한다. 그 사건은 일파만파 문제를 일으키는 듯하다가 갑자기 흐지부지되고 말았다. 캐디가 자신의 진술을 취소했고, 유일한 목격자 역시 자기가 착각했을 수도 있다며 꼬리를 내렸기 때문이다. 하지만 나의 머릿속에서만큼은 그 사건에 관한 이야기가 지워지지 않았다.

조던 베이커는 영리하고 예민한 사람들을 본능적으로 멀리

했다. 지금 생각해보니, 그녀는 규범을 조금도 벗어나지 않는 상황에서만 오히려 마음을 놓았던 것이다. 그녀는 구원이 불가능할 만큼 부정직했다. 도무지 자신이 불리한 처지에 놓이는 것을 참지 못했고, 만약 그런 상황이 벌어지면 싸늘하고 오만하기 짝이 없는 미소를 내보였다. 그녀는 활달하고 강인한 육체의 욕구를 만족시키기 위해 어릴 적부터 스스럼없이 속임수와 거래해왔던 것이다.

그럼에도 내 마음은 좀처럼 달라지지 않았다. 여자의 부정직함은 그다지 심하게 나무랄 것이 못 된다. 나는 그녀에 대해 실망스러웠지만, 금세 잊어버리고 말았다. 우리가 자동차 운전에 대해 이상야릇한 대화를 주고받은 것도 바로 워릭에서 열린 파티 때였다. 그 날 이야기의 시작은 그녀가 일꾼들 곁으로 차를 바짝 몰고 가다가 펜더(차량의 타이어를 덮고 있는 흙받기 – 편집자 주)로 한 사람의 외투 단추를 살짝 건드린 사고에서 비롯되었다.

"운전 솜씨가 형편없네요. 운전을 하지 말든가, 좀 더 조심했어야지요."

내가 그녀에게 나무라듯 말했다.

"조심하고 있어요."

"아니, 전혀 그렇지 않아요."

"그럼 다른 사람들이 조심하겠지요, 뭐."

그녀가 대수롭지 않은 일이라는 듯 대꾸했다.

"그게 대체 무슨 말이에요?"

"무슨 말이긴요, 사람들이 알아서 피해갈 거라는 뜻이지요. 양쪽에서 모두 실수를 해야 사고가 나는 법이잖아요."

그녀는 고집을 조금도 거두지 않았다.

"당신처럼 부주의한 사람을 만나면 어떻게 될까 생각해본 적 없어요?"

"그런 일이 일어나지 않기를 바라야지요. 나는 조심성이 없는 사람을 싫어하거든요. 당신을 좋아하는 이유도 바로 거기 있어요."

햇살에 찡그린 베이커의 잿빛 눈은 정면을 향하고 있었다. 그럼에도 그녀에게서 내심 우리의 관계를 변화시키려는 의도가 엿보였다. 문득 나는 그녀가 사랑스러웠다. 하지만 나는 섣불리 결단을 내리지 않는 성격인데다, 욕망에 제동을 거는 내면의 규칙도 많이 지니고 있었다. 무엇보다 먼저 고향에서 있었던 연애 사건으로부터 확실히 빠져나오는 것이 급선무였다. 나는 일주일에 한 번씩 '사랑하는 닉'이라고 서명한 편지를 그녀에게 보내면서도, 그 때 머릿속에 떠오르는 것이라고는 테니스를 칠 때 그 아가씨의 윗입술에 콧수염 같은 땀방울이 맺힌다는 사실뿐이었다. 하지만 그처럼 희미한 유대 관계라도 분명히 마무리를 짓지 않는 한 자유로워질 수가 없었다.

사람은 누구나 기본적인 덕목들 중 한 가지는 갖추고 있다.
물론 나도 마찬가지이다. 나는 내가 알고 있는 한, 극소수의
정직한 이들 가운데 한 사람이다.

04

　일요일 아침, 해변가 마을에 교회 종소리가 울려 퍼졌다. 그 시각 많은 사람들이 연인들을 데리고 개츠비의 저택으로 돌아와 잔디밭에서 한껏 기분을 내고 있었다.

　"그 사람은 밀주업자(미국에서는 1919~1933년 금주령이 시행됨 – 편집자 주)래요."

　젊은 부인들이 칵테일 바와 꽃밭 사이를 오가며 수군거렸다.

　"한번은 자기가 폰 힌덴부르크(독일 정치가로, 공화국 제2대 대통령을 역임함 – 편집자 주)의 조카이자 악마(독일 황제 빌헬름 2세를 일컫는 말 – 편집자 주)와 육촌지간 이라는 사실을 알아낸 사람을 죽였다지 뭐예요. 여보, 장미꽃 한 송이만 꺾어 줘요. 그리고 저기 놓인 크리스탈 잔에 마지막 한 방울까지 따라줘요."

나는 언젠가 기차 시간표의 빈 공간에다 그 해 여름 개츠비의 저택에 왔던 사람들의 이름을 적어놓았던 적이 있다. 그것은 이미 쓸모없는 낡은 종이조각이 되어버렸는데, 여전히 위쪽 구석에 '이 시간표는 1922년 7월 5일까지만 유효함'이라는 글귀가 쓰여 있는 것이 보인다. 그리고 비록 빛이 바래 희미해졌지만, 나는 내가 적어놓은 이름들도 알아볼 수 있다. 아마도 그 이름들은 개츠비로부터 극진한 대접을 받고도 그에 관해 아무것도 모른다며 고개를 갸우뚱하는 사람들에 대해 개략적인 설명을 하는 것보다 훨씬 뚜렷한 인상을 심어줄 수 있을 것이다.

먼저 이스트에그에서 온 사람들을 꼽아보면 체스터 베커 부부와 리치 부부, 그리고 내가 예일대학에서 알고 지내던 번슨이라는 남자를 이야기할 수 있다. 또 지난 여름에 메인주에서 익사한 웹스터 시베트 박사도 있었다. 혼빔 부부와 윌리 볼테어 부부, 늘 구석자리에 있다가 다른 사람이 가까이 다가오면 염소마냥 코를 벌름거리던 블랙번 일가도 몰려왔었다. 아울러 이스메이 부부, 크리스티 부부(차라리 휴버트 아우어바흐와 크리스티 씨의 부인이라고 하는 편이 나을 듯)와 소문에 따르면 어느 겨울에 특별한 이유도 없이 머리카락이 솜처럼 하얗게 변했다는 에드거 비버도 참석했다.

내 기억에 클래런스 엔다이브도 이스트에그에서 온 사람이었다. 그는 딱 한 번 하얀 니커보커(무릎 근처를 졸라매는 느슨한 바지 – 편집자 주)를 입고 왔었는데, 정원에서 에티라는 이름의 부랑자와 싸움을 벌였다. 한편 롱아일랜드의 변두리에서는 치들 부부와 O. R. P. 슈레이더 부부, 조지아주의 스톤월 잭슨 에이브럼스 부부, 피시가드 부부, 리플리 스넬 부부가 왔다. 그 가운데 스넬은 주 교도소에 들어가기 사흘 전 개츠비의 저택으로 온 것이었는데, 술에 잔뜩 취해 자갈 차도에 나뒹굴다가 율리시스 스웨트 부인이 몰던 자동차에 그만 오른손이 깔리고 말았다. 그 밖에 댄시 부부와 예순 살이 훌쩍 넘은 S. B. 화이트베이트, 모리스 A. 플링크, 해머헤드 부부, 담배 수입업자인 벨루거와 그의 딸들도 왔다.

그리고 웨스트에그에서는 폴 부부, 멀레디 부부, 세실 로벅과 세실 쉔, 주 상원의원 굴릭, '필름스파 엑설런스'를 경영하는 뉴턴 오키드, 에크하우스트, 클라이드 코언, 돈 S. 슈워츠(아들), 아서 맥카티 등이 참석했다. 그들은 모두 영화 분야에 관계가 있는 사람들이었다. 또한 캐틀립 부부와 벰버그 부부, 훗날 자기 아내를 목 졸라 죽인 멀둔의 형제 G. 얼 멀둔도 왔다. 그 밖에 흥행사 다 폰타노를 비롯해 에드리그로스와 제임스 B.(시시껄렁한 인간) 페리트, 드 종 부부, 어니스트 릴리도 있었다. 그들은 하나같이 도박이 목적이었는데, 페리트가 일없이 정원을 어슬렁거리면 그의 주머니가 깨끗이 털렸다는 뜻이었다 아울러 이튿날 연합운송사의 주가가 올라야만 한다는 의미이기도 했다.

클립스프링어라는 남자는 개츠비의 저택에 너무 자주, 오랫동안 머물러 '하숙생'이라는 별명이 붙었다. 그에게 자기 집이 정말 있는지 의심스러울 정도였다. 연극 분야에 관계하는 사람들도 적지 않았는데 거스 웨이즈, 호레이스 오도너번, 레스터 마이어, 조지 덕워드, 프랜시스 불이 있었다. 또한 뉴욕에서는 크롬 부부, 백히슨 부부, 데니커 부부, 러셀 베티, 코리건 부부, 켈러허 부부, 듀워 부부, 스컬리 부부, S. W. 벨처, 스머크 부부, 지금은 이혼한 젊은 퀸 부부, 얼마 전 타임스스퀘어에서 지하철에 뛰어들어 자살한 헨리 L. 팔미토가 왔다.

베니 맥클리너핸은 항상 젊은 여자 네 명을 데리고 왔다. 매번 다른 여자들이었지만, 외모가 너무 비슷해 아무래도 전에 온 적이 있는 듯 보였다. 그녀들의 이름은 잘 기억나지 않는다. 다만 재클린이라는 이름이 얼핏 생각나고 콘수엘라와 글로리아, 주디, 어쩌면 준이라는 여자도 있었던 것 같다. 그녀들의 성은 꽃이나 달의 명칭을 흉내낸 음악적인 것이었거나 미국 대자본가의 근엄한 이름에서 딴 것이었을 텐데, 아마도 끈질기게 캐물었다면 그 자본가의 사촌뻘쯤 된다고 얘기했을지도 모를 일이었다.

그 밖에도 여러 사람들이 있었다. 포스티나 오브라이언이 적어도 한 번쯤 왔고, 베데커 가문의 딸들과 전쟁 때 총을 맞아 코가 날아가 버린 청년 브루어, 올브럭스버거와 그의 약혼녀인 하그 양, 아디터 피츠피터스, 미국 재향군인회 회장을 지낸 P. 주웨트 씨, 자신의 운전기사라는 남자와 함께 온 클로디아 히프 양, 그리고 이름은 기억나지 않지만 우리가 공작이라고 부른 무슨 왕자인가 하는 남자가 있었다.

그 사람들이 모두 그 해 여름 개츠비의 저택에 찾아왔다.

7월 말의 어느 날 아침 9시 무렵, 개츠비의 호화로운 자동차가 자갈이 깔린 차도를 덜컹이며 올라와 우리 집 문 앞에 멈춰 섰다. 그리고는 3음계 화음이 어우러진 경적을 울려댔다. 나는 그의 파티에 두 번이나 참석했고 모터보트를 함께 탄 적도 있으며, 그의 간곡한 초대로 저택 근처 해변을 종종 이용했지만, 그가 나를 찾아온 것은 그 때가 처음이었다.

"잘 있었나요, 친구? 오늘 나랑 점심식사나 같이 합시다. 제 차로 함께 가지요."

그는 미국인 특유의 여유 있는 동작으로 자동차 계기판에 몸을 기댄 채 균형을 잡았다. 아마도 그런 동작은 그가 젊은 시절에 무거운 물건을 들거나 지나치게 오랫동안 똑바로 앉아 있어본 경험이 없다는 것을 증명하는 듯했다. 어쩌면 우리가 이따금 벌이는 우아하지만 긴장되는 경기 때문에 생긴 습관일지도 몰랐다. 그런 면은 그가 예의와 격식을 갖추면서도 자주 안절부절 못하는 태도로 나타났다. 그는 한순간도 잠자코 있지 못했다. 늘 어딘가에 발을 가볍게 구르거나 초조한 듯 손을 쥐었다 펴기를 반복했다.

그는 자동차를 보며 감탄하는 내게 말했다.

"차, 멋있지요?"

그는 자동차를 구석구석 더 잘 보이게 하려는 듯, 차에서 훌쩍 뛰어내렸다.

"언제 이런 차를 본 적 있나요?"

물론 본 적이 있었다. 누구나 보았을 것이다. 짙은 크림색에 니켈 장식이 반짝이고 기다란 차체 여기저기에 자랑스럽게 모자 상자와 더불어 음식 상자와 공구함이 놓여 있는 차, 앞유리가 복잡하게 미로처럼 나뉘어 있어 햇볕이 열두세 개쯤으로 반사되는 차를 말이다. 우리는 여러 겹의 유리창이 나 있는 녹색 가죽 온실 같은 자동차를 타고 시내를 향해 출발했다.

나는 지난달 개츠비와 대여섯 차례 이야기를 나누었다. 그는 실망스럽게도 화젯거리가 별로 없는 탓에 말수가 적었다. 그래서인지 나는 그가 중요한 인물일 것이라는 첫인상이 점점 사라지고, 그저 이웃에 사는 호화로운 여관집 주인으로 여겨졌다. 그런 참에 나는 당혹스럽게도 그와 함께 드라이브를 하게 된 것이었다. 개츠비는 웨스트에그에 다다를 때쯤 우아한 판결을 내리지 못하고 주저하는 판사처럼 캐러멜 색 양복의 무릎 부분을 톡톡 두드려댔다.

"한데 말이죠, 친구……. 저를 어떻게 생각하십니까?"

그가 갑작스럽게 말문을 열었다.

나는 당황한 탓에 대충 얼버무리기 시작했다.

"그렇다면 제가 살아온 인생 이야기를 좀 들려드려야겠군요."

그가 나의 말을 끊고 끼어들었다.

"이런저런 소문만 듣고 저에 대해 오해하지 않기를 바라니까요."

그랬다, 그는 자기 집에서 사람들이 수군거리던 민감한 비난의 소문들에 대해 이미 알고 있는 눈치였다.

"하늘에 맹세코 진실만을 말씀드리지요."

그러면서 그는 오른손을 들어 거짓말을 할 경우 신의 징벌을 달게 받겠다는 다짐을 했다.

"저는 중서부의 어느 부잣집에 태어났습니다. 가족은 모두 죽고 없지요. 전 미국에서 자랐지만, 교육은 옥스퍼드에서 받았답니다. 집안 대대로 그곳에서 교육을 받아왔거든요. 가문의 전통이라고 할 수 있지요."

개츠비는 이야기를 하면서 곁눈질로 나를 흘깃 쳐다보았다. 순간 나는 조던 베이커가 왜 그를 거짓말쟁이로 생각하는지 알 수 있었다. 그는 옥스퍼드에서 교육을 받았다는 말을 무엇에 쫓기듯 서둘러 꺼냈다. 마치 이전에도 그 말 때문에 괴롭힘을 당한 적이 있는 것처럼, 그는 그 대목에서 괜히 마른침을 삼켰거나 목이 멘 것 같았다. 그런 의심이 생기자 그가 들려주는 과거의 진실은 산산조각 났고, 그에게 음흉한 구석이 있다는 느낌이 들었다.

"중서부 어디 출신입니까?"

내가 짐짓 심드렁하게 물었다.

"샌프란시스코요."

"그렇군요."

"가족들이 모두 죽어 제가 거액의 유산을 상속받게 됐지요."

그는 자못 숙연한 목소리로 갑작스런 가족의 죽음에 대한 기억이 여전히 자신을 힘들게 한다고 말했다. 문득 그가 나를 놀리는 것이 아닌가 하는 의심이 들었지만, 그를 살짝 쳐다보고 나니 그렇지는 않은 것이 분명했다.

"그 뒤로 저는 인도의 젊은 왕자처럼 파리와 베네치아, 로마 같은 유럽의 대도시에서 살았어요. 보석, 그 중에서도 특히 루비를 즐겨 수집하고 사파리 사냥 대회에 참가했으며 취

미삼아 그림을 좀 그리기도 했지요. 오래 전에 일어난 매우 슬픈 일을 잊으려고 하면서 말이에요.”

나는 그의 어처구니없는 이야기에 웃음이 터져 나오려는 것을 간신히 참았다. 워낙 속이 훤히 들여다보이는 상투적인 말이라서 머리에 터번을 두른 ‘인형’이 톱밥을 질질 흘리며 불로뉴 숲에서 호랑이를 뒤쫓는 이미지밖에 그려지지 않았다.

“그러다가 전쟁이 일어났지요, 친구. 그 비극적인 사건은 제게 구원과 다름없었어요. 저는 죽으려고 무진장 애를 썼답니다. 하지만 저의 목숨은 마법에 걸린 듯 멀쩡했어요. 전쟁이 시작되었을 때, 저는 중위로 임관했지요. 한데 제가 아르곤 숲 전투에서 기관총 부대를 너무 전진시켜 보병들과 일 킬로미터가량 간격이 생겼어요. 그 바람에 루이스식 기관총 열여섯 정을 가진 병사 백삼십여 명이 이틀 밤낮을 꼬박 그 자리에 머물면서 전투를 벌여야 했지요. 나중에 보병 부대가 도착해 시체 더미를 들춰보니 독일군 세 개 사단의 휘장이 발견되었어요. 그 공으로 저는 소령 계급장을 달았고, 가는 곳마다 연합국 정부에서 훈장을 내려주었지요. 심지어 아드리아 해에 있는 그 작은 몬테네그로에서까지 훈장을 달아주지 뭐예요!”

그는 “그 작은 몬테네그로!”라고 다시 한 번 목소리를 높이더니, 마치 몬테네그로 사람에게 인사하듯 미소까지 지으며 고개를 숙였다. 그 미소는 몬테네그로의 고난의 역사를 이해하고, 그곳 사람들의 용맹한 투쟁을 동정하는 듯했다. 아울러 몬테네그로의 작지만 따뜻한 마음이 담긴 경외감을 얻게 된 일련의 국제 정세를 꿰뚫어보는 미소였다. 어느덧 내 불신은 매혹의 수면 아래로 가라앉고 말았다. 마치 열두 권쯤 되는 잡지를 후다닥 훑어본 느낌이랄까.

개츠비가 호주머니에 손을 집어넣었다. 그리고는 리본이 달린 쇠붙이 하나를 꺼내 가만히 내 손바닥에 떨어뜨렸다.

"몬테네그로에서 준 것이랍니다."

그 훈장은 놀랍게도 진짜처럼 보였다. '다닐로 훈장'이라고 새겨진 그것의 가장자리에는 '몬테네그로, 니콜라스 국왕'이라는 글자가 선명했다.

"뒤집어 보시지요."

나는 뒷면에 새겨진 '제이 개츠비 소령의 용맹한 무공을 기리며'라는 글귀를 소리내어 읽었다.

"여기 또 하나 내가 늘 갖고 다니는 것이 있어요. 옥스퍼드 시절의 기념 사진인데, 트리니티대학(옥스퍼드대학에 속한 단과대학)에서 찍은 것입니다. 제 왼쪽에 있는 친구가 오늘날의 돈캐스터 백작이지요."

그 사진 속에는 화려한 운동복을 입은 여섯 명의 젊은이들이 여러 개의 첨탑들이 뒤로 보이는 아치 아래 입구에 모여

서 있었다. 그 속에 지금보다 젊은 개츠비가 크리켓 배트를 들고 있는 모습도 눈에 띄었다.

그렇다면 그의 말은 모두 사실이었다. 나는 베네치아의 그랜드운하에 있는 그의 저택에서 불타오르듯 강렬하게 일렁이는 호랑이 가죽을 보았다. 그가 루비 상자를 열고 진홍빛으로 반짝이는 보석을 바라보며 마음의 상처를 달래고 있는 모습도 목격했다.

"오늘 어려운 부탁을 하나 드리려고 합니다만."

개츠비가 만족스러운 표정으로 기념물들을 주머니에 집어넣으며 말했다.

"그러자면 당신이 저에 대해 좀 아셔야 한다고 생각했습니다. 아무쪼록 저를 별볼일없는 사람으로 여기시지 않았으면 했지요. 아시다시피 저는 주로 낯선 사람들과 어울리는데, 그것은 지난날의 아픈 과거를 잊으려고 여기저기 떠돌아다니기 때문입니다."

그가 잠시 멈칫했다.

"오늘 오후에 그 이야기를 듣게 될 겁니다."

"점심식사를 하면서 말인가요?"

"아니, 오후예요. 전 우연히 당신이 베이커 양과 차를 함께 마시기로 했다는 사실을 알게 됐지요."

"혹시 베이커 양을 사랑하십니까?"

"아니요, 친구. 전 그녀를 사랑하지 않아요. 한데 그녀는 친절하게도 이 문제를 당신에게 얘기해주겠다고 하더군요."

나는 '이 문제'란 것이 무엇인지 도무지 짐작되지 않았다. 그리고 호기심보다는 차라리 귀찮다는 생각이 먼저 들었다. 나는 제이 개츠비에 관한 이야기를 하기 위해 베이커에게 차를 마시자고 한 것이 아니었다. 순간 그 부탁이란 것이 분명 터무니없을 것 같았다. 그러자 잠깐이나마 수많은 손님들로 넘쳐나는 그의 잔디밭에 발을 들여놓은 것이 후회되기도 했다.

그는 더 이상 말을 하지 않았다. 뉴욕 시내가 가까워오자 그의 태도는 한층 더 반듯해졌다. 자동차는 선체에 붉은 띠를 두른 외항선들이 드문드문 보이는 루스벨트 항(작가가 설정한 가상의 지명 -편집자 주)을 지나, 비록 퇴색했지만 아직도 손님들이 드나드는 1900년대 식 선술집들이 즐비한 빈민가 자갈길을 빠르게 내달렸다. 그러자 곧이어 재의 계곡이 양쪽으로 펼쳐졌다. 그곳을 지나갈 때, 자동차 정비소에서 윌슨 부인이 헐떡거리며 있는 힘을 다해 가솔린펌프를 누르는 모습을 볼 수 있었다.

우리가 탄 자동차는 펜더를 날개처럼 펴고 롱아일랜드시티의 절반쯤을 쏜살같이 달려갔다. 그리고 곧 차가 잠시 멈춰서게 됐는데, 고가차도의 기둥 사이를 돌 때 "두두두둥!" 하는 낯익은 오토바이 소리가 들리면서 교통경찰이 필사적으로 따라붙었기 때문이다.

“알겠소, 친구!”

개츠비가 외치며 속력을 늦추었다. 그리고는 지갑에서 하얀색 카드를 꺼내 경찰관의 눈앞에 흔들어 보였다.

“됐습니다, 개츠비 씨. 제가 실례했네요. 다음부터는 알아서 모시겠습니다.”

경찰관이 거수경례를 하며 말했다.

“그게 뭐였나요? 옥스퍼드 때 사진이라도 보여준 건가요?”

나중에 내가 물었다.

“언젠가 행정관에게 호의를 베푼 적이 있어요. 그랬더니 해마다 제게 크리스마스카드를 보내오더군요.”

웅장한 다리 위에서 햇살이 들보 사이를 지나 내달리는 자동차들 위에 쉴 새 없이 어른거렸다. 강 건너편의 도시는 하얀 각설탕처럼 솟아 있었다. 나는 그 도시가 모두 때 묻지 않은 깨끗한 돈으로 세워졌기를 바랐다. 퀸즈보로 다리에서 바라보는 뉴욕은 언제나 처음 보는 도시처럼 신선했다. 그곳은 여전히 많은 사람들이 품었던 신비로움과 아름다움에 관한 무모한 기대를 간직하고 있는 듯했다.

꽃으로 장식한 영구차가 지나갔다. 차양을 길게 내려뜨린 마차 두 대와 고인의 친구들을 태운 마차들이 그 뒤를 따랐다. 친구들은 슬픈 눈빛으로 우리를 내려다보았다. 인중이 짧은 것으로 보아 남동부 유럽인인 것 같았다. 나는 그들이 우울한 날 개츠비의 화려한 자동차를 보았다고 생각하니 기분이 좋았다. 우리가 블랙웰 섬(1973년, 프랭클린 루스벨트 섬으로 명칭이 바뀜 — 편집자 주)을 통과할 때는 백인 기사가 운전하는 리무진 한 대가 빠르게 앞으로 지나갔다. 그 안에는 세련된 차림새의 흑인 남자 둘과 여자 한 명이 타고 있었다. 그들은 마치 경쟁이라도 하듯 우리를 바라보며 달걀 노른자위 같은 눈동자를 굴려댔다. 나는 그 모습에 웃음을 터뜨리고 말았다.

'이 다리를 넘어섰으니 이제 무슨 일이 일어나도 이상할 것이 없어. 어떤 일이라 해도 말이야⋯⋯.'

심지어 개츠비 같은 존재가 있다는 사실조차 결코 놀랄 일이 아니었다.

소란스러운 한낮이었다. 나는 선풍기가 시원하게 돌아가는 42번가 지하 레스토랑으로 점심식사를 함께하기 위해 개츠비를 만나러 갔다. 거리의 햇살이 너무 환해 눈을 깜박거린 탓에 대기실에서 다른 사람과 대화를 하고 있는 그를 힘들게 알아보았다.

"캐러웨이 씨, 이쪽은 제 친구 울프심 씨입니다."

자그마한 체구에 코가 납작한 유대인이 커다란 머리를 쳐들고 나를 바라보았다. 그의 양쪽 콧구멍에는 코털이 무성하게 자라나 있었다. 잠시 뒤 나는 실내의 어둠을 헤치고 그의 작은 눈을 찾아냈다.

"그래서 난 그를 한번 째려봤지……. 내가 어떻게 했을 것 같아?"

울프심이 나와 악수를 나누며 말했다.

"그게 무슨 말씀이신지?"

내가 정중하게 물었다.

그러나 울프심이 악수를 마치며 개성 있는 코를 개츠비 쪽으로 향한 것으로 보아, 그 말은 나에게 한 것이 아니었다.

"내가 개츠포에게 돈을 건네며 이렇게 얘기했지. '좋아, 개츠포. 그 자가 입을 다물기 전까지는 한 푼도 주지 마.'라고 말이야. 그랬더니 그 자리에서 바로 입을 닫더군."

그 때 개츠비가 우리 두 사람의 팔을 잡고 레스토랑 안으로 들어갔다. 그러자 울프심은 막 하려던 말을 삼키며 멍한 표정을 지었다.

"하이볼(위스키 또는 브랜디에 물이나 소다수를 탄 것 - 편집자 주)로 드릴까요?"

수석 웨이터가 물었다.

"괜찮은 레스토랑이구먼. 하지만 난 길 건너편 레스토랑이 더 마음에 들어."

울프심이 천장에 그려진 장로교 풍의 요정들을 올려다보며 얘기했다.

"그래, 하이볼로 주게나."

개츠비가 수석 웨이터에게 대답했다. 그리고는 울프심을 바라보며 말을 이었다.

"거긴 너무 덥더군요."

"응, 덥긴 더워. 좁기도 하고 말이야. 그렇지만 내겐 온갖 추억이 깃든 곳이지."

"거기가 어딘데요?"

내가 물었다.

"오래된 메트로폴(브로드웨이 43번가 근처에 위치한 호텔 − 편집자 주) 말입니다."

"음, 오래된 메트로폴이라……."

울프심이 침울한 얼굴로 생각에 잠기더니 혼잣말처럼 중얼거렸다.

"그곳은 목숨을 잃어 영영 떠나버린 친구들의 얼굴로 가득하지. 그 중에서도 로지 로젠탈(1912년 다른 갱단에게 살해된 건달 − 편집자 주)이 총에 맞은 일은 지금도 잊을 수가 없어. 그 때 우린 여섯 명이 테이블에 앉아 있었는데, 로지는 밤새도록 엄청나게 먹고 마셔댔지. 한데 새벽 무렵, 웨이터가 묘한 표정을 지으며 다가와 밖에서 누가 잠깐 보자고 한다는 거야. 로지가 단박에 '좋아!' 하며 자리에서 일어나려는 것을 내가 끌어다 앉혔지. 그리고 '볼일이 있으면 그 녀석들 보고 직접 이리로 오라고 해, 로지. 밖으로 한 발짝도 나가면 안 돼.'라고 내가 얘기했어. 그 때가 새벽 4시 무렵이었으니까, 아마 블라인드를 걷어 올렸다면 환한 여명을 볼 수 있었을 거야."

"그럼 그 사람이 밖으로 나갔나요?"

울프심의 말에 내가 물었다.

"물론 나갔지."

울프심은 새삼 분노가 치미는 듯 나를 향해 코를 실룩거리며 말을 이었다.

"그는 문 쪽으로 가면서 이렇게 말했어. '웨이터가 내 커피 치우지 못하게 해!'라고 말이야. 그리고 밖으로 나가자 놈들이 그의 볼록한 배에다 총을 세 방 갈기고는 차를 타고 달아나버렸지."

"그 가운데 네 명은 전기의자에서 사형을 당했어요."

내가 희미한 기억을 더듬으며 얘기했다.

"베커란 자까지 더하면 모두 다섯이지."

울프심이 내게 관심을 보이며 덧붙여 말했다.

"한데 당신은 사업 거래선을 찾고 있는 모양이로군."

나는 앞과 뒤의 두 문장이 어떻게 서로 연결될 수 있는지

의아했다. 개츠비가 나를 대신해 대꾸했다.

"아, 아닙니다. 이 분은 그 사람이 아니에요!"

개츠비의 목소리가 높았다.

"아니라고?"

울프심의 표정에 실망한 빛이 어렸다.

"이 사람은 그냥 친구예요. 그 이야기는 다음에 하자고 말씀드렸잖아요."

"미안하게 됐네. 내가 사람을 잘못 봤어."

울프심이 말했다.

그는 육즙이 풍부한 잘게 썬 고기가 나오자 메트로폴의 감상적인 분위기는 잊어버리고 허겁지겁 맛있게 먹어댔다. 그러면서도 그의 눈길은 천천히 레스토랑 주위를 두루 살폈다. 심지어 바로 뒤에 앉은 사람들까지 등을 돌려 훑어보고 나서야 그런 행동을 멈추었다. 아마 내가 그 자리에 없었더라면 식탁 아래까지 들여다보았을지 모를 일이었다.

"이봐요, 친구. 오늘 아침 차에서 기분이 상하지나 않았는지 모르겠군요."

개츠비가 나에게 몸을 기울이며 말했다.

언제나처럼 그의 얼굴에 특유의 미소가 떠올랐다. 하지만 이번에는 나도 굴복하지 않았다.

"나는 비밀주의를 좋아하지 않아요. 어째서 당신이 툭 터놓고 원하는 것을 솔직히 말하지 않는지 알 수 없군요. 왜 모든 것을 베이커 양을 통해서 해야 합니까?"

"아, 비밀이랄 건 없어요. 잘 아시다시피 베이커 양은 훌륭한 선수가 아닙니까? 그릇된 일을 할 사람이 절대 아니에요."

개츠비는 나를 안심시키려는 듯 말했다.

그리고 그는 시계를 흘깃 쳐다보더니 자리를 박차고 일어났다. 울프심과 나를 식탁에 남겨둔 채 그는 밖으로 나갔다.

"전화를 걸러 나간 걸 테지."

울프심이 그의 뒷모습을 눈으로 쫓으며 말했다.

"꽤 괜찮은 친구야, 그렇지 않나? 얼굴도 잘생긴 나무랄 데 없는 신사지."

"그래요."

"그는 영국의 오그스퍼드(옥스퍼드를 일컬음. 사투리를 쓰는 울프심을 묘사하는 장치 - 편집자 주) 출신이야."

"아, 네……."

"그는 영국에 있는 오그스퍼드대학에 다녔어. 형씨도 그 대학을 알고 있나?"

"네, 들어봤습니다."

"그래, 세계에서 가장 유명한 대학들 중 하나지."

"오래 전부터 개츠비 씨를 알고 계셨나요?"

내가 물었다.

"한 몇 년 되지."

울프심은 흡족해하며 계속 말했다.

"그를 운 좋게 알게 된 것은 전쟁이 막 끝난 뒤였어. 대략 한 시간쯤 이야기를 나누고 나니까 내가 교양 있는 사람을 만났다는 생각이 들더군. '이 사람을 집에 데려가 어머니와 누이동생에게 소개시켜주고 싶네.'라는 혼잣말이 절로 튀어나올 정도로 말이야."

순간 그가 말머리를 돌렸다.

"내 커프스버튼을 보고 있군그래."

그것은 사실이 아니었다. 하지만 그가 한 말 때문에 나의 시선이 커프스버튼으로 향했다. 그것은 묘하게 친밀감이 드는 상아로 만든 세공품 같아 보였다.

"인간의 어금니로 만든 최상품이지."

그가 알려주었다.

"그렇군요. 정말 흥미로운 발상이네요."

나는 커프스버튼을 자세히 들여다보았다.

"그렇지?"

그는 소매를 걷어 올렸다. 그리고 말했다.

"그래, 개츠비는 여자들을 무척 조심스럽게 대하지. 친구의 부인을 쳐다보려고도 하지 않아."

그 때 울프심이 본능적으로 신뢰하는 사람이 돌아와 식탁

앞에 앉았다. 그러자 그는 단숨에 커피를 훌쩍 들이켜고 자리에서 일어섰다.

"점심 잘 먹었네. 난 젊은 사람들이 불편해하기 전에 이만 가봐야겠군."

"그렇게 서두를 필요 없어요, 마이어."

개츠비가 손사래를 쳤지만 그다지 성의는 보이지 않았다. 울프심이 마치 감사 기도를 올리듯 손을 들어 올리며 정중하게 말했다.

"호의는 고맙지만, 난 세대가 다르잖나. 자네들끼리 즐겁게 운동 경기나 아가씨들에 대한 이야기를 실컷 나누게."

그리고 그는 다른 이야기는 알아서 상상하라는 듯 손을 휘저으며 말을 맺었다.

"나는 올해 나이가 어느덧 쉰일세. 자네들을 더는 귀찮게 하고 싶지 않아."

그는 우리와 악수를 하고 돌아섰다. 그의 우울하게 생긴 코가 살짝 떨렸다. 나는 그의 기분을 상하게 하는 말실수를 하지는 않았을까 내심 걱정스러웠다.

"저 이는 이따금 매우 감상적으로 변할 때가 있어요."

개츠비가 계속 설명했다.

"오늘이 바로 그런 날이에요. 뉴욕에선 꽤 주목할 만한 인물이지요. 브로드웨이에 살다시피 하는 사람이에요."

"도대체 뭐 하는 사람인데…… 연극배우인가요?"

"아니요."

"그럼 치과의사인가요?"

"마이어 울프심이 말인가요? 아뇨, 그는 도박사입니다."

개츠비는 잠시 머뭇거리다니 냉정한 말투로 덧붙였다.

"다름아닌 1919년 월드시리즈(시카고 화이트삭스 선수 8명이 뇌물을 받고 신시내티 레즈에 고의로 패한 사건 – 편집자 주)를 조작한 장본인이지요."

"월드시리즈를 조작했다고요?"

내가 놀라 되물었다. 그 말을 듣는 순간 머릿속이 아찔했다. 물론 이전부터 그 사건에 대해 알고 있었지만, 나는 그 일이 여러 가지 불가피한 상황이 얽히고설켜 우연히 발생한 것이라고 믿었다. 한 인간이 수많은 사람들의 신뢰감을 순식간에 허물어뜨리는 짓을 할 수 있다니 어처구니가 없었다. 그것은 금고털이를 하는 강도의 불순한 집념과 다를 바가 없었다.

"어떻게 그런 일이 일어날 수 있지요?"

잠시 뒤 내가 물었다.

"한마디로 기회를 잡았던 거죠."

"그 사람이 어째서 감옥에 들어가지 않았나요?"

"그 사람을 잡아넣기는 어려워요. 머리가 매우 영리한 사람이니까요."

나는 스스로 점심 값을 내겠다고 고집했다. 웨이터가 거스름돈을 가져왔을 때, 사람들이 붐비는 건너편에 앉아 있는 톰 뷰캐넌이 눈에 띄었다.

"잠시 저를 따라오시지요. 인사할 사람이 있습니다."

내가 말했다.

나를 발견한 톰이 자리에서 벌떡 일어나 선뜻 대여섯 걸음 다가왔다.

"그동안 어디 있었어? 자네가 전화 한 통 하지 않는다고 데이지가 몹시 화를 내고 있단 말일세."

그가 반가워하며 물었다.

"이쪽은 개츠비 씨, 그리고 이쪽은 뷰캐넌 씨."

두 사람은 짧게 악수를 나누었다. 그런데 웬 일인지 개츠비의 얼굴이 굳어지면서 당황하는 빛이 역력했다. 여태껏 거의 본 적이 없는 표정이었다.

"그동안 대체 어떻게 지냈어? 오늘은 어쩌다 이렇게 먼 곳에 있는 레스토랑까지 왔고?"

톰이 내게 다그치듯 물었다.

"개츠비 씨와 점심식사를 함께하려고……."

나는 이렇게 말하며 개츠비가 있는 쪽으로 몸을 돌렸다. 그런데 그는 언제 자리를 떴는지 보이지 않았다.

1917년 10월의 어느 날이었어요…….

(그 날 오후 조던 베이커는 플라자호텔 커피숍에 놓인 등받이가 곧은 의자에 몸을 꼿꼿이 세우고 앉아 이렇게 말문을 열었다.)

……저는 보도와 잔디밭을 이리저리 오가며 걷고 있었어요. 잔디밭을 걸을 때가 한결 기분이 좋았지요. 밑창에 고무를 댄 영국산 구두를 신고 있었는데, 부드러운 잔디에 쏙쏙 박히는 감촉이 흡족했기 때문이에요. 새로 산 체크무늬 스커트가 바람에 살랑살랑 날리는 느낌도 괜찮았지요. 그렇게 바람이 불 때면 집집마다 문 앞에 걸어둔 붉은색과 흰색, 푸른색 깃발들이 팽팽하게 펼쳐지면서 뭔가 마땅치 않은 듯 '탓, 탓, 탓' 하는 소리를 냈어요.

깃발과 잔디밭 모두 데이지 페이네 것이 가장 컸어요. 데이지는 저보다 두 살 많은 열여덟 살이었지요. 루이빌의 어린 아가씨들 가운데 제일 인기가 많았어요. 그녀는 흰 옷을 즐겨 입으며 자그마한 하얀색 로드스터를 몰고 다녔답니다. 데이지의 집에는 하루 종일 전화벨이 울려대고는 했지요. 캠프테일러(켄터키주에 위치한 군사 기지 – 편집자 주)에서 근무하는 젊은 장교들이 한껏 들떠 '다만 한 시간이나마' 그녀를 독차지하기 위해 난리법석을 떨었기 때문이에요.

그 날 아침 저는 데이지의 집에 갔다가 맞은편에 서 있는 하얀색 로드스터를 발견했어요. 그 차 안에 처음 보는 중위가 그녀와 함께 앉아 있더군요. 그들은 서로에게 얼마나 흠뻑 빠져들었는지, 제가 두어 걸음 앞까지 다가간 뒤에야 비로소 인기척을 느꼈어요.

"안녕, 조던."

데이지가 놀란 듯한 표정으로 먼저 인사를 건넸어요.

"이리 좀 와봐."

그녀가 저와 대화를 나누고 싶어 한다는 생각에 괜히 기분이 우쭐했어요. 저는 평소 연상의 여자들 중에 데이지를 가장 좋아했거든요. 그녀는 제게 적십자사에 붕대를 만들러 가는 길이냐고 물었어요. 그렇다고 대답했지요. 그랬더니 자기는 그 날 갈 수 없다고 전해달라더군요. 중위는 그 사이에도 데이지에게서 눈을 떼지 않았는데, 젊은 아가씨라면 누구나 한 번쯤 받고 싶어 할 시선이었어요. 그 모습이 제게는 무척 낭만적으로 보여 지금까지도 잊히지 않지요. 그 장교의 이름이 다름아닌 제이 개츠비였어요. 저는 그 후 4년 넘게 그를 보지 못한 까닭에, 훗날 롱아일랜드에서 만났을 적에도 그가 바로 그 장교인 줄 알아채지 못했지요.

그게 1917년의 일이었어요. 그 이듬해 제게도 남자 친구가 몇 사람 생겼고, 골프 대회에 출전하기 시작하면서 데이지를 자주 만나지 못했지요. 그녀는 주로 자신보다 나이가 좀 많은 사람들과 어울리는 편이었어요. 그런데 그녀가 누구를 만나기만 하면 종종 이상한 소문이 돌았지요. 어느 겨울밤, 데이지가 해외에 파견되는 한 군인을 배웅하러 뉴욕으로 가기 위해 가방을 챙기다가 어머니한테 들켰다지 뭐예요. 뉴욕 행이 무산된 그녀는 몇 주 동안 집안 식구들과 말을 섞지 않았대요. 그 후 그녀는 군인들과 사귀는 대신 군대에 갈 수 없는 평발이나 근시인 젊은 남자들하고만 어울렸다더라고요.

그러나 이듬해 가을이 되면서 데이지는 다시 명랑해졌어요. 세계 대전이 휴전에 접어들고 나서 사교계에 데뷔하더니 2월에 뉴올리언스 출신 남자와 약혼했다는 이야기가 들렸지요. 그런데 6월이 되자 그녀는 시카고의 톰 뷰캐넌과 결혼을 하더군요. 그들의 결혼식은 일찍이 루이빌에서는 본 적이 없을 만큼 성대했어요. 톰은 기차 객실 네 칸에 백여 명이나 되는 하객들을 싣고 와 뮬바크호텔 한 층을 통째로 빌렸어요. 또 결혼식 전날에는 신부에게 35만 달러짜리 진주목걸이를 선물했지요.

저는 신부의 들러리로 나섰어요. 결혼식 전날 밤 피로연이 열리기 30분 전에 신부 방에 들어가 보니, 그녀는 꽃 장식을 수놓은 드레스를 차려입고 6월의 밤처럼 아름다운 모습으로 침대에 누워 있더군요. 그런데 코가 빨개지도록 취해 있지 뭐예요. 그녀는 한 손에 프랑스산 화이트와인 병을 쥐고, 다른 손에는 편지를 들고 있었어요.

"나를 축하해줘. 여태껏 술을 마셔본 적이 없는데, 술맛이
참 좋은걸."

그녀가 중얼거렸어요.

"데이지, 무슨 일이야?"

저는 덜컥 겁이 났어요. 그렇게 술에 취한 여자를 한 번도
본 적이 없었거든요.

"자, 여기 있어."

그녀는 침대 위에 올려놓은 휴지통을 뒤지더니 진주목걸이
를 꺼냈어요.

"이걸 갖고 가서 임자가 누구든 그 사람한테 돌려줘. 그리
고 데이지의 마음이 변했다고 전해줘. '분명 데이지의 마음이
변했다.'라고 말이야."

그녀는 울음을 터뜨렸어요. 울고 또 울었지요. 저는 얼른
밖으로 달려 나가 데이지 어머니의 가정부를 데려왔어요. 우
리는 문을 걸어 잠근 다음 찬물이 든 욕조에 그녀를 들어가게
했지요. 그러는 중에도 절대 손에 쥔 편지를 놓지 않더군요.
그녀는 편지를 물에 푹 담근 뒤 쥐어짜며 젖은 공처럼 만들었
어요. 그리고는 그것을 눈송이처럼 조각조각 찢어버리고 나
서야 제가 일일이 주워 비누접시에 버리는 것을 용납했지요.

그녀는 더 이상 다른 말은 하지 않았어요. 우리는 그녀에
게 암모니아수 냄새를 맡게 하고 이마에 얼음을 얹어주어 정

신을 차리도록 했지요. 그리고 다시 드레스를 입혔어요. 그렇게 30분쯤 뒤 소동은 마무리되었고, 그녀의 목에는 진주목걸이가 걸려 있었지요. 다음날 5시, 그녀는 아무 일도 없었다는 듯 톰 뷰캐넌과 결혼식을 올리고 나서 남태평양으로 석 달 동안 신혼여행을 떠났어요.

그 후 신혼여행에서 돌아온 부부를 만난 곳은 휴양 도시 산타바바라였어요. 저는 남편에게 그토록 푹 빠져 있는 여자를 처음 보았지요. 그녀는 남편이 잠시만 곁에 없어도 불안하게 방 안을 둘러보며 물었어요.

"톰이 대체 어디 간 거야?"

그녀는 말뿐만 아니라, 남편이 나타날 때까지 절반쯤 넋이 나간 표정으로 문 앞을 서성였어요. 또 해변의 모래사장에서는 남편의 머리를 자신의 허벅지에 올려놓은 채 그의 눈가를 손으로 쓰다듬으며 더없이 행복한 듯 내려다보고는 했지요. 무려 한 시간씩이나 말이에요. 누가 보면 그들이 함께 있는 모습은 숨소리조차 크게 내지 못하고 매혹될 만큼 감동적이었어요. 때는 8월이었지요. 제가 산타바바라를 떠나고 나서 일주일 뒤, 톰은 저녁에 차를 몰다가 고속도로에서 왜건과 충돌해 앞바퀴가 빠져버리는 사고를 당했어요. 한데 동승했던 여자의 팔이 부러지는 바람에 그 일이 지역 신문에 나고 말았지요. 여자는 산타바바라호텔의 청소부였어요.

데이지는 이듬해 4월에 딸을 낳았어요. 부부는 프랑스로 건너가 1년 동안 지냈지요. 저는 어느 해 봄 칸에서 그들을 만났고, 그 다음에는 도빌에서 보았어요. 그 뒤 부부는 시카고로 돌아와 정착했지요. 아시다시피 데이지는 시카고에서 꽤 인기가 있었어요. 부부는 자주 젊고 돈 많은 난폭한 무리들과 어울려 다녔지만, 데이지에 대한 평판은 좋았지요. 그것은 아마도 술을 마시지 않았기 때문일 거예요. 술꾼들 사이에서 술을 입에 대지 않는다는 것은 커다란 이점으로 작용하기도 하잖아요. 항상 입조심을 할 수 있고, 설령 실수를 한다고 해도 빈틈없이 어떤 조치를 취하거나 핑계거리를 만들 수 있으니까요. 그러면 술에 잔뜩 취한 다른 사람들은 그런 실수를 상관하지 않거나 아예 알아차리지도 못하지요. 데이지는 외도 같은 것은 상상조차 하지 않았을 거예요. 그런데 그녀의 목소리에는 뭔가 심상치 않은 구석이 있었지요.

대략 6주 전, 데이지는 몇 년 만에 개츠비의 이름을 다시 들었어요. 바로 제가 당신한테 질문했을 때 말이에요. 기억나세요? 왜, 웨스트에그에 사는 개츠비라는 사람을 아느냐고 물었잖아요. 그 날 당신이 돌아간 다음 데이지가 제 방에 들어와 잠을 깨우더니 이렇게 묻더군요.

"개츠비라니, 어느 개츠비를 말하는 거야?"

저는 반쯤 잠이 덜 깬 채 그에 관해 이야기해주었어요. 그러자 그녀는 야릇한 목소리로 자기가 아는 사람이 틀림없다고 중얼거리더군요. 그제야 저는 데이지의 하얀색 로드스터를 타고 있던 젊은 장교와 개츠비를 연관 짓게 되었어요.

조던 베이커가 이야기를 모두 마쳤을 때는 플라자호텔을 떠난 지 30분이 지난 뒤였다. 우리는 관광용 마차를 타고 센트럴파크를 지나고 있었다. 해는 벌써 영화배우들이 모여 사는 웨스트 50번가의 높은 아파트 뒤로 넘어가버렸고, 아이들의 낭랑한 목소리가 풀밭의 귀뚜라미처럼 뜨거운 황혼 위로 솟아올랐다.

나는 아라비아의 족장 / 그대의 사랑은 나의 것 / 그대가 잠든 한밤중에 / 그대의 천막 속으로 몰래 들어가리……(1921년 미국에서 크게 유행한 〈아라비아 족장〉이라는 노래 – 편집자 주).

"거참 묘한 인연이로군요."
내가 말했다.
"아니요. 전혀 우연이 아니었어요."
"아니라니요?"
"개츠비가 그 집을 사들인 이유는 바로 건너편에 데이지가 살고 있었기 때문이니까요."

정말 그렇다면, 개츠비가 6월의 밤에 바라보았던 것은 밤하늘의 별만이 아니었다는 말이다. 그의 실체가 갑자기 나에게 생생히 다가오는 듯했다. 그가 이렇다 할 의미를 찾을 수 없는 화려함의 자궁을 나와 자신의 모습을 내게 드러낸 것이다.

"그는 알고 싶어 해요. 언제든 당신이 데이지를 집으로 초대할 때 자기도 불러줄 수 있는지 말이에요."

베이커가 말했다.

그처럼 겸손한 요구가 나는 오히려 충격적이었다. 그는 5년이나 기다려 날아드는 나방들에게 별빛을 나눠줄 저택을 사들였던 것이다. 자신은 낯선 이의 정원에 건너갈 수 있는 순간을 간절히 기다리면서 말이다.

"그런 사소한 부탁을 하려고 내게 지금까지의 이야기를 전부 해야만 했나요?"

"그는 오랫동안 기다려온 만큼 두려워하고 있어요. 당신이 기분 나빠 할까봐 걱정하는 마음도 있고요. 아시다시피 그는 완고한 면이 있거든요."

나는 왠지 불길한 기분이 들었다.

"이상하군요. 왜 그 사람은 당신에게 직접 그녀를 만나게 해달라고 부탁하지 않나요?"

“그는 데이지에게 자신의 저택을 보여주고 싶어 해요. 한데 당신 집이 바로 그 옆에 있잖아요.”

베이커가 설명했다.

“아, 그렇군요!”

“그는 언젠가 데이지가 자신의 파티에 우연히 참석하게 되기를 기다렸나 봐요.”

그녀의 말이 계속됐다.

“하지만 데이지는 오지 않았어요. 그래서 그는 파티에 온 손님들에게 은근슬쩍 그녀를 아는지 묻기 시작했지요. 그렇게 해서 처음 찾아낸 사람이 다름아닌 저예요. 파티에서 저를 불렀던 바로 그 날 말이에요. 그가 그녀에 관한 얘기를 얼마나 조심스럽게 꺼내는지 당신도 봤으면 좋았을 텐데……. 저는 곧 뉴욕에서 점심식사를 함께하자고 했지요. 그런데 그가 갑자기 ‘저는 상식에 어긋나는 행동은 하기 싫습니다. 그녀를 그냥 옆집에서 만나고 싶어요.’라고 하더군요. 나는 그 말을 듣고 그의 정신이 이상하다고 생각했어요. 당신이 톰과 친구 사이라고 말하자 아예 자신의 계획을 전부 포기하려고 들더라고요. 그는 톰에 대해 아는 것이 거의 없어요. 행여나 데이지의 이름이 눈에 띄지 않을까 하는 기대로 몇 년 동안 시카고 신문을 읽기는 했어도 말이지요.”

날이 금세 어두워졌다. 우리를 태운 마차가 작은 다리의 아랫길로 들어섰을 때, 나는 한쪽 팔로 베이커의 황금빛 어깨를 감싸 끌어당기며 저녁식사를 같이 하자고 말했다. 순간 데이지와 개츠비에 관한 생각은 머릿속에서 사라져버렸다. 그 대신 나는 깔끔하고 강인한 성품에 세상을 다소 냉소적으로 바라보는 여자, 지금 내 팔에 유쾌하게 몸을 기대고 있는 여자에게 온 정신이 쏠렸다. 그러면서 설레는 흥분과 함께 한 구절의 경구가 나의 뇌리에 메아리쳤다. 그것은 '세상에는 쫓기는 자와 쫓는 자, 바쁘게 달리는 자와 지쳐버린 자가 있을 따름이다!'라는 말이었다.

"그리고 데이지에게도 자기 삶이 있어야 해요."

베이커가 나를 바라보며 중얼거렸다.

"데이지가 개츠비를 만나고 싶어 하나요?"

"그녀는 아직 아무것도 몰라요. 개츠비는 그녀가 모든 사실을 알게 되는 것을 바라지 않지요. 당신은 그저 데이지에게 차나 한 잔 하자고 초대하기만 하면 돼요."

마차는 울타리처럼 늘어선 나무들 앞을 지나갔다. 포근하지만 창백한 59번가의 불빛이 공원 안쪽을 은근히 비추고 있었다. 나는 톰 뷰캐넌과 개츠비와 달리 어두운 처마 밑이나 눈부시게 반짝이는 간판들을 따라 얼굴이 떠오르는 여자가 없었다. 따라서 나는 두 팔로 곁에 있는 여자를 바짝 끌어당길 따름이었다. 언뜻 차갑게 보이는 그녀의 입술 사이로 슬며

시 미소가 떠오르자, 나는 다시 한 번 그녀를 내 얼굴 쪽으로
좀 더 끌어당겼다.

05

그 날 밤 나는 웨스트에그에 돌아왔을 때, 잠시나마 집에 불이 난 줄 알고 깜짝 놀랐다. 새벽 2시인데도 웨스트에그의 한쪽 모퉁이 구석구석이 불빛으로 활활 타오르고 있었던 탓이다. 그 불빛은 관목들 위에 환상적으로 내리비쳤고, 길가 전선에도 가늘고 기다란 빛을 번쩍거리게 했다. 나는 길모퉁이를 돌고 나서야 그 불빛이 개츠비의 저택 꼭대기에서 지하실까지 온통 전등불을 밝혀놓아 내비친다는 사실을 알게 되었다.

나는 또다시 파티가 열리고 있다고 생각했다. 시끌벅적 파티를 벌이다가 숨바꼭질 같은 놀이를 하느라 온 집 안을 환한 놀이터로 만들어놓은 줄 알았다. 그런데 아무런 소리도 들리지 않았다. 다만 나무에 스치는 바람이 마치 어둠을 향해 집이 윙크라도 하듯 쉭쉭 전깃줄을 흔들어 불빛을 깜박거리게 만들고 있을 따름이었다. 내가 타고 온 택시가 요란한 소리를 내며 떠나자 개츠비가 잔디밭을 가로질러 나를 향해 걸어왔다.

"집이 꼭 만국박람회장 같군요."

내가 먼저가 말문을 열었다.

"그렇게 보이나요?"

그가 자기 집 쪽으로 무심히 눈길을 돌렸다.

"한동안 방들을 좀 돌아보고 있었어요. 우리 코니아일랜드(뉴욕 브루클린에 위치한 유원지 – 편집자 주)에 갈까요, 친구? 제 차로 말입니다."

"너무 늦은 시간인걸요."

"그렇다면 풀장에 뛰어드는 건 어때요? 여름내 한 번도 이용하지 않았거든요."

"아니요, 전 잠을 좀 자야겠어요."

"그럼 어쩔 수 없지요."

그는 조바심을 달래며 가만히 나를 응시한 채 뭔가를 기다리는 듯했다.

"베이커 양과 이야기를 나누었어요. 내일 데이지에게 전화해서 우리 집에 차를 마시러 오라고 할 생각입니다."

나는 잠시 뜸을 들이다가 말했다.

"아, 잘됐네요. 당신에게 폐를 끼치고 싶지는 않습니다만."

그가 짐짓 심드렁하게 대꾸했다.

"언제가 좋겠습니까?"

"당신은 언제가 좋은데요? 되도록 폐를 끼치고 싶지 않아서요."

그는 내 말을 듣자마자 냉큼 되물었다.

"내일모레가 어떨까요?"

그는 잠시 생각에 잠겼다. 그리고는 왠지 내키지 않는 표정으로 말했다.

"그 날은 잔디를 깎았으면 하는데요."

우리는 누가 먼저라고 할 것도 없이 잔디밭 쪽을 쳐다보았다. 우리 집의 초라한 잔디밭과 그의 저택의 정성껏 가꾸어놓은 잔디밭의 경계가 뚜렷했다. 나는 문득 그가 우리 집의 잔디밭을 깎겠다고 하는 것이 아닌가 하는 생각이 들었다.

"그리고 일이 또 하나 있는데……."

그는 말끝을 흐리며 머뭇거렸다.

"그럼 아예 며칠 뒤로 미룰까요?"

내가 물었다.

"저, 그게 아닙니다만 적어도……."

그는 무슨 말을 하려는지 계속 우물거렸다.

"저…… 글쎄 제 생각엔…… 한데 말이지요, 친구…… 수입이 썩 많은 편은 아니지요?"

“네, 그다지 많이 벌지 못합니다.”

나의 대답에 마음이 놓였는지, 그제야 그는 자신있게 말을 이어 나갔다.

“그럴 줄 알았습니다. 아, 실례였다면 용서하세요. 아시다시피 저는 부업으로 자그마하게 사업을 꾸리고 있지요. 그래서 생각해봤는데, 수입이 많지 않다면……. 지금 증권 매매 일을 하고 계시지요, 친구?”

“그럴 계획입니다.”

“그럼 이 일에 흥미를 느끼시겠군요. 시간을 별로 들이지 않아도 적지 않은 돈을 벌 수 있거든요. 이따금 비밀에 부쳐야 하는 일이 생기기는 하지만 말이에요.”

돌이켜보면, 만약 다른 상황에서 그와 같은 이야기가 오갔다면 내 삶에 중대한 전환점이 되었을지 모른다. 하지만 당시에는 그 제안이 내가 마음써준 것에 대한 서투른 보답이라고 믿어 의심치 않았다. 따라서 즉각 거절하는 것밖에 다른 길이 없다고 여겼다.

“저는 지금 하고 있는 일도 벅차답니다. 말씀은 감사하지만, 다른 일은 엄두를 낼 수가 없네요.”

“울프심과 거래하는 일이 아닌데요.”

그는 점심식사 때 울프심이 들먹였던 ‘사업 거래선’이라는 말 때문에 내가 사양하는 것이라고 생각하는 모양이었다. 나는 그런 것이 아니라고 분명히 얘기했다. 그는 나와 좀 더 대화를 이어나가게 되기를 바랐지만, 나는 이미 다른 일에 정신이 팔려 시큰둥한 표정을 지었다. 그 바람에 그는 별 수 없이 집으로 돌아가야 했다.

그 날 저녁 내 마음은 가볍고 행복했다. 현관으로 향하는 발걸음이 마치 꿈결 속으로 걸어 들어가는 느낌이었다. 나는 개츠비가 코니아일랜드에 갔는지, 요란하게 불을 밝힌 집 안에서 얼마나 오랫동안 방들을 둘러보았는지 알지 못했다. 다음날 아침, 나는 사무실에서 데이지에게 전화를 걸어 우리 집에 차를 마시러 오라고 초대했다.

"톰은 데려오지 않으면 좋겠구나."

내가 그녀에게 은근히 주의를 주었다.

"뭐라고요?"

"톰은 데려오지 말라고."

"톰이 누군데요?"

그녀가 능청스럽게 대꾸했다.

약속 날에는 하늘에서 비가 잔뜩 쏟아졌다. 오전 11시 무렵 비옷을 입은 사람이 잔디 깎는 기계를 들고 문을 두드렸다. 그는 개츠비가 우리 집의 잔디를 깎으러 보냈다고 말했다. 순간 나는 핀란드인 가정부에게 다시 와달라고 부탁하는 것을 깜빡한 것이 생각났다. 그래서 차를 몰아 웨스트에그 마을로

가 벽에 하얗게 회칠을 한 비에 젖은 골목에서 그 여자를 찾아낸 다음 몇 개의 컵과 더불어 레몬과 꽃을 샀다.

사실 꽃은 사지 않아도 괜찮았다. 오후 2시 무렵 개츠비의 저택에서 수많은 화분들과 함께 온실 전체를 통째로 옮겨오다시피 했기 때문이다. 그리고 한 시간 뒤, 흰색 플란넬 양복에 은색 셔츠를 입고 금빛 넥타이를 맨 개츠비가 다급히 현관문을 열어젖히며 들어섰다. 왠지 그의 낯빛은 창백했고, 잠을 제대로 자지 못했는지 눈 밑이 거뭇했다.

"준비가 다 됐나요?"

그가 안으로 들어오자마자 물었다.

"잔디를 말씀하시는 거라면, 보기 좋게 되었지요."

"잔디라니요? 아, 뜰의 잔디 말이군요."

개츠비는 얼핏 넋이 나간 모습이었다. 그의 눈길은 창밖으로 향했지만 딱히 무언가를 응시하는 것 같지는 않았다.

"아주 보기 좋군요."

그가 무엇을 일컫는지 알쏭달쏭했다.

"신문을 보니까 오후 4시쯤 비가 그친다더군요. 〈저널〉 지에서 본 것 같아요. 모든 준비가 끝났나요? 차를 마시는 데 필요한 것 말이에요."

나는 그를 데리고 식료품 저장실로 갔다. 그가 핀란드인 가정부를 다소 못마땅한 눈으로 쳐다보았다. 우리는 상점에서 배달된 레몬케이크 열두 개를 꼼꼼히 살펴보았다.

"이 정도면 괜찮겠지요?"

내가 물었다.

"그럼요, 괜찮고말고요! 아주 훌륭해요!"

그는 짐짓 기운차게 대답하며 말꼬리에 슬쩍 힘없이 "친구…….."라는 말을 덧붙였다.

빗줄기는 3시 반경부터 가늘어지더니 축축한 안개로 바뀌었다. 이따금 안개 속으로 작은 빗방울들이 이슬처럼 흘러내렸다. 개츠비는 멍하니 영국 경제학자 헨리 클레이가 쓴 〈경제학〉을 들여다보고 있었는데, 핀란드인 가정부가 주방 바닥을 울리며 걷는 소리에 깜짝깜짝 놀라고는 했다. 또 마치 보이지는 않지만 대단한 사건들이 밖에서 일어나고 있는 양 때때로 뿌연 창문 너머로 시선을 건네기도 했다. 그러다가 잠시 뒤 자리에서 벌떡 일어난 그가 심란한 목소리로 집에 가봐야겠다고 말했다.

"아니, 왜요?"

"아무도 차를 마시러 오지 않는군요. 시간이 너무 늦었어요!"

그는 급한 약속이라도 있는 것처럼 자신의 시계를 들여다보며 말을 이었다.

"하루 종일 기다릴 순 없잖아요."

"어리석게 굴지 마세요. 아직 4시 2분 전인걸요."

그는 나의 말에 마치 억지로 주저앉히기라도 한 듯 비참한 표정을 지으며 다시 자리에 앉았다. 그 때 자동차 한 대가 진입로로 들어서는 소리가 들렸다. 우리가 거의 동시에 자리를 박차고 일어나는 바람에, 나는 약간 어리둥절해하며 현관 밖으로 나섰다.

커다란 오픈카가 물방울이 똑똑 떨어지는 라일락 나무 아래로 진입로를 따라 올라와 멈춰 섰다. 데이지가 보라색 삼각 모자 아래에서 살짝 고개를 기울인 채 아름다운 미소를 띠며 나를 바라보았다.

"여기가 정말 오빠가 사는 집이에요?"

그녀의 활달한 목소리가 빗속에서 기운을 북돋워주는 듯했다. 나는 뭐라고 대답을 하기 전에 리듬감 있게 오르내리는 그녀의 음성을 귀로 쫓을 수밖에 없었다. 그녀의 한쪽 뺨에는 푸른 물감으로 쭉 그려 내린 것처럼 젖은 머리카락 한 가닥이 흘러내려 있었다. 내가 자동차에서 내리는 것을 도와주려고 잡은 그녀의 손이 빗물에 젖어 번들거렸다.

"혹시 저를 사랑하시나요?"

그녀가 장난스럽게 내 귀에 대고 속삭였다.

"그게 아니라면 왜 저 혼자 오라고 하셨지요?"

"그건 래크렌트 성(아일랜드 작가 마리아 에지워스가 쓴 소설

제목. 흔히 대답을 회피할 때 이 용어를 사용함 – 편집자 주)의 비밀이야. 운전기사더러 멀리 가서 한 시간만 있다가 오라고 해."

"퍼디, 한 시간 뒤에 돌아와요."

그녀는 운전기사에게 말한 뒤 엄숙한 목소리로 중얼거렸다.

"저 사람 이름이 퍼디예요."

"휘발유 때문에 그의 코가 어떻게 된 모양이지?"

"그렇진 않을 걸요. 한데 왜요?"

그녀의 말투가 천진난만했다.

우리는 다정히 집 안으로 들어갔다. 그런데 놀랍게도 거실이 텅 비어 있었다.

"이런, 이상한걸!"

내가 큰 소리로 외쳤다.

"뭐가 이상해요?"

그 때 부드러우면서도 점잖게 현관문을 두드리는 소리가 들리자, 그녀가 얼른 그쪽으로 고개를 돌렸다. 내가 문을 열어 보니 개츠비가 물웅덩이에 서 있었다. 그는 마치 죽은 사람처럼 하얘진 얼굴로 두 손을 외투 주머니에 찔러 넣고는 내 눈을 슬프게 응시했다.

개츠비는 두 손을 외투 주머니에서 빼지 않은 채 성큼성큼

내 옆을 지나 안으로 걸어 들어왔다. 그리고는 전기에 감전이라도 된 듯 몸을 휙 돌리더니 거실 쪽으로 사라졌다. 그런 행동이 조금도 우습지 않았다. 나는 심장이 쿵쿵 요동치는 것을 느끼며, 다시 거세진 빗줄기가 들이치는 것을 막기 위해 현관문을 닫았다.

잠시 동안 집 안에 적막이 감돌았다. 곧 거실에서 목이 멘 중얼거림과 짧은 웃음소리가 들리는가 싶더니, 데이지의 꾸며낸 듯한 목소리가 새어나왔다.

"다시 만나게 되어 정말 기뻐요."

그리고 다시 아무 말도 들리지 않았다. 이번에는 견디기 힘들 만큼 긴 침묵이 이어졌다. 나는 복도에서 할 일이 없었기 때문에 그들이 있는 방 안으로 들어갔다.

개츠비는 여전히 두 손을 외투 주머니에 찔러 넣고 있었다. 그는 부자연스러워 보였지만 짐짓 편안한 척, 심지어 좀 따분한 양 벽난로 장식에 몸을 기댔다. 그런데 몸을 너무 뒤로 젖힌 나머지 그의 머리가 고장 난 벽난로 장식용 시계의 숫자판을 누르고 있었다. 그는 그와 같은 자세로, 딱딱한 의자 끝에 앉아 놀라워하면서도 우아한 표정을 짓고 있는 데이지를 복잡한 심정으로 내려다보았다.

"우린 전에 만난 적이 있지요."

개츠비가 혼잣말처럼 웅얼거렸다. 그가 순간 나를 힐끔 쳐다보았는데, 입술이 웃으려다 만 듯 살짝 벌어져 있었다. 그때 마침 그의 머리에 눌린 시계가 위험하게 옆으로 기울었다. 다행히 그가 재빨리 몸을 돌리고는 떨리는 손으로 시계를 붙잡아 제자리에 가져다놓았다. 그리고 그는 뻣뻣한 자세로 소파에 앉아 팔꿈치를 팔걸이에 올려놓고 손으로 턱을 받쳤다.

"시계를 건드려 미안합니다."

그가 말했다.

어느덧 내 얼굴이 오히려 더 발그레하게 달아올랐다. 머릿속에는 할 이야기가 가득한데, 평범한 말 한마디 쉽게 끄집어낼 수가 없었다.

"낡은 시계인걸요, 뭐."

나는 두 사람을 바라보며 바보처럼 말했다. 그 순간 우리는 너나없이 시계가 바닥에 떨어져 산산조각 난 것 같은 기분을 느끼는 듯했다.

"우린 여러 해 동안 만나지 못했어요."

데이지는 되도록 무덤덤하게 말하려고 했다.

"십일월이면 오 년째가 되네요."

개츠비의 대답이 기계적으로 들렸다. 우리는 잠시 당황해 다시 침묵에 잠겼다. 내가 겨우 순발력을 발휘해 주방에서 차를 준비하는 것을 도와달라며 두 사람을 자리에서 일어나게 했다. 그런데 그때 마귀 같은 핀란드인 가정부가 쟁반에 차를 받쳐 들고 안으로 들어왔다.

우리가 반갑게 찻잔과 케이크를 받아들면서 자연스럽게 서로 예의가 갖추어졌다. 잠시 뒤 데이지와 내가 이야기를 나누게 되자, 개츠비는 후미진 곳으로 슬그머니 자리를 옮겨 우울한 눈빛으로 진지하게 우리 두 사람을 번갈아 바라보았다. 하지만 그러자고 자리를 마련한 것이 아니었기 때문에 나는 첫 번째 기회를 틈타 양해를 구하며 자리에서 일어섰다.

"아니, 어디 가십니까?"

개츠비가 놀라며 물었다.

"금방 돌아올 거예요."

"먼저 잠시 드릴 말씀이 있는데요."

그는 서둘러 나를 쫓아 주방으로 들어왔다. 그리고 문을 닫고는 탄식하듯 "오, 맙소사!" 하고 중얼거렸다.

"왜 그러십니까?"

"이건 끔찍한 실수예요. 정말 끔찍하기 짝이 없는 실수라고요."

그는 머리를 절레절레 흔들며 말했다.

"당신이 당황해서 그런 거예요. 단지 그뿐이에요. 데이지 역시 당신처럼 당황해하고 있어요."

내가 말했다.

"그녀가 당황해한다고요?"

그는 믿을 수 없다는 표정으로 물었다.

"네, 당신이 당황한 것만큼 말입니다."

"그렇게 큰 소리로 말씀하지 마세요."

"당신은 꼭 어린아이처럼 행동하는군요. 게다가 무례하기까지 해요. 데이지는 지금 저곳에 혼자 앉아 있답니다."

나는 참지 못하고 버럭 화를 냈다.

개츠비는 손을 저어대며 내 말을 막고는 비난의 눈빛으로 노려보았는데, 나는 그 모습이 지금도 잊히지 않는다. 그는 이내 조심스럽게 문을 열고 다시 거실로 발걸음을 옮겼다.

나는 혼자 뒷길로 걸어 나갔다. 개츠비가 30분쯤 전에 안절부절 못하며 집 주변을 한 바퀴 돌았을 때처럼 말이다. 나는 우거진 잎이 지붕 역할을 하며 비를 막아주는 옹이가 있는 검은 나무를 향해 달려갔다. 또다시 비가 퍼붓기 시작했다. 개츠비가 보낸 정원사가 잘 깎아주었지만, 여전히 엉성한 내 잔디밭에는 자그마한 진흙 구덩이와 선사시대의 늪 같은 것이 여기저기 모습을 드러내고 있었다. 나무 아래에서는 오로지 개츠비의 저택만이 보일 뿐이었다. 나는 칸트가 깊은 생각에 잠길 때마다 교회의 첨탑을 바라보고는 했듯, 30분가량 그 웅장한 저택을 가만히 쳐다보았다. 그 집은 10년 전 한 양조업자가 당시 유행하던 복고풍으로 지은 것이었다. 그 사람은 근방에 있는 작은 집들의 주인들이 모두 짚으로 지붕을 덮는다면 5년 동안 세금을 대신 내주겠다고 제안했는데, 이웃들이 거절하는 바람에 한 가문을 세우려던 계획 자체를 포기했다고 한다. 그 후 양조업자는 빠르게 몰락의 길을 걸었다. 또 그의 자식들은 문에서 검은 장의 조화(弔花)를 떼기도 전에 그 집을 팔아버렸다. 미국인들은 이따금 스스로 농노가 되려고 할 때도 있지만 소작농으로 남으려고 늘 고집을 부려오기도 했던 것이다.

30분쯤 시간이 지나자 다시 햇살이 비치기 시작했다. 식료품상의 차가 개츠비네 일꾼들이 먹을 저녁식사 거리를 싣고 저택 진입로로 올라왔다. 나는 지금 개츠비가 식욕이 영 없을 것이라고 생각했다. 그 때 한 가정부가 저택 위쪽의 창문들을 하나씩 열어젖혔다. 그녀는 각 창문마다 잠깐씩 모습을 보이며 중앙에 있는 커다란 내닫이창으로 몸을 내밀더니 뭔가 생각에 잠긴 듯한 얼굴로 정원에 침을 뱉었다. 이제 두 사람 곁으로 돌아가야 할 때였다. 빗소리가 마치 그들이 중얼거리는 목소리처럼 감정의 기복에 따라서 높아졌다 낮아졌다 오르락내리락을 반복했다. 곧 비가 그치고 주위가 조용해지자, 집 안에도 정적이 내려앉은 것 같았다.

나는 집 안으로 들어갔다. 난로를 뒤집어엎지만 않았을 뿐, 일부러 주방에서 덜그럭거리는 온갖 소리를 냈다. 하지만 그들은 아무 소리도 들은 것 같지 않았다. 두 사람은 소파의 양쪽 끝에 앉아 누군가 던진 질문이 허공에 떠 있기라도 한 듯 멍한 표정으로 서로를 마주 보고 있었다. 다만 얼마 전의 당황한 모습은 흔적도 찾아볼 수 없었다. 데이지의 얼굴에는 눈물 자국이 있었는데, 나를 보자마자 자리에서 벌떡 일어나 거울을 보며 손수건으로 그것을 닦아내기 시작했다. 그런데 개츠비는 뜻밖에도 정말 놀라운 변화를 보였다. 그는 그야말로 찬란한 빛을 내뿜고 있었다. 어떤 말이나 몸짓으로 기쁨을 드러내지는 않았지만, 새로운 행복의 빛이 그에게서 뿜어져 나와 작은 방을 가득 채웠다.

"아! 돌아오셨군요, 친구."

그는 마치 몇 년 만에 나를 만나는 양 말했다. 나는 순간적으로 그가 악수를 건네지 않을까 생각했다.

"비가 그쳤습니다."

"그래요?"

내 말을 들은 그는 반짝이는 방울 같은 햇살이 방 안으로 비쳐드는 것을 깨달았다. 그는 다시 나타난 햇살을 열광적으로 환영하는 기상캐스터처럼 환한 미소를 지어 보였다. 그리고는 그 소식을 데이지에게 전해주었다.

"어때요? 비가 그쳤다는군요."

"잘됐네요, 제이."

그녀는 슬프고도 아름다운 목소리로 예기치 않은 기쁨을

나타낼 따름이었다.

"당신과 데이지를 우리 집에 초대할게요. 데이지에게 집을 구경시켜주고 싶네요."

"저도 함께 말입니까?"

"그럼요, 친구."

데이지는 세수를 하기 위해 위층으로 올라갔다. 나는 화장실에 걸린 수건이 깨끗하지 못한 것이 생각나 창피했지만 어쩔 도리가 없었다. 개츠비와 나는 잔디밭에서 그녀를 기다렸다.

"우리 집 어때요, 근사하지요? 집 앞에 햇살이 비치는 모습을 좀 보십시오."

그가 내게 물었다. 나는 집이 매우 훌륭하다는 데 동의했다.

"그래요."

그의 눈은 아치형 문과 네모난 탑을 하나하나 샅샅이 훑어보았다.

"저 집을 사려고 꼬박 3년 동안 돈을 벌었어요."

"재산을 상속받으신 걸로 알고 있는데요."

"그랬지요, 친구."

그가 얼떨결에 대답했다.

"하지만 대공황 때 다 날려버렸어요……. 전쟁 후 공황 말입니다.”

그는 자신이 무슨 말을 하고 있는지 잘 모르는 것 같았다. 왜냐하면 내가 어떤 사업을 했느냐고 묻자 “그건 제 문제예요.”라고 대꾸했기 때문이다. 그는 금세 잘못 대답했다는 사실을 깨달았다.

“뭐, 이런저런 일을 했지요.”

개츠비는 얼른 고쳐 말했다.

“약국 사업(미국은 금주법이 시행된 기간 동안 약사의 처방으로 약국에서 술을 살 수 있었다. 따라서 일부 약국은 밀주 판매 창구로 악용되었다. ― 편집자 주)도 하고 석유 사업도 했어요. 지금은 다 그만두었지만 말이에요.”

그는 좀 더 의미심장한 눈빛으로 나를 쳐다보았다.

“그 날 밤 제가 제안한 것에 대해 생각해보셨나요?”

그런데 그 질문에 내가 미처 대답하기 전에 데이지가 집 밖으로 나왔다. 그녀가 입고 있는 드레스에서 두 줄로 달린 놋쇠단추가 햇볕에 반짝거렸다.

“저기 저렇게 웅장한 저택에서 살고 있어요?”

그녀가 개츠비의 저택을 가리키며 큰 소리로 물었다.

“마음에 듭니까?”

“네, 그럼요. 한데 저기서 어떻게 혼자 사시는지 모르겠네요.”

"제 집에는 밤낮없이 재미있는 사람들이 들락거린답니다. 흥미로운 일을 하는 사람들, 그러니까 유명 인사들 말입니다."

우리는 롱아일랜드 해협을 따라 지름길로 가는 대신 도로 쪽으로 내려가 커다란 뒷문을 통해 들어갔다. 데이지는 하늘을 배경으로 우뚝 솟은 중세시대 분위기를 띠는 저택의 실루엣에 반한 듯 매력적인 속삭임으로 찬사를 보냈다. 또 노란 수선화의 짙은 향기를 비롯해 산사나무와 자두꽃의 가벼운 향기, 제비꽃의 옅은 금빛 향기가 가득한 정원에서 감탄을 연발했다. 그런데 문득 이상한 생각이 들었다. 우리가 대리석 계단까지 왔는데도 저택 문을 들락거리는 화려한 드레스 자락들이 하나도 눈에 띄지 않았기 때문이다. 주변에는 나무에서 지저귀는 새소리 말고 아무 소리도 들리지 않았다.

우리는 곧 저택 안으로 들어가 마리 앙투아네트 음악실과 왕정복고시대 풍의 살롱을 천천히 지나갔다. 그런데 어색함이 느껴질 만큼 너무나 조용했다. 나는 손님들이 우리가 그곳에서 사라질 때까지 숨죽인 채 잠자코 있으라는 명령을 받고 소파와 테이블 뒤에 몸을 낮추고 있는 것은 아닐까 하는 생각이 들었다. 개츠비가 '머튼대학(옥스퍼드대학에 속한 단과대학. 개츠비의 서재는 이곳 도서관을 본떠 만들었다. ─ 편집자 주) 서재'의 문을 닫는 순간, 나는 분명 올빼미 눈의 사내가 유령처럼 웃는 소리를 들은 듯했다.

우리는 위층으로 발걸음을 옮겼다. 장밋빛과 보랏빛 비단을 사용하고 온갖 싱싱한 꽃들로 생기 있게 장식한 고풍스러운 침실들, 의상실과 당구장, 깊이 파인 욕조가 있는 욕실들을 차례로 지나갔다. 어떤 방에 불쑥 들어갔을 때는 파자마 차림에 머리가 온통 헝클어진 한 남자가 바닥에서 운동을 하고 있기도 했다. 그는 '하숙생' 클립스프링어였다. 나는 그 날 아침 그가 허기진 얼굴로 해변을 돌아다니는 것을 보았다. 잠시 뒤, 우리는 마침내 개츠비의 방에 들어섰다. 그곳은 침실과 욕실 그리고 애덤식(18세기 건축가 애덤 형제의 스타일로 꾸몄다는 의미 – 편집자 주) 서재로 이루어져 있었다. 우리는 거기에 앉아 그가 벽장에서 꺼내온 샤르트뢰즈 와인을 한 잔씩 마셨다.

개츠비는 한 번도 데이지에게서 눈을 떼지 않았다. 그녀의 사랑스러운 눈동자가 보이는 반응에 따라 자기 집의 이곳저곳을 재평가하는 것 같았다. 그는 문득 자신의 소유물들을 멍한 시선으로 둘러보기도 했는데, 그것은 눈앞에 실제로 그녀가 존재한다는 경이로움 때문에 다른 것들은 더 이상 아무런 의미가 없다는 무의식적인 행동이었다. 그러다가 그는 자칫 계단에서 굴러 떨어질 뻔하기도 했다.

그의 침실은 화장대에 놓인 순금 화장 도구만 빼면 모든 방들 가운데 가장 소박했다. 데이지가 즐거워하며 브러시를 집어 머리를 빗어 내리자, 개츠비는 의자에 앉아 눈을 가린 채 웃음을 터뜨렸다.

"정말 웃긴 일이에요, 친구. 나는 안 돼요……. 아무리 해보려고 해도……."

그가 유쾌하게 말했다.

개츠비는 분명 두 번째 단계를 지나 세 번째 단계에 접어들고 있었다. 처음에는 당황했다가 두 번째는 어쩔 줄 모르고 기뻐하더니, 이제는 그녀가 자기 앞에 있다는 놀라운 사실에 마음을 온통 빼앗겼다. 그는 아주 오랫동안 그 생각에만 몰입하고, 마지막까지 올바른 결말에 이르기를 꿈꾸어왔다. 상상하기조차 어려울 만큼 긴장하면서 이를 악물고 기다려 왔던 것이다. 지금은 그 반작용으로 너무 꽉 조였던 태엽이 스르르 풀리고 있었다.

잠시 뒤, 개츠비는 다시 정신을 가다듬고 독특하고 큼지막한 옷장 두 개를 열어 보였다. 그 안에는 양복과 실내복을 비롯해 넥타이와 와이셔츠 따위가 벽돌처럼 차곡차곡 10여 개의 상자에 담겨져 쌓여 있었다.

"영국에서 옷을 사서 보내주는 사람이 있어요. 봄가을로 철이 바뀔 적마다 물건을 골라서 보내오지요."

그는 와이셔츠 더미를 끄집어내더니 한 장씩 우리 앞에 던지기 시작했다. 얇은 린넨 셔츠와 두꺼운 실크 셔츠, 고급 플란넬 셔츠가 떨어질 때마다 개켜졌던 자국이 펴지면서 갖가지 색상으로 테이블 위를 덮었다. 감탄하는 우리를 보며 그는 더 많은 셔츠를 가져왔다. 부드럽고 값비싼 셔츠 더미가 점점 더 높이 쌓여갔다. 산호빛과 사과색 연두빛 셔츠, 보랏빛과 옅은 오렌지색 줄무늬 셔츠, 소용돌이무늬 셔츠, 체크무늬 셔츠들에는 저마다 인디언블루 색깔로 그의 이름의 머리글자가 새겨져 있었다. 그런데 데이지가 갑자기 셔츠 더미에 머리를 파묻고 왈칵 울음을 터뜨렸다.

"정말 아름다운 셔츠들이에요."

그녀의 흐느끼는 소리는 겹겹이 쌓인 셔츠 더미에 묻혀버렸다.

"셔츠들을 보고 있자니 슬퍼져요! 난 여태껏 이렇게…… 아름다운 셔츠를 본 적이 없거든요."

우리는 집 안을 둘러본 뒤 저택의 대지와 수영장 그리고 모터보트와 한여름의 꽃밭을 구경할 예정이었다. 그런데 개츠비 저택의 창 밖에서 다시 비가 내리기 시작했다. 그 바람에 우리는 나란히 서서 롱아일랜드 해협의 일렁이는 수면만 바라보았다.

"안개만 아니라면 만 건너편에 있는 당신 집이 보였을 겁니다. 당신 집 옆의 부두에는 늘 밤새도록 초록빛 불이 켜져 있더군요."

개츠비가 말했다.

그 때 데이지가 갑자기 개츠비에게 팔짱을 꼈다. 하지만 개츠비는 방금 전 자기가 한 말에 정신이 팔려 있었다. 아마 그 불빛이 지니고 있던 엄청난 의미가 이제 영영 사라져버렸다는 생각이 문득 떠올랐는지도 모른다. 그를 데이지와 갈라놓았던 아득한 거리와 비교해보면, 그 불빛은 손이 닿을 만큼 그녀와 매우 가까이 있는 것 같았다. 마치 달 곁에 있는 어떤 별처럼 가깝게 보였던 것이다. 하지만 그것은 이제 다시 부두에 켜놓은 평범한 초록색 불빛에 지나지 않았다. 마법을 부리듯 그의 마음을 사로잡았던 대상 하나가 사라진 셈이었다.

나는 희미한 어둠 탓에 뚜렷이 보이지 않는 이런저런 물건들을 살펴보면서 방 안을 돌아다녔다. 그러다가 그의 책상 위쪽 벽에 걸려 있는 커다란 사진에 눈길이 갔다. 사진 속에는 요트복을 입은 나이 지긋한 남자가 있었다.

"저 분은 누군가요?"

"그 사람은 댄 코디 씨예요, 친구."

얼핏 언젠가 들어본 적이 있는 이름 같았다.

"안타깝게도 지금은 세상을 떠나셨어요. 몇 해 전만 해도 나와 가장 친하게 지내던 사람이었지요."

나는 커다란 사무용 책상 위에서 역시 요트복을 입은 개츠비의 자그마한 사진도 볼 수 있었다. 그는 반항아처럼 머리를 뒤로 젖히고 있었는데, 열여덟 살쯤 되어 보이는 모습이었다.

"와, 멋진데요!"

데이지가 소리쳤다.

"이 퐁파두르(앞머리와 옆머리를 올려서 한데 합쳐 넘긴 올백 스타일 – 편집자 주) 헤어스타일 좀 봐요! 이런 머리를 한 적이 있다고 한 번도 말하지 않았잖아요……. 요트 얘기도 하지 않았고요."

데이지의 말에 개츠비가 급히 끼어들었다.

"여기를 봐요. 그동안 스크랩해둔 기사들이 아주 많아요……. 모두 당신에 관한 것들이지요."

두 사람은 나란히 서서 신문 기사들을 살펴보았다. 내가 개츠비에게 루비를 보여 달라고 말하려는 순간 전화벨이 울렸다. 그가 천천히 수화기를 집어 들었다.

"아, 네……. 글쎄요, 지금은 곤란합니다만……. 지금은 말하기 어렵다니까요, 형씨. '작은' 도시라고 했잖아요……. 그곳이 어디인지는 그 친구가 알고 있을 거요……. 거참, 디트로이트를 작은 도시라고 생각한다면 그런 친구는 아무 짝에도 쓸모가 없소……."

그는 전화를 끊었다.

"어서 이리 좀 와보세요!"

데이지가 창가에서 외쳤다. 여전히 비가 내렸지만 서쪽 하늘을 뒤덮고 있던 어둠은 사라졌다. 바다 위로 분홍빛과 황금빛의 거품 같은 구름이 피어올랐다.

"저것 좀 봐요."

그녀는 이렇게 속삭이더니 잠시 뜸을 들이고 말을 이었다.

"저기 분홍빛 구름을 하나 가져다가 당신을 태우고 이리저리 돌아다니면 좋겠어요."

그 시각 나는 집에 돌아가려고 했지만 그들이 보내주지 않았다. 아마도 내가 함께하는 편이 단둘이 있을 때보다 더욱 만족스러운 기분을 들게 하는 모양이었다.

"클립스프링어한테 피아노를 쳐달라고 할까요?"

개츠비가 제안했다.

그는 "유잉!" 하고 큰 소리로 이름을 부르며 방에서 나갔다. 그리고 잠시 뒤 피곤한 낯빛으로 어안이 벙벙한 표정을 짓고 있는 젊은이를 데리고 돌아왔다. 청년은 성긴 금발에 뿔테 안경을 쓰고 있었다. 그는 목 부분이 훤히 드러난 스포츠 셔츠와 옅은 색깔의 면바지를 입고 있었고 운동화를 신은 차림이었다.

"운동하시는 데 방해한 건 아닌지요?"

데이지가 공손하게 물었다.

"잠을 자고 있었습니다."

젊은이가 당황해하며 큰 소리로 대꾸했다.

"제 말은요, 그러니까, 그냥 잠을 자고 있었다고요. 그러다가 일어나서……."

"클립스프링어는 피아노를 잘 칩니다."

개츠비가 허둥대는 청년의 말을 끊으며 물었다.

"그렇지, 유잉?"

"잘 치지 못해요. 아니, 못 치는데……. 결코 피아노를 잘 친다고 할 수 없어요. 연습을 하나도 안 한 터라……."

"자, 우리 모두 일층으로 내려갑시다."

개츠비가 청년의 말을 가로막았다. 그가 어떤 스위치를 올리자 집 안 전체에 불이 들어오면서 어두컴컴한 창들이 사라졌다.

개츠비는 음악실에 들어서자마자 피아노 옆에 하나밖에 없는 램프를 켰다. 그리고 떨리는 손으로 성냥을 그어 데이지의 담배에 불을 붙여주었다. 두 사람은 멀찍이 떨어져 있는 기다란 의자에 함께 앉았다. 그 자리에는 홀에서 비치는 불빛이 바닥에 반사되어 어른거릴 뿐 다른 빛이 전혀 없었다.

클립스프링어는 〈사랑의 둥지〉(1920년 미국에서 크게 유행한 대중가요 – 편집자 주)를 연주했다. 그리고 의자에 앉은 채 몸을 돌려 불안한 표정으로 어둠침침한 곳에 있는 개츠비의 눈치를 살폈다.

"들으셨다시피 연습을 전혀 안 했어요. 못 친다고 말씀드렸잖아요. 연습을 통…….'"

"말이 너무 많군, 형씨. 어서 더 쳐봐요!"

개츠비가 명령하듯 말했다.

아침에도 / 저녁에도 / 우리는 즐겁지 않은가…… (대중가요의 한 구절 – 편집자 주).

창 밖에는 바람이 세차게 불고 있었다. 해협을 따라 희미한 천둥소리도 들렸다. 웨스트에그에는 이제 온통 불빛이 환하게 밝았다. 가득 승객을 실은 전철이 뉴욕을 떠나 빗줄기를 헤치며 귀가 길을 내달리고 있었다. 사람들의 내면에 의미 깊은 변화가 일어나고, 흥분된 분위기가 주변 공기로 퍼져나가는 시간이었다.

한 가지는 분명하다네 / 다른 것은 잘 몰라 / 부자는 더욱 부자가 되고 / 가난뱅이에게 생기는 것은 자식들뿐 / 그러는 동안 / 그러는 사이…….

나는 개츠비에게 작별 인사를 하러 갔을 때, 그의 얼굴에 다시 당혹스러운 빛이 되돌아온 것을 보았다. 그것은 지금 만끽하고 있는 행복의 가치에 대해 어렴풋이 의심을 갖는 듯한 표정이었다. 거의 5년에 가까운 세월이었다! 어쩌면 그 날 오후에도 데이지가 그의 꿈을 허물어뜨린 순간이 있었을지 모른다. 물론 그렇다 해고 그것은 그녀의 잘못이 아니라, 그가 품어온 엄청난 환상의 힘 때문이다. 그의 환상의 힘은 그녀를 훌쩍 앞서가기 일쑤였고, 모든 것을 추월하고 말았다. 그는 창조적인 열정으로 끊임없이 그 환상을 부풀어 오르게 했다. 아울러 자신의 길 앞에 떠도는 모든 반짝이는 깃털로 그 환상을 장식했다. 세상의 어떤 열정이나 순수도 한 인간이 마음속에 차곡차곡 쌓아올린 영적인 것에는 견줄 수가 없는 법이다.

개츠비를 쳐다보았을 때, 그는 지금의 분위기에 조금씩 적응해가는 듯했다. 그는 데이지의 손을 지그시 잡고 있었다. 그리고 그녀가 낮은 목소리로 귀에 뭔가를 속삭이면 감정이 와락 솟구치는지 그녀를 향해 몸을 돌렸다. 돌이켜보면, 그를 사로잡았던 것은 무엇보다 따뜻하면서도 파도처럼 일렁이는 그녀의 목소리였으리라. 왜냐하면 그 목소리는 아무리 꿈꾸어도 부족하지 않을 불멸의 노래와 다름없었기 때문이다.

어느덧 두 사람은 나의 존재를 잊고 있었다. 데이지는 나를 흘끔 쳐다보고 손을 내밀기도 했지만, 개츠비는 이제 나를 영 모르는 사람 같았다. 나는 다시 한 번 그들을 바라보았다. 그제야 두 사람은 강렬한 열정에 사로잡힌 채 무심한 눈빛으로 나를 돌아다보았다. 나는 그들을 남겨둔 채 홀로 방을 나와 대리석 계단을 내려가서 빗속으로 걸어 들어갔다.

06

하루는 뉴욕의 야심 가득한 젊은 기자 한 사람이 개츠비의 저택으로 찾아와 뭔가 할 말이 없느냐고 물었다.

"대체 무슨 말을 하라는 겁니까?"

개츠비가 정중하게 되물었다.

"음…… 당신이 밝히고 싶은 말이라면 뭐든 상관없어요."

둘 사이에 대략 5분 동안 혼란스럽기 짝이 없는 대화가 오갔다. 그러고 나서야 비로소 그 기자가 신문사에서 굳이 알리고 싶지 않거나 완전히 이해하지 못한 어떤 문제와 관련하여 개츠비의 이름을 들었다는 것이 밝혀졌다. 그래서 휴일인데도 진상을 '알아보려고' 스스로 발걸음을 재촉해 그곳을 찾아왔던 것이다.

칠흑 같은 밤에 총을 쏘아대는 것과 다름없는 행동이었지만, 그 기자의 본능적인 예감은 정확했다. 사실 개츠비는 저택을 들락거린 수백 명의 사람들이 그의 과거에 대해 저마다 권위자가 되어 악의적인 소문을 퍼뜨리는 바람에 뉴스거리가 되기 일보 직전이었다. 이를테면 '캐나다와 연관된 지하 파이프라인(금주법이 시행되는 동안 지하 파이프를 통해 캐나다에서 미국으로 술을 밀수한다는 소문 – 편집자 주)' 같은 소문들이 그를 따라다녔다. 나아가 개츠비가 저택에 사는 것이 아니라 집처럼 생긴 배에서 살며 남몰래 해협을 오르내리고 있다는 소문까지 끈질기게 나돌았다. 그런데 어째서 노스다코타주의 제임스 개츠가 그와 같은 이야기를 듣고 흡족해했는지는 설명하기가 쉽지 않다.

제임스 개츠! 그것이 바로 그의 본명, 아니 적어도 서류상의 이름이었다. 그는 본격적으로 인생이 시작되던 열일곱 살의 특별한 순간에 이름을 제이 개츠비로 바꿨다. 그 때 그는 댄 코디의 요트가 슈피리어 호수에서 가장 위험한 곳에 닻을 내리는 것을 목격했다. 그 날 오후 찢어진 초록색 셔츠에 두툼한 작업복을 입고 호숫가를 따라 어슬렁거렸던 사람은 다름아닌 제임스 개츠였다. 그러나 뗏목을 빌려 타고 투올로미 호에 다가가 코디에게 30분 뒤면 바람이 세차게 불어 닥쳐 요트가 산산조각 날 것이라고 알려준 사람은 이미 제이 개츠비였던 것이다.

어쩌면 그는 오래 전부터 그 이름을 가슴속에 새겨두고 있었을지도 모른다. 그의 부모는 무엇 하나 내세울 것 없는 무능한 농사꾼이었다. 그의 상상력으로는 결코 자신의 부모를 받아들일 수가 없었다. 따라서 롱아일랜드 웨스트에그의 제이 개츠비는 그 스스로 만들어낸 관념의 이상에서 탄생한 인물이었다. 그는 하나님의 아들이었다. 만약 이 정의에 어떤 의미가 있다면 말 그대로 '자기 아버지의 일(누가복음 2장 49절에서 따온 표현 – 편집자 주)', 그러니까 세속적이면서 저속한 아름다움을 떠맡아야만 했다는 것이다. 그래서 그는 열일곱 살 나이에 상상할 수 있는 제이 개츠비 같은 인물을 만들어낸 다음 그 정체성에 끝까지 충실하려고 노력했다.

그는 1년 이상 슈피리어 남쪽 호숫가에서 조개를 캐거나 연어를 잡아 어렵사리 숙식을 해결하며 연명했다. 한가하면서도 힘겨운 일상이 반복되면서 그의 몸은 자연스럽게 구릿빛으로 탄탄해져갔다. 그는 일찌감치 여자를 알았지만 자신을 파멸시킨다는 이유로 경멸했다. 젊은 여자들은 무지했기 때문에 깔보았고, 다른 여자들은 자기도취에 빠진 그가 당연하게 여기는 일에 신경질을 부리는 탓에 업신여겼다.

하지만 그의 마음속에는 항상 거센 폭풍우가 몰아치고 있었다. 밤이 깊어 잠자리에 들어도 기괴하고 환상적인 생각이 좀처럼 지워지지 않았다. 세면대 위에서 시계가 똑딱거리고 바닥에 아무렇게나 벗어놓은 옷을 촉촉한 달빛이 적시는 동안, 차마 말로 표현하기 어려운 화려하고 현란한 세계가 머릿속을 떠나지 않았다. 그는 밤마다 졸음이 몰려와 그와 같은 생생한 장면들을 망각의 포옹으로 감싸 안을 때까지 새로운 환상을 쉼 없이 늘려나갔다. 한동안 그런 환상은 그의 상상력에 분출구를 마련해주었다. 그것은 현실이 언제든 꿈처럼 비현실적인 것이 될 수 있다는 암시와 다르지 않았다. 또한 요정의 날개 위에도 넓고 평평한 반석이 안전하게 놓일 수 있다는 약속이기도 했다.

그는 이런 일이 있기 몇 달 전 앞으로 다가올 영광을 본능적으로 예감해 미네소타주 남부에 위치한 루터교 재단의 자그마한 세인트올라프대학에 입학했다. 하지만 그는 2주 만에 학교를 박차고 나왔다. 자신의 운명의 북소리에 학교가 너무 무심해 실망스러운데다, 학비를 벌기 위해 시작한 경비 일마저 경멸스러워졌기 때문이다. 그는 결국 슈피리어 호수로 돌아왔고, 댄 코디의 요트가 호숫가의 수심 낮은 곳에 닻을 내린 그 날 뭔가 할 일을 찾고 있었다.

당시 댄 코디의 나이는 쉰 살이었다. 그는 네바다주의 은광(銀鑛)과 유콘 광산이 낳은 인물이라고 할 만했는데, 1875년 이후 광산 사업에 뛰어들 때마다 빛나는 성공을 거두었다. 특히 몬태나주에서 벌인 동광(銅鑛) 사업은 그를 백만장자로 만들었다. 그런데 이 무렵 그는 육체적으로 매우 강건했지만 정신적으로는 점점 나약해져갔다. 그것을 눈치챈 숱한 여자들이 그에게서 돈을 빼앗아내려고 온갖 수작을 부리며 접근했다. 그 가운데 엘러 케이라는 여기자가 그의 유약한 성품을 이용해 맹트농 부인(프랑스 루이 16세의 두 번째 왕비로 막강한 영향력을 행사함 – 편집자 주) 역할을 하면서 그를 요트에 태워 바다로 보낸 유쾌하지 않은 사건은 1902년의 황색 저널리즘 계에 잘 알려진 일이었다. 그 후 코디는 5년 동안 기후가 좋은 해안을 따라 여행했는데, 리틀걸 만에서 제임스 개츠의 운명과 맞닥뜨리게 되었던 것이다.

젊은 개츠가 노에 기대어 난간이 설치된 갑판을 올려다볼 때, 그 요트는 세상의 모든 아름다움과 화려함을 상징했다. 아마도 그는 코디를 바라보며 미소를 지었을 것이다. 그는 그렇게 미소 지을 때 사람들이 자신에게 호감을 갖는다는 것을 느끼고 있었을지 모른다. 그 날 코디는 몇 마디 질문을 던졌고(그 질문 중 하나에 답하느라 그의 새로운 이름이 지어졌다.), 그가 예민한데다 순발력이 있고 야심 또한 굉장하다는 사실을 알아냈다. 며칠 뒤 코디는 그를 덜루스(슈피리어 호수 서쪽 끝에 인접해 있는 항구도시 – 편집자 주)에 데리고 가 푸른색 외투 한 벌과 여섯 벌의 하얀색 면바지를 비롯해 요트 모자를 사주었다. 그리고 투올로미호가 서인도 제도와 바버리 해안으로 항해할 때 개츠비도 함께하도록 했다.

개츠비는 특별히 정해진 임무를 띠고 고용된 것이 아니었다. 그는 때때로 코디의 집사가 되었고, 항해사나 조타수가 되기도 했다. 가끔은 개인 비서가 되었으며, 경비원 역할을 부여받는 적도 있었다. 코디는 자신이 술에 취했을 때 어떤 일이 벌어질지 잘 알고 있었으므로, 개츠비를 더욱 신임할 수 있게 만들어 그와 같은 돌발 사태에 대비하려고 했다. 그런 관계가 5년 동안 계속되면서 요트는 미국 대륙을 3번이나 돌았다. 만약 어느 날 밤 엘러 케이가 보스턴에서 요트에 올라타지 않았다면, 그리고 일주일 뒤 댄 코디가 불미스럽게 죽지 않았다면 그런 관계는 영원히 지속되었을지 모른다.

나는 개츠비 저택의 방에 걸려 있던 댄 코디의 사진을 기억한다. 그는 반백의 머리카락에 혈색이 좋으면서 강직하고 표정 없는 얼굴을 한 인상이었다. 그는 미국 역사의 한 시기에 개척지의 홍등가와 싸구려 술집의 잔인한 폭력을 동부 해안으로 전파시킨 난봉꾼 선구자였다. 개츠비가 술을 거의 마시지 않는 것도 간접적으로 코디에게서 받은 영향이었다. 한번은 유쾌한 파티에서 여자들이 그의 머리에 샴페인을 부은 적이 있었다. 하지만 어느 경우에도 그는 결코 술을 입에 대지 않았다.

개츠비는 코디로부터 돈을 상속받기도 했다. 2만5000달러에 달하는 유산이었다. 하지만 그는 실제로 그 돈을 받지 못했다. 개츠비는 자신에게 불리하게 적용된 술책 같은 법률을 결코 이해할 수 없었지만, 끝내 수백만 달러의 재산은 모두 엘러 케이의 손에 넘어가고 말았다. 그에게 남겨진 것이라고는 남다르게 받은 독특하고 적절한 교육밖에 없었다. 제이 개츠비라는 인물의 흐릿한 윤곽이 비로소 구체적인 실체로 채워졌던 것이다.

그는 이 모든 이야기를 훨씬 나중에야 내게 들려주었다. 그럼에도 내가 지금 그 내용을 옮기는 까닭은 그의 조상에 관한 조금의 진실성도 없고 어처구니없는 소문을 털어내기 위한 것이다. 나는 그 이야기를 개츠비의 말을 믿어야 할지 믿지 말아야 할지 헷갈릴 때 듣게 되었다. 그러니까 그가 잠시 한숨을 돌리고 있는 동안, 나는 이런저런 오해를 풀기 위해 그 짧은 휴식을 이용하고 있는 것이라고 할 수 있다.

개츠비와 관계된 인연들도 잠시 휴식기를 맞았다. 나는 몇 주 동안 그를 만나지 못했다. 전화로 목소리나마 들은 적이 없었다. 나는 베이커와 이곳저곳 돌아다니거나 나이 많은 그녀의 숙모가 흡족해하도록 비위를 맞추느라 거의 뉴욕에서 지냈다. 그러다가 어느 일요일 오후, 나는 마침내 그의 저택으로 갔다. 그런데 내가 도착한 지 2분도 채 지나지 않아 누군가 술을 마시러 그곳으로 톰 뷰캐넌을 데리고 왔다. 물론 나는 놀랄 수밖에 없었는데, 이전에는 그런 일이 한 번도 없었다는 사실이 더욱 당혹스러웠다.

세 사람의 일행은 말을 타고 왔다. 그들은 톰과 슬로언이라는 남자를 비롯해 전에도 온 적이 있는 얼굴이 예쁜 여자였다. 그녀는 갈색 승마복을 입고 있었다.

"반갑습니다. 이렇게 찾아와주시니 고맙군요."

개츠비가 현관에 서서 말했다. 마치 그들이 대단한 관심이라도 보인 것처럼 말이다!

"여기 앉으세요. 궐련이나 시가를 피우시겠습니까?"

그는 호출 벨을 울리며 방 안을 바삐 돌아다녔다.

"곧 마실 것을 내오도록 하지요."

그는 톰이 그 자리에 있어 매우 동요하는 것 같았다. 아울러 그들이 술을 마시려고 찾아왔다는 것을 막연하게나마 깨달아, 뭔가를 대접하기 전까지는 불안감을 감추지 못했다. 슬로언은 아무것도 마시려고 들지 않았다. 레모네이드라도 드릴까요? 아뇨, 괜찮습니다. 그럼 샴페인을 좀 드릴까요? 아뇨, 고맙지만 생각 없습니다. 뭐, 번번이 그런 식이었다.

"승마는 즐거우셨나요?"

"이쪽은 말을 타기에 길이 참 좋더군요."

"제 생각에는 자동차들이⋯⋯."

"물론 그렇지요."

그 때 개츠비가 어떤 충동에 휩싸인 듯, 마치 처음 만나 소개를 받은 것처럼 행동하는 톰에게 고개를 돌렸다.

"뷰캐넌 씨, 전에 어디선가 만난 적이 있는 것 같은데요."

"아, 네……. 그랬지요. 생각납니다."

톰은 우리가 언제 만났는지 정확히 기억하지 못하는 것이 틀림없었다. 그럼에도 퉁명스럽지만 나름 예의를 갖추어 대답했다.

"대략 두 주 전쯤이었어요."

"그래요, 여기 있는 닉과 함께 계셨지요."

"부인 되시는 분을 알고 있습니다만."

개츠비가 공격적인 분위기로 대화를 이어 나갔다.

"그러세요?"

톰이 되물으며 나를 향해 고개를 돌렸다.

"자네는 이 근방에 살고 있나, 닉?"

"응, 바로 옆집에 산다네."

"그래?"

슬로언은 대화에 끼어들지 않았다. 그는 의자에 앉아 거만하게 몸을 뒤로 젖히고 있었다. 여자도 별 말이 없기는 마찬가지였다. 하지만 그녀는 하이볼을 두 잔 마시고 나더니 뜻밖에 나긋해졌다.

"개츠비 씨, 우리 모두 다음 파티에 참석하고 싶어요. 괜찮겠지요?"

“물론입니다. 찾아와주신다면 제가 영광이지요.”

“고맙군요.”

슬로언의 시큰둥한 말투에는 별로 고마운 기색이 담겨 있지 않았다.

“자, 그럼 이제 집으로 출발할까요?”

“그렇게 서두르시지 않아도 됩니다.”

슬로언의 재촉에 개츠비가 손사래를 쳤다. 어느새 마음의 평정을 되찾은 그는 톰에 대해 좀 더 알고 싶었다.

“괜찮으시다면, 저녁식사라도 함께 들고 가세요. 뉴욕에서 다른 손님들이 더 찾아온다고 해도 상관없으니까요.”

“그럼 저희 쪽으로 오셔서 저녁식사를 하는 건 어떨까요? 두 분 모두 말이에요.”

여자가 진심어린 표정으로 얘기했다. 그 말은 분명 나를 포함하는 것이었다. 슬로언이 자리에서 일어섰다.

“자, 그만 갑시다.”

슬로언이 재촉했다. 그러나 여자에게만 하는 말이었다.

“정말이에요, 두 분과 함께하고 싶어요. 자리는 충분하다고요.”

여자가 고집을 부렸다.

개츠비가 나의 생각을 묻는 듯 슬쩍 눈길을 건넸다. 그는 가고 싶어 했지만, 슬로언이 마땅치 않게 여긴다는 사실을 알아채지 못했다.

"저는 갈 수 없어요. 미안합니다."

내가 말했다.

"그럼 당신이라도 오세요."

그녀는 개츠비에게 관심을 쏟으며 다그쳤다. 그러자 슬로언이 그녀의 귀에 무슨 말인가를 속삭였다.

"지금 출발해도 늦지 않아요."

그녀가 목소리를 높여 다시 채근했다.

"전 말이 없답니다. 군대에서 이따금 타보기는 했는데, 말을 산 적은 없어요. 자동차를 타고 따라가야겠군요. 잠시 실례하겠습니다."

개츠비가 말했다.

사람들이 하나둘 현관으로 걸어 나갔다. 슬로언과 여자가 현관 밖에서 말다툼을 벌이기 시작했다.

"맙소사, 저 사람이 정말로 따라오려는 모양이네. 여자가 원하지 않는다는 것을 모르나?"

톰이 말했다.

"저 여자가 계속 함께 가자고 했잖아."

"거기서 큰 파티가 열릴 텐데, 그곳에 오는 사람들은 아무도 개츠비란 인물을 모를 거야."

그가 눈살을 찌푸리며 말을 이었다.

"그 자가 대체 어디서 데이지를 만난 걸까? 내가 구식이라 그런지는 몰라도 요즘 여자들이 여기저기 너무 쏘다니는 것이 영 마음에 들지 않아. 별의별 이상한 놈들을 다 만나고 다니잖아."

그 때 갑자기 슬로언과 여자가 계단을 내려가더니 각자 자기 말에 올라탔다.

"자, 서둘러. 이러다가 늦겠어. 빨리 가자고!"

슬로언이 톰을 바라보며 말했다. 그리고는 그가 나에게 당부했다.

"그 사람에게 오래 기다릴 수 없었다고 전해주시겠소?"

나는 톰과 악수를 나누었다. 나머지 사람들과는 그저 고개만 끄덕여 가볍게 인사를 했다. 그들은 순식간에 말을 몰아 8월의 무성한 나뭇잎 아래로 뻗은 진입로를 따라 사라졌다. 그제야 개츠비가 모자와 얇은 외투를 챙겨든 채 현관 밖으로 나왔다.

톰은 데이지가 혼자 돌아다니는 것에 대해 못내 불안해했다. 다음 토요일 밤에 그가 아내를 데리고 개츠비의 파티에 참석한 것이 그 증거였다. 그가 함께했기 때문인지, 그 날의 파티에는 왠지 숨이 막힐 듯한 긴장감이 감돌았다. 그 해 여름 개츠비의 저택에서 열렸던 파티들 가운데 내 머릿속에는 그 날의 기억이 가장 뚜렷이 남아 있다. 그 날의 파티에는 똑

같은 부류의 사람들이 참석했고, 똑같은 샴페인이 흘러 넘쳤으며, 전과 다를 바 없는 이런저런 다양한 소동들이 벌어졌다. 그럼에도 불쾌감이랄까, 일찍이 느껴보지 못했던 불편한 분위기가 감돌고 있었다. 어쩌면 내가 이미 그런 세계에 익숙해진 까닭일지 모른다. 또 웨스트에그를 자체의 기준과 유명 인사들을 갖춘 하나의 완전한 세계, 그런 의식조차 전혀 없으므로 어느 것과도 비교할 수 없는 최선의 세계로 받아들이는 데 익숙해진 탓일지도 모른다. 그런데 나는 데이지의 눈을 통해 또다시 그 세계를 바라보고 있었다. 자기가 적응력을 키워 익숙해진 대상을 새로운 눈으로 바라본다는 것은 슬픈 일이 아닐 수 없다.

톰과 데이지는 황혼 무렵 도착했다. 우리가 그야말로 반짝거리는 수많은 사람들 사이를 서성거릴 때, 데이지는 온갖 기교를 부리는 듯한 목소리로 소곤거렸다.

"이런 데 오면 나는 너무나 마음이 들떠요. 오빠, 오늘 밤 언제든 나와 키스하고 싶으면 말만 해요. 기꺼이 키스해줄 테니까. 제 이름을 부르거나, 녹색 카드를 내보이세요. 지금 드리는 녹색……."

데이지가 나를 바라보며 얘기했다. 그녀의 말에 개츠비가 끼어들었다.

"주위를 좀 둘러보세요."

"지금 둘러보고 있잖아요. 난 근사한 파티를 재미있게 즐기고……."

"여태껏 이름만 들어왔던 사람들의 얼굴을 직접 볼 수 있을 겁니다."

그러자 톰이 겸손함이라고는 찾을 수 없는 눈길로 손님들을 훑어보았다.

"우리는 평소 바깥에 별로 돌아다니지 않아요. 실은 이곳에 얼굴을 알 만한 사람이 한 명도 없다는 생각을 하고 있던 참이지요."

그가 시큰둥하게 말했다.

"그래도 저기 저 부인은 아실 텐데요."

개츠비는 흰 자두나무 아래에 근엄하게 앉아 있는 여자를 가리켰다. 그녀는 사람이라기보다 아름다운 난초 같아 보였다. 톰과 데이지에게 그녀는 지금까지 그림자 같은 존재였으나, 순간 유명한 영화배우인 것을 알고는 비현실적인 독특한 느낌을 받았다.

"정말 아름답군요."

데이지가 말했다.

"그녀 앞에 허리를 숙이고 있는 사람은 영화감독이에요."

개츠비는 예의를 갖추어 그들을 데리고 다니며 여기저기 삼삼오오 모여 있는 사람들에게 일일이 소개시켜주었다.

"이분들은 뷰캐넌 부인과 뷰캐넌 씨입니다……."

그는 잠시 머뭇거리는가 싶더니 덧붙여 설명했다.

"유명한 폴로 선수지요."

"아, 아닙니다. 그렇지 않아요."

톰이 재빨리 손사래를 치며 부인했다.

하지만 개츠비는 그와 같은 소개가 썩 만족스러웠다. 왜냐하면 그 날 저녁 내내 톰이 '폴로 선수'로 통했기 때문이다.

"이렇게 유명한 사람들을 여럿 만나보기는 처음이에요."

데이지가 감격해하며 이어 말했다.

"나는 저기 저 사람이 괜찮아 보이는데……. 이름이 뭐죠? 청교도 신사 같은 저분 말이에요."

개츠비는 그 신사에 대해 얘기해주었다. 그리고 그 사람이 그저 그런 평범한 연출가라고 덧붙였다.

"아무튼 난 저분이 썩 마음에 들어요."

"나는 더 이상 폴로 선수로 소개되고 싶지 않아. 아무도 나를 거들떠보지 않는 가운데 그저 이 유명한 사람들을 바라보기만 하면 좋겠다고."

톰이 유쾌한 목소리로 말했다.

데이지와 개츠비는 함께 춤을 추었다. 나는 그의 우아하면서도 보수적인 폭스트롯(1910년대 미국에서 유행한 춤 – 편집자 주)을 보고 깜짝 놀랐던 기억이 난다. 그 때까지 그가 춤

추는 모습을 한 번도 본 적이 없었기 때문이다. 그들은 춤이 끝나자 우리 집으로 느릿느릿 걸어가 30분가량 계단에 앉아 있었다. 나는 그녀의 부탁으로 정원에서 망을 보았다.

"자칫 불이나 홍수가 날지도 모르잖아요. 아니면 하나님이 다른 고난을 내리실 수도 있고……."

그녀는 이렇게 설명했다.

잠시 뒤, 우리가 저녁식사를 하려고 함께 앉아 있는데 한동 안 까맣게 잊었던 톰이 나타났다.

"저기 있는 사람들과 같이 식사해도 괜찮겠지? 한 친구가 막 흥미로운 이야기를 늘어놓고 있거든."

톰이 물었다.

"그렇게 해요. 혹시 주소를 적어주고 싶으면 여기 있는 내 금빛 연필을 써도 돼요."

데이지가 상냥하게 대꾸했다.

그녀는 잠시 주위를 둘러보았다. 그리고는 내게 그 여자가 '고상하지는 않지만 예쁘장하다'고 말했다. 나는 그녀가 개츠 비와 단둘이 있었던 30분 정도의 시간을 빼면 그다지 즐거운 기분을 느끼지 못하고 있다는 것을 알 수 있었다.

우리가 앉은 테이블에는 유난히 술 취한 사람이 많았다. 그 것은 내 잘못이었다. 개츠비는 전화를 받으러 자리에서 일어 났다. 나는 2주 전에 만났던 사람들과 자리를 같이했던 것인데, 그 때와 달리 모든 말과 행동이 따분하게 여겨졌다.

"베데커 양, 몸은 괜찮나요?"

자신의 이름을 들은 아가씨는 내 어깨에 몸을 기대려고 했지만 마음대로 되지 않았다. 그 대신 의자에서 자세를 바로잡으며 게슴츠레하던 두 눈을 동그랗게 떴다.

"뭐라고요?"

데이지에게 내일 근처 클럽에서 함께 골프를 치자고 조르던 덩치 큰 여자가 무기력해 보이는 얼굴로 베데커 양을 두둔하고 나섰다.

"아, 그 아이는 괜찮아요. 칵테일이 대여섯 잔 들어가면 항상 저렇게 소리를 질러대지요. 내가 만날 술을 끊으라고 타이르건만."

"난 술을 마시지 않았어."

뜻밖의 험담을 들은 그녀가 힘없이 말했다.

"우린 네가 소리 지르는 것을 분명히 들었거든. 그래서 내가 여기 계신 시베트 선생님께 '의사 선생님, 지금 도움이 필요한 사람이 있어요!'라고 얘기했단 말이야."

"애도 내심 고맙게 생각할 거예요."

또 다른 친구가 거들고 나섰다.

"하지만 선생님이 이 아이 머리를 풀장에다 처박는 바람에 옷이 다 젖어버렸잖아요."

"맞아, 내가 세상에서 제일 싫어하는 게 풀장에 머리를 처박는 건데 말이야. 뉴저지에선 진짜 죽을 뻔했다니까."

베데커 양이 혼잣말처럼 중얼거렸다.

"그러니까 술 좀 적당히 마시지그래."

시베트 박사가 심드렁하게 대꾸했다.

"쳇, 자기 자신이나 잘 돌보세요. 선생님 손도 떨리고 있잖아요. 난 선생님한테 절대 수술은 받지 않을 거예요!"

베데커 양이 거칠게 따지고 들었다.

모두 그런 식이었다. 나는 그 날 밤 데이지와 함께 서서 여배우와 영화감독을 지켜보던 것이 거의 마지막으로 기억나는 일이다. 그들은 여전히 자두나무 아래에 있었다. 가느다란 한 줄기 달빛이 그들 사이를 갈라놓았을 뿐, 두 사람은 얼굴을 바짝 맞대고 있었다. 영화감독은 저녁 내내 아주 조금씩 그녀를 향해 고개를 숙여 그런 상태에 다다른 것 같았다. 그는 마침내 내가 지켜보는 도중에 마지막 남은 거리를 없애고 여배우의 뺨에 입을 맞추었다.

"난 저 여자가 마음에 들어요. 왠지 사랑스러워 보이니까요."

데이지가 말했다.

하지만 다른 사람들은 너나없이 데이지의 기분을 상하게 했다. 그것이 단순한 행동 때문이 아니라 감정의 차원이라는 데는 이론의 여지가 없었다. 그녀는 브로드웨이가 롱아일랜드의 한 어촌에 만들어진 것 같은 이 유례없는 '지역'에 공포를 느꼈다. 진부한 미사여구에 갇힌 짜증나는 활기와 그곳 사람들을 줄곧 무(無)에서 무로 몰고 가는 강제적인 운명에 섬뜩함을 실감했던 것이다. 그녀는 도무지 이해하기 어려운 그 단순함 속에서 뭔가 두려운 것을 목격했다.

나는 그들이 자동차를 기다리는 동안 함께 앞 계단에 앉아 있었다. 그곳은 어두웠다. 오직 밝은 문만이 1제곱미터의 정방형 빛을 부드럽고 어둑한 새벽을 향해 비추고 있었다. 이따금 낯선 그림자 하나가 위층 의상실의 블라인드를 배경으로 움직이다가 이내 다른 그림자에게 자리를 양보했다. 그 그림자들의 행렬은 보이지 않는 거울 앞에서 화장을 하는 중이었다.

"도대체 개츠비란 자는 어떤 사람이야? 거물 밀주업자라도 되나?"

갑자기 톰이 물었다.

"자네 그 얘기를 어디에서 들었나?"

내가 물었다.

"듣긴, 뭘. 그냥 추측해본 거야. 금세 떼돈을 번 자들 중에는 거물 밀주업자들이 많으니까."

"개츠비는 그렇지 않네."

내가 잘라 말했다.

그는 잠시 말문을 닫았다. 진입로에 깔아놓은 자갈이 그의 발밑에서 잘그락거렸다.

"여하튼 그 자는 여기 참석한 별난 사람들을 끌어 모으느라 꽤나 바빴겠군."

잿빛 안개 같은 데이지의 털 옷깃이 산들바람에 흔들렸다.

"적어도 그들은 우리가 알고 있는 사람들보다는 재미있던 걸요."

데이지가 힘없이 말했다.

"당신은 그다지 재미있어 보이지 않던데."

"아니요, 재미있었어요."

그 말에 톰은 슬쩍 미소를 지으며 나를 바라보았다.

"그 아가씨가 찬물로 샤워를 하게 해달라고 부탁할 때 데이지의 얼굴을 봤나?"

그 때 데이지가 리듬을 타며 허스키한 목소리로 음악에 맞춰 속삭이듯 노래를 부르기 시작했다. 가사의 한 구절 한 구절마다 이전에도 없었고 앞으로도 없을 의미를 부여하는 것 같았다. 그러다가 음이 높아지면 감미로운 가성으로 계속 노래했다. 멜로디의 흐름에 따라 그녀가 내보이는 인간적인 매력이 조금씩 배어 나왔다.

"초대받지 않은 사람들도 제법 왔더군요. 그 아가씨도 초대

받지 않았어요. 그는 너무 점잖아서 사람들이 마구 밀고 들어오면 딱 잘라 막아내지를 못해요."

"난 도대체 그 자가 어떤 사람인지, 무슨 일을 하는지 알고 싶을 따름이야. 꼭 알아내고 말 거야."

톰이 다시 한 번 힘주어 말했다.

"제가 지금 당장 말해줄 수 있어요. 그는 약국을 경영하고 있어요. 그 수가 아주 많은데, 모두 자기 힘으로 이룬 사업이에요."

데이지가 말했다. 때마침 리무진 한 대가 느린 속도로 진입로에 들어서서 다가왔다.

"잘 자요, 오빠."

데이지는 이렇게 말하며 불 켜진 계단 꼭대기로 시선을 돌렸다. 그곳에서는 그 해에 큰 인기를 끌었던 슬프면서도 산뜻한 왈츠 〈새벽 3시〉가 열린 문 밖으로 흘러나오고 있었다. 거북한 격식 대신 편안한 분위기로 가득한 개츠비의 파티에는 그처럼 데이지의 세계에서는 찾아볼 수 없는 낭만적인 가능성이 깃들어 있었다. 그 노래 속의 무엇이 그녀를 다시 집 안으로 불러들이는 것일까? 예측 불가능한 어두컴컴한 시간에 대체 어떤 일이 벌어지는 것일까? 어쩌면 모두를 놀라게 할, 쉬 믿어지지 않는 귀한 손님이 도착할지도 모른다. 아니 어쩌면 마법 같은 한순간의 만남으로 개츠비의 마음을 사로잡은 아가씨, 지난 5년 동안 결코 흔들리지 않았던 사랑의 열정을 보상해줄 눈부시게 아름다운 아가씨가 도착할지도 모른다.

나는 그 날 밤이 깊도록 그곳에 남아 있었다. 개츠비가 시간이 날 때까지 기다려달라고 부탁했기 때문이다. 나는 수영하던 사람들이 추위에 떨면서도 유쾌한 기분으로 어두운 해변에서 올라오고, 위층 손님방의 불이 모두 꺼질 때까지 정원에서 빈둥거리며 시간을 보냈다. 그가 마침내 계단을 내려왔을 때, 햇볕에 그을린 그의 얼굴은 굳어 있었고 반짝이는 두 눈 역시 무척 피곤해 보였다.

"데이지는 파티가 마음에 들지 않았나 봐요."

그가 다짜고짜 말했다.

"아뇨, 좋아하던걸요."

"그렇지 않아요. 그녀는 좋아하지 않았어요. 즐거운 시간을 보내지 못했다고요."

개츠비의 말투는 단호했다.

그는 잠시 입을 꾹 다물었다. 나는 그의 상심이 무척 크다는 것을 알 수 있었다.

"그녀가 멀게만 느껴지더군요. 그녀를 이해시키기가 아주 어려웠어요."

그가 말했다.

"그 춤 얘기인가요?"

"춤이라고요?"

그는 손가락을 맞대어 한 번 튕기는 것으로 자신이 추었던 모든 춤을 없던 일로 만들어버렸다.

"춤은 중요한 게 아니에요, 친구."

그가 원하는 것은 단 하나, 데이지가 톰에게 가서 "난 당신을 결코 사랑한 적이 없어요."라고 말하는 것뿐이었다. 그렇게 그녀가 지난 4년의 시간을 말끔히 지워버리고 나면, 그들은 좀 더 현실적인 결정들을 내릴 수 있을 것 같았다. 그 가운데 하나는 자유의 몸이 된 데이지와 함께 루이빌로 돌아가 그녀의 집에서 결혼식을 올리는 것이었다. 마치 5년 전에 그랬던 것처럼 말이다.

"그녀가 도무지 이해하려 들지를 않아요. 전에는 분명 이해했거든요. 우리 둘이 몇 시간씩이나 함께 앉아서……."

그는 갑자기 말을 멈추었다. 그리고는 과일 껍질이며 버려진 선물, 짓밟힌 꽃다발 따위가 어지럽게 흩어져 있는 스산한 길을 이리저리 오가기 시작했다.

"저 같으면 데이지에게 많은 기대를 하지 않을 겁니다. 과거는 돌이킬 수 없으니까요."

내가 불쑥 말했다.

"과거는 돌이킬 수 없다고요? 아니요, 돌이킬 수 있어요!"

그는 내 말에 저항하듯 큰 소리로 외쳤다.

그는 과거가 자기 집의 그늘진 곳, 단지 손이 닿지 않는 곳에 있기라도 한 듯 주위를 두리번거렸다.

"저는 모든 것을 옛날과 똑같이 돌려놓을 생각입니다. 그녀도 이해하게 될 테지요."

그는 과거에 대해 많은 이야기를 했다. 나는 곰곰이 궁리한 끝에, 그가 데이지를 사랑하기에 이르기까지 요구받았던 자신의 어떤 관념을 되돌리고 싶어 한다는 데 생각이 미쳤다. 그 뒤로 그의 삶은 혼란과 무질서에 빠져든 것이 사실이었다. 만약 그가 다시 출발점으로 돌아가 모든 과정을 천천히 음미할 수 있다면, 그 이유가 무엇인지 찾아낼 수 있을 것 같았다.

……지금으로부터 5년 전 어느 가을 밤, 그들은 낙엽이 흩날리는 거리를 함께 걸었다. 그리고 나무 한 그루 없이 환한 달빛이 비치는 곳에 이르러 발걸음을 멈추고 서로를 바라보았다. 1년 중 두 번 계절이 바뀔 때 느끼게 되는 신비로운 흥분을 간직한 서늘한 밤이었다. 집집마다 새어나오는 고요한 불빛이 어둠 속에 번지고, 별들 사이에서 수런거리는 소리가 들리는 듯했다. 개츠비는 곁눈질로 길바닥의 보도블록이 사다리가 되어 나무 위 비밀 장소에 닿는 것을 보았다. 만약 혼자 사다리를 오른다면 그곳에 너끈히 다다를 수 있을 것 같았다. 그러면 그 비밀 장소에서 생명의 젖을 빨고 어디에도 견주지 못할 신비의 우유를 들이켜는 것도 가능할 것이다.

그의 얼굴이 데이지의 얼굴에 닿는 순간 심장이 마구 요동쳤다. 그녀와 입을 맞추고, 그녀의 쉬 사라져버릴 숨결에 말로 표현할 수 없는 자신의 꿈을 영원히 하나로 결합시키고 싶었다. 그렇게 되면 그의 심장이 하나님의 심장처럼 다시는 뛰지 않으리라는 것을 잘 알고 있었다. 그는 별에 부딪힌 소리굽쇠가 내는 아름다운 소리에 귀 기울이며 잠시 기다린 다음, 마침내 그녀에게 키스를 했다. 입술이 닿자 그녀는 그를 위해 한 송이 꽃처럼 활짝 피어났다. 그야말로 화신(化身)이 완성되는 순간이었다.

그가 말해준 지독히 감상적인 이야기를 들으면서 나에게 뭔가 떠오르는 것이 있었다. 쉽게 알아차릴 수 없는 리듬이랄까, 오래 전에 어디선가 잃어버린 말의 파편 같은 것 말이다. 한순간 어떤 구절이 내 입에서 형태를 갖추려고 했는데 그만 벙어리의 입술처럼 조용히 벌어지고 말았다. 그 모습은 무엇에 놀라 가까스로 숨을 내뱉을 때보다 한결 더 안간힘을 쓴 것같이 버거워 보였다. 입술에서는 끝내 아무런 말도 새어나오지 못했고, 내가 겨우 떠올렸던 그 구절도 영영 전할 수 없게 되었다.

07

　개츠비에 대한 호기심이 절정에 달했던 것은 어느 토요일 밤 그의 저택에 끝내 불이 켜지지 않았을 때였다. 트리말키오(고대 로마 시대 작품 〈사티리콘〉에 등장하는 인물로, 성대한 파티를 자주 연 부자 – 편집자 주)로서 그의 이력은 시작과 다름없이 은근슬쩍 막을 내렸다. 잔뜩 기대를 안고 그의 저택 진입로에 들어왔던 자동차들이 잠시 머물다 화가 난 듯 떠나버리는 것을 보고 나는 그런 사실을 서서히 깨닫게 되었다. 나는 혹시 그가 병이라도 난 것이 아닌가 싶어 건너가 보았다. 험상궂은 인상의 낯선 집사가 슬며시 문을 열고 의심쩍은 눈길로 나를 바라보았다.

“개츠비 씨가 어디 편찮으신가요?”

“아니오.”

집사는 짧게 대꾸한 다음, 잠시 뒤 마지못해 ‘선생님’이라는 호칭을 덧붙였다.

"요즘 모습을 뵙지 못해 좀 걱정이 되네요. 캐러웨이란 사람이 다녀갔다고 전해주세요."

"누구시라고요?"

그가 따지듯 무례하게 물었다.

"캐러웨이입니다."

"캐러웨이? 알겠습니다. 그렇게 전하지요."

그리고 그는 다짜고짜 문을 쾅 닫아버렸다.

우리 집의 핀란드인 가정부에게 들은 말에 따르면, 개츠비는 일주일 전 자기 집 일꾼들을 모두 해고한 다음 여섯 명을 새로 고용했다. 그들은 웨스트에그 마을에 가서 장사꾼들에게 휘둘리는 일 없이 전화로 적당한 양의 먹을거리를 주문한다고 했다. 그런데 식료품 배달 소년은 저택의 주방이 돼지우리처럼 변했다고 말했으며, 마을에는 새로 들인 여섯 명의 사람들이 아무래도 고용인 같아 보이지 않는다는 소문이 떠돌았다.

이튿날 개츠비가 전화를 걸어왔다.

"혹시 다른 곳으로 떠나실 겁니까?"

내가 물었다.

"아닙니다, 친구."

"먼젓번에 있던 일꾼들을 모두 내보내셨다더군요."

"네, 입이 무거운 사람들이 필요해서요. 데이지가 꽤 자주 놀러 오거든요……. 오후가 되면 말이에요."

그랬다. 데이지의 불만스러운 눈빛이 닿자 대저택 전체가 마치 종이 카드로 만든 집처럼 폭삭 주저앉아버리고 말았던 것이다.

"울프심이 돌봐달라고 부탁한 사람들을 새로 고용했어요. 모두 형제자매간이지요. 자그마한 호텔을 경영한 적도 있다더라고요."

"그렇군요."

개츠비는 데이지의 부탁으로 전화를 걸었다고 했다. 그가 내일 그녀의 집으로 점심식사를 하러 가지 않겠느냐고 물었다. 베이커도 함께 갈 예정이라는 것이었다. 데이지는 30분쯤 뒤 내게 직접 전화를 걸기도 했는데, 점심식사 모임에 참석하겠다는 말을 듣고는 마음을 놓는 눈치였다. 하지만 나는 그들이 설마 그 자리를 빌려 소동을 벌일 것이라고는 예상치 못했다. 개츠비가 정원에서 대충 언급했던 그 심각한 소동을 말이다.

이튿날은 날씨가 타는 듯 뜨거웠다. 여름이 막바지로 치달을 무렵이었는데, 그 해에 가장 무더운 날이 틀림없었다. 내가 탄 기차가 터널을 지나 햇볕 속으로 들어섰을 때, 제과 회사인 내셔널비스킷컴퍼니의 뜨거운 경적 소리만이 끓어오르는 한낮의 정적을 깨고 있었다. 객실 안의 밀짚시트에 금방이라도 불꽃이 화르르 피어오를 것만 같았다. 내 옆에 앉은 여자는 하얀 셔츠 안으로 땀이 흘러내리는 것을 묵묵히 참아냈지만 들고 있던 신문이 손가락 사이에서 축축하게 젖어버리자 끝내 더위에 굴복해 외마디 소리를 지르면서 짜증을 냈다. 그 바람에 그녀의 지갑이 바닥에 툭 떨어졌다.

"어머나!"

그녀가 더위에 지쳐 숨을 몰아쉬었다.

나는 축 처진 몸을 굽혀 지갑을 주운 뒤, 결코 내용물을 훔쳐갈 생각이 없다는 것을 확인시켜주기 위해 지갑의 양쪽 모서리만 손가락으로 살짝 잡아 그녀에게 돌려주었다. 그러나 그녀를 비롯해 주변에 있던 승객들은 의심의 눈초리를 거두지 않았다.

"정말 덥네요, 더워!"

차장이 지나가며 낯익은 승객들에게 말을 건넸다.

"대단한 더위예요……. 더워도 너무 더워요! 손님도 더우시죠? 원, 이렇게 더워서야……."

잠시 후 나의 정기승차권이 그의 손에서 거뭇한 얼룩이 묻어 돌아왔다. 얼마나 무더웠으면 차장이 누구의 달아오른 입술에 키스를 퍼붓든, 누구의 머리가 그의 셔츠 주머니를 축축하게 만들든 전혀 상관하지 않을 것 같았다.

……내가 개츠비와 함께 문에서 기다리고 있는 동안 뷰캐넌 집의 홀을 가로지른 전화벨 소리가 한 줄기 산들바람에 실려 왔다.

"주인어른의 시신이라고요!"

집사가 수화기에 대고 고함을 질렀다.

"부인, 죄송합니다만 지금은 해드릴 수가 없습니다. 오늘 같은 한낮에는 너무 더워서 시신을 만질 수가 없거든요!"

그러나 이것은 그의 말이 아니었다. 그가 실제로 내뱉은 말은 "네…… 네…… 한번 알아보겠습니다."였다.

그는 전화기를 내려놓고 번들거리는 얼굴로 우리에게 다가와 빳빳한 밀짚모자를 받아들었다.

"부인께서는 응접실에서 기다리고 계십니다!"

굳이 그럴 필요가 없는데도 그는 응접실로 쓰이는 방을 가리키며 크게 소리쳤다. 지독한 무더위 속에서는 그런 불필요한 몸짓 하나도 일상에 대한 모독처럼 느껴졌다.

블라인드로 가려진 방은 어둑하게 응달이 져 선선했다. 데이지와 베이커가 선풍기 바람에 하얀 드레스 자락이 날리지 않도록 손으로 지그시 누르며 커다란 소파에 누워 있었다. 그 모습이 마치 은으로 만든 우상 같아 보였다.

"이런, 움직이질 못하겠어요."

두 사람이 한 목소리로 말했다. 베이커의 그을린 손가락이 잠시 내 손 안에 놓였다.

"우리의 운동선수 톰 뷰캐넌 씨는?"

내가 물었다.

그 때 홀에서 퉁명스럽게 쉰 목소리로 통화를 하는 톰의 기척이 들려왔다. 개츠비는 짙은 붉은색 카펫 한가운데 서서 황홀한 시선으로 주위를 두리번거렸다. 그를 바라보는 데이지가 감미롭고도 마음 설레게 하는 미소를 지었다. 그녀의 가슴에서 미세한 분가루들이 허공으로 피어올랐다.

"소문을 들었는데요, 지금 통화하는 사람이 톰의 애인이라네요."

베이커가 소곤거렸다.

우리는 아무런 대꾸도 하지 않았다. 홀에서 들려오는 목소리가 짜증을 내며 더욱 커졌다.

"좋아, 그렇다면 당신한테 그 차를 팔지 않겠어……. 난 당신에게 빚진 것이 하나도 없다고. 그리고 그런 문제로 식사 시간에 나를 성가시게 하는 건 도저히 못 참겠어!"

"쳇, 수화기를 막고 괜히 저러는 거야."

데이지가 빈정거렸다.

"아니, 그렇지 않아. 저건 진짜 거래 때문에 나누는 대화야. 나야 우연히 알게 됐지만."

내가 그녀에게 단호하게 말했다.

곧 톰이 문을 활짝 열어젖혔다. 그는 잠시 듬직한 몸으로 문가에 우뚝 멈춰 서 있다가 서둘러 방으로 들어왔다.

"아, 개츠비 씨로군요! 반갑습니다. 그리고 닉도……."

그는 애써 못마땅한 내색을 감추며 개츠비에게 넓적한 손을 내밀어 인사했다.

"시원한 음료수 좀 만들어다줘요."

데이지가 말했다.

톰이 방에서 나가자 그녀는 일어서서 개츠비의 곁으로 다가갔다. 그리고는 얼굴을 자기 쪽으로 끌어당겨 입술에 키스를 했다.

"내가 당신을 사랑하는 거 알죠?"

그녀가 나지막이 속삭였다.

"이 자리에 숙녀도 함께 있다는 걸 깜빡하셨나봐."

베이커가 중얼거렸다. 그러자 데이지가 이해할 수 없다는 표정으로 돌아보며 말했다.

"너도 닉 오빠한테 키스하면 되잖아."

"어이쿠, 이런 점잖지 못한 부인 좀 봐요!"

"난 네가 뭐라고 하든 상관없어!"

데이지는 이렇게 소리치고 벽난로 옆으로 가더니 탭댄스를 추듯 몸을 움직였다. 그러다 무더위가 느껴지자 죄책감이라도 갖게 된 듯 슬그머니 소파에 가서 앉았다. 바로 그 때 보모

가 깨끗이 세탁한 옷으로 갈아입힌 자그마한 여자아이를 방
으로 데리고 들어왔다.

"오, 나의 귀염둥이! 사랑하는 엄마에게 오렴."

그러자 아이는 보모의 손을 놓고 수줍게 엄마의 품으로 파
고들었다.

"세상에서 가장 빛나는 나의 보물! 너의 노랑머리에 엄마의
분가루가 묻었네. 자, 이제 일어나서 이곳에 계신 분들한테
인사해야지."

아이는 마지못해 손을 내밀었고, 나와 개츠비는 차례로 그
손을 잡으며 인사를 나누었다. 개츠비는 놀라운 듯 아이에게
서 좀처럼 눈을 떼지 못했다. 그는 조금 전까지만 해도 아이
의 존재를 진심으로 받아들이지 않은 것 같았다.

"점심 먹기 전에 옷을 갈아입었어."

아이가 데이지에게 몸을 돌리며 앙증맞게 말했다.

"그래, 잘했구나. 엄마가 너를 자랑하고 싶어서 그렇게 시
킨 거야."

데이지는 아이 목의 가느다란 목주름에 얼굴을 갖다 댔다.

"넌 엄마의 희망이야. 아주 귀엽고 완벽한 희망이란 말이
야."

"응, 엄마. 한데 조던 아줌마도 하얀 옷을 입었어."

아이가 천진난만하게 말했다.

“엄마 친구들이 마음에 드니?”

그러면서 데이지는 아이를 한 바퀴 돌려세워 개츠비와 마주 보게 했다.

“아저씨들이 참 멋있지 않니?”

“아빠는 어디 있어?”

“얘는 아빠를 닮지 않았어요. 저와 닮았지요. 제 머릿결하고 얼굴형을 꼭 빼닮았다니까요.”

데이지가 꽤나 만족스러운 말투로 설명했다.

그녀는 다시 소파로 가서 앉았다. 보모가 앞으로 나서며 아이에게 손을 내밀었다.

“이리 오렴, 패미.”

“잘 가려무나, 예쁜 아가야!”

평소 교육을 잘 받은 아이는 썩 내키지 않는 듯 뒤를 힐끔 돌아보았지만 밖으로 나가는 보모의 손을 놓지는 않았다. 그때 톰이 얼음을 달그락거리며 진리키(진토닉에 라임을 띄운 칵테일 – 편집자 주) 넉 잔을 들고 들어왔다.

개츠비가 자기 몫의 잔을 집어 들었다.

“무척 시원해 보이는걸요.”

그는 눈에 띄게 긴장하고 있었다. 우리는 모두 진리키를 단숨에 들이켰다.

“어디선가 읽었는데, 해가 갈수록 태양이 점점 뜨거워지고

있다더군요. 자칫 지구가 폭발해 태양 속으로 빨려들어 갈지
도……. 아니, 그 반대였나……. 태양이 갈수록 식어간다고
했던 것 같기도 하고……."

톰이 상냥하게 말했다. 그리고는 갑자기 개츠비에게 제안
했다.

"우리, 밖으로 나가지요. 집을 구경시켜 드릴게요."

나는 그들과 함께 베란다로 향했다. 작은 돛단배 한 척이
무더위 속에 잠잠히 고여 있는 푸른 해협에서 시원한 바람이
부는 바다 쪽으로 천천히 나아가고 있었다. 개츠비가 잠시 그
배를 따라 시선을 옮기다 한쪽 손을 들어 만 건너편을 가리켰
다.

"내 집이 댁의 집 맞은편에 자리하고 있군요."

"정말 그러네요."

우리는 고개를 들어 장미 꽃밭 너머 뜨거워진 잔디밭과 불
볕더위에 시달리며 해변을 따라 우거져 있는 잡초더미를 바
라보았다. 파란 수평선을 배경으로 돛단배의 하얀 날개가 느
리게 움직이고 있었다. 그 앞에는 부채처럼 펼쳐진 드넓은 바
다와 축복받은 작은 섬들이 여기저기 숱하게 흩어져 있었다.

"저거 한번쯤 해볼 만한 레포츠입니다. 이 친구와 함께 저
배를 타보고 싶군요."

톰이 고개를 주억거리며 말했다.

우리는 더위를 피하기 위해 뜨거운 햇볕을 막아 어둑하게 만들어놓은 식당에서 점심식사를 했다. 더불어 차가운 흑맥주와 함께 불안한 유쾌함을 마셨다.

"오늘 오후에는 뭘 하지요? 내일은 그리고 앞으로 삼십 년 뒤에는?"

데이지가 소리쳤다.

"거참, 유별나게 굴지 마. 가을이 되어 날씨가 서늘해지면 인생은 다시 시작되니까."

베이커가 윽박지르듯 대꾸했다.

"하지만 너무 덥단 말이야. 게다가 모든 게 엉망진창이야. 에잇, 우리 다 같이 시내에 나가요!"

데이지가 울음이라도 터뜨릴 듯한 얼굴로 말했다. 그녀의 목소리는 무더위를 돌파하기 위해 안간힘을 쓰며 무의미한 말에 형체를 부여하려는 시도를 했다.

"마구간을 차고로 개조한다는 얘기는 들어봤어요. 하지만 차고를 뜯어고쳐 마구간으로 만든 사람은 아마도 내가 처음일 겁니다."

톰이 개츠비에게 하는 말이었다.

"누구 시내에 나갈 사람 없어요?"

데이지가 고집을 부렸다. 개츠비의 시선이 그녀에게로 향했다.

"아! 당신은 정말 멋져요."

그녀가 외쳤다. 두 사람은 주위에 아무도 없는 듯 그들만의 공간에서 서로를 응시했다. 그녀는 애써 식탁 아래로 눈길을 돌렸다.

"당신은 언제나 멋져 보여요."

그녀가 같은 말을 반복했다.

데이지는 개츠비에게 사랑한다고 얘기한 것이었다. 톰도 그것을 알아챘다. 그는 깜짝 놀라 얼이 빠진 듯했다. 그는 입이 약간 벌어진 채 개츠비를 바라보다가, 마치 오래 전에 알았던 사람을 지금 막 마주한 것처럼 데이지를 쳐다보았다.

"당신은 광고에 나오는 사람과 닮았어요. 그가 누군지 당신도 알 거예요."

그녀는 천연덕스럽게 말했다. 그 때 톰이 얼른 그녀의 말에 끼어들었다.

"좋아, 나도 시내에 가고 싶어졌어. 자, 모두 나가자고."

톰은 개츠비와 자신의 아내를 번갈아 노려보며 자리에서 벌떡 일어났다. 그런데 아무도 그를 따라 움직이지 않았다.

"자, 어서 출발하자고! 도대체 왜 이러는 거야? 시내에 갈 거면 지금 나가자니까."

톰은 화가 난 듯했다. 그는 흥분을 가라앉히느라 떨리는 손으로 마지막 남은 흑맥주 잔을 들어 입술에 갖다 댔다. 우리는 다시 데이지의 목소리를 듣고 나서야 자리에서 일어나 태양이 이글거리는 자갈길 차도로 걸어 나갔다.

"지금 당장 가는 거예요? 그냥 이렇게요? 담배 한 대 피울 시간은 줘야 하지 않아요?"

그녀가 짐짓 어깃장을 놓았다.

"점심 먹으면서 다들 피웠잖아."

"아, 그냥 재미있게 기분 좀 내요. 이런 날씨에 짜증은 금물이에요."

데이지가 톰에게 사정하듯 말했다. 톰은 아무런 대꾸도 하지 않았다.

"하여튼 자기 마음대로라니까. 조던, 이리 좀 와봐."

두 여자는 세 명의 남자를 뜨거운 자갈길에 세워둔 채 위층으로 올라가 외출 준비를 했다. 서쪽 하늘에는 벌써 희미하게 은빛 초승달이 보였다. 그 때 개츠비가 뭔가 이야기를 꺼내려다 머뭇거렸다. 그러자 톰이 기다렸다는 듯 몸을 홱 돌려 그를 마주보았다.

"뭐 할 말이라도 있습니까?"

"여기에 마구간을 갖고 계신가요?"

개츠비가 썩 내키지 않는 표정으로 질문했다.

"네, 이 길로 대략 사백 미터쯤 내려간 곳에 있지요."

"아, 그렇군요."

그리고는 잠시 침묵이 이어졌다.

"대체 뭐 때문에 시내에 나가려는지 모르겠단 말이야. 여자들 머릿속에 든 생각이란 게 꼭……."

톰이 갑자기 거칠게 입을 열었을 때, 데이지가 위층 창문에서 고개를 내밀었다.

"뭐 마실 것 좀 가져가야 하지 않을까요?"

"내가 위스키를 꺼내오지."

톰이 대답했다. 그는 곧 집 안으로 들어갔다. 개츠비가 심각하게 굳은 얼굴로 나를 돌아보았다.

"이 집에서는 아무 말도 입 밖에 낼 수가 없군요, 친구."

"데이지의 말투에는 신중함이 없어요. 그 애의 목소리에 가득한 것이라고는……."

나는 개츠비의 말에 대꾸를 하다가 머뭇거렸다.

"그래요, 그녀의 목소리는 돈으로 가득 차 있지요."

그가 갑자기 단호하게 말했다.

바로 그것이었다. 이전에는 미처 깨닫지 못했던 것이다. 데이지의 목소리는 분명 돈으로 가득하다고 말할 수 있었다.

톰이 이내 1리터짜리 술병을 수건에 싸서 집 밖으로 나왔다. 그 뒤를 따라 금속 광택이 나는 천으로 만든 작고 꽉 끼는 모자를 쓰고 소매 없는 얇은 망토를 팔에 든 데이지와 베이커가 모습을 드러냈다.

“모두 함께 제 차로 가실까요?”

개츠비가 제안했다. 그는 자기 차의 뜨거워진 녹색 가죽 시트를 만져보았다.

“이런, 그늘에 세워 둬야 했는데.”

“변속기어인가요?”

톰이 물었다.

“네, 그렇습니다만.”

“그럼 당신이 제 쿠페를 운전하시지요. 그 대신 제가 시내까지 당신의 차를 몰고 갈 테니까 말입니다.”

개츠비는 톰의 말이 영 내키지 않았다.

“기름이 넉넉하지 않을지 몰라요.”

개츠비가 핑계를 대며 나섰다.

“기름이야 얼마든지 넣으면 되지요.”

톰이 뻐기듯 말했다. 그는 슬며시 연료 계기판을 살펴보았다.

“만약 기름이 떨어지면 약국에 들르지요, 뭐. 요즘은 약국에서 뭐든지 다 살 수 있으니까요.”

그다지 중요하지 않은 생뚱맞은 이야기 뒤에 잠시 침묵이 흘렀다. 데이지가 얼굴을 찡그리며 톰을 쳐다보았다. 개츠비는 뭐라 딱 꼬집어 설명하기 어려운 이상야릇한 표정을 지었다. 그것은 마치 내가 직접 보지 않고 누군가의 말을 들어 막연히 떠올려보는 것 같은 낯설고 모호한 표정이었다.

"데이지, 이리 와. 내가 곡마단 마치 같은 이 왜건으로 모셔줄 테니까."

톰이 개츠비의 차 쪽으로 아내를 밀며 말했다. 그런데 그가 차 문을 여는 순간, 데이지가 그의 팔을 뿌리쳤다.

"당신은 닉 오빠하고 조던을 태우고 가요. 우린 쿠페를 타고 뒤따라갈게요."

그녀는 개츠비 곁에 바짝 다가서서 한손으로 그의 옷자락을 매만졌다. 톰과 베이커, 그리고 내가 개츠비 차의 앞좌석에 올라탔다. 톰은 익숙하지 않은 기어를 시험 삼아 몇 번 조작해보더니 숨 막힐 듯한 열기 속으로 쏜살같이 차를 몰았다. 순식간에 뒤에 남겨진 두 사람의 모습이 시야에서 사라졌다.

"알고 있었지?"

톰이 물었다.

"뭘 말이야?"

톰은 나와 베이커가 모든 일을 이미 알고 있다는 것을 눈치챘다. 그는 싸늘한 눈빛으로 나를 쏘아보았다.

"내가 바보인 줄 아는 거야? 그래, 난 바보인지도 몰라. 하지만 내게도…… 때로는 육감이란 것이 있다고. 아마도 과학적으로는……."

그는 잠시 말을 멈췄다. 눈앞에 닥친 돌발적인 사태가 그를 이론의 함정에서 끌어냈다.

"그 자에 대해 조사를 좀 해봤어. 이럴 줄 알았으면 더 철저히 알아보는 건데……."

그가 다시 말문을 열었다.

"점쟁이한테라도 가봤어요?"

베이커가 우스꽝스럽게 물었다. 나와 그녀가 깔깔거리자, 그는 동그래진 눈으로 우리를 쳐다봤다.

"뭐라고, 점쟁이?"

"개츠비에 대해서 말이에요."

"개츠비에 대해서라니! 아니야, 그렇게 하지는 않았어. 나는 다만 그 자의 과거를 좀 알아봤을 뿐이야."

"그럼 그가 옥스퍼드 출신이란 것도 알아냈겠군요."

베이커가 톰을 거들고 나섰다.

"뭐, 옥스퍼드 출신? 웃기는 소리! 분홍색 양복(동성애자를 암시하는 것 – 편집자 주)을 입고 있는 꼴 좀 보라지."

"그래도 그는 분명 옥스퍼드 출신인걸요."

"그렇다면 아마도 뉴멕시코에 있는 옥스퍼드인 모양이지. 아니면 그와 비슷한 어느 곳이든가."

톰은 경멸하듯 코웃음을 쳤다.

"그럼 톰을 왜 점심식사에 초대했어요? 그렇게 속물처럼 깔볼 거면서."

베이커가 심통이 나서 따져 물었다.

"그 자는 데이지가 초대했잖아. 우리가 결혼하기 전부터 알던 사이라나 뭐라나……. 쳇, 어디서 알게 됐는지 알 수 없지만 말이야!"

우리는 흑맥주의 취기에서 조금씩 깨어나며 신경이 곤두서 있었다. 나는 재의 계곡 근처를 지날 무렵 연료가 부족할지 모른다고 했던 개츠비의 말이 떠올랐다.

"시내까지는 충분히 갈 수 있어."

톰이 말했다.

"그래도 바로 저기에 주유소가 보이는걸요. 만에 하나라도 이런 무더위에 기름이 떨어져 길에서 옴짝달싹 못하고 싶지 않아요."

그러자 톰이 거칠게 양쪽 브레이크를 밟았다. 자동차는 윌슨 정비소 간판 밑으로 미끄러지듯 들어가 멈춰 섰다. 곧 주인이 가게 안쪽에서 나타나 퀭한 눈으로 차를 훑어보았다.

"기름 좀 넣어주게! 그게 아니라면 우리가 왜 이곳에 차를 세웠겠어? 뭐, 경치라도 감상하려고?"

톰이 성마르게 소리를 질러댔다.

"몸이 안 좋아요. 오늘 하루 종일 아팠거든요."

윌슨이 꼼짝하지 않으며 말했다.

"왜, 어디가 아픈데?"

"몸이 아주 지쳐버린 거죠."

"그럼 내가 직접 기름을 넣을까? 아까 전화 통화할 때는 기운 없어 보이지 않더니만."

톰이 짜증 섞인 목소리로 물었다.

그제야 윌슨은 기대 서 있던 문설주에서 힘겹게 몸을 떼고는 가쁜 숨을 몰아쉬며 기름통의 뚜껑을 열었다. 그 자리에 햇살이 잘 비치다보니 그의 낯빛이 창백하다 못해 푸르죽죽한 것이 눈에 띄었다.

"점심식사를 방해할 생각은 없었어요. 다만 돈이 아주 급해, 구형 차를 어떻게 하실지 궁금했거든요."

윌슨이 말했다.

"이 차는 보기에 어때? 지난주에 새로 산 건데."

톰이 물었다.

"노란색이 꽤 근사한데요."

윌슨이 기름펌프 손잡이를 꽉 쥐며 대답했다.

"그렇다면 살 생각이 있나?"

"아, 그건 좀 망설여지는걸요. 아니오, 됐어요. 구형 차라면 몰라도."

윌슨이 힘없이 미소를 지었다.

"한데 돈은 왜 갑자기 필요한데?"

"이곳에 너무 오래 살았어요. 이사를 갈까 싶어요. 아내와 함께 서부로 가려고요."

"당신 부인이 떠나고 싶어 한다고!"

톰이 화들짝 놀라 크게 소리쳤다.

"아내는 십 년 전부터 그 소리를 해온걸요. 내가 데리고 갈 테니, 원하든지 원하지 않든지 따라나서겠지요."

그는 잠시 기름펌프에 기대어 햇살에 눈이 부신지 손차양을 만들었다. 그 때 쿠페가 한바탕 흙먼지를 일으키며 쏜살같이 우리 곁을 지나갔다. 얼핏 차 안에서 손을 흔드는 것이 보였다.

"얼마지?"

톰이 퉁명스럽게 물었다.

"글쎄, 지난 이틀 동안 전에 몰랐던 새로운 사실을 알게 됐지 뭐예요. 실은 그래서 이사를 가려는 거예요. 자동차 문제로 귀찮게 해드린 것도 그렇고요."

윌슨이 말했다.

"거참, 얼마냐니까?"

"일 달러 이십 센트요."

그렇게 차에 기름을 넣을 무렵, 나는 무자비한 더위에 지쳐 정신이 산만해져 있었다. 그런 탓에 윌슨이 아직은 톰을 의심하고 있지 않다는 것에 뒤늦게 생각이 미쳤다. 그는 지금 아내가 자신과 동떨어진 세계에서 전혀 다른 삶을 살아가고 있다는 사실에 충격을 받아 병이 난 것이었다. 나는 그를 물끄러미 쳐다보다가 톰에게 눈길을 돌렸다. 톰 역시 불과 한 시간 전에 윌슨과 다를 바 없는 발견을 했다. 내 머릿속으로 지능이나 인종의 차이는 건강한 사람과 아픈 사람의 차이에 비하면 아무것도 아니라는 생각이 스쳐 지나갔다. 윌슨은 병색이 완연해 마치 죄를 지은 사람처럼 보였다. 그것도 도저히 용서받지 못할 죄, 이를테면 가엾은 소녀에게 임신이라도 시킨 것같이 말이다.

"차를 팔겠네. 내일 오후에 보내주지."

그 지역은 햇빛이 밝은 대낮에도 어딘가 모르게 으스스한 기운이 감돌았다. 나는 등 뒤를 조심하라는 경고라도 받은 듯 고개를 돌려보았다. 순간 나는 채 6미터도 떨어지지 않은 곳에서 누군가 이상야릇하게 강렬한 눈빛으로 우리를 지켜보고 있다는 것을 알아챘다.

가만 보니, 정비소 위층 창문들 중 하나의 커튼이 옆으로 살짝 젖혀져 있는 것이 눈에 띄었다. 바로 그곳에서 머틀 윌슨이 우리를 내려다보고 있었다. 그녀는 누가 자기를 쳐다보고 있다는 것조차 의식하지 못할 만큼 우리에게 집중했다. 그녀의 얼굴에는 필름 현상을 할 때 피사체가 서서히 떠오르는 것처럼 여러 가지 감정들이 하나둘 떠올랐다. 그런 표정은 이상하리만큼 낯이 익었다. 흔히 여자들의 얼굴에서 볼 수 있는 것이었는데, 나아가 머틀 윌슨의 얼굴에 떠오른 표정은 아무런 목적도 없고 이렇다 할 설명조차 덧붙일 수 없었다. 그 때 문득 나는 질투심과 살기로 번뜩이는 그녀의 눈이 톰 뷰캐넌이 아니라 조던 베이커에게 향하고 있다는 것을 깨달았다. 그녀는 베이커를 톰의 아내로 착각한 것이 틀림없었다.

단순한 마음이 혼란에 빠져들면 더욱 걷잡을 수 없는 법이다. 톰은 차가 다시 내달리는 동안 두려움에 질려 어쩔 줄 몰라 했다. 겨우 한 시간 전만 해도 확고한 소유물처럼 믿어 의심치 않았던 아내와 정부가 순식간에 자신의 손아귀를 빠져나가고 있었기 때문이다. 그는 일단 머틀을 뒤로하고 데이지를 따라잡기 위해 본능적으로 액셀러레이터를 밟았다. 그렇게 롱아일랜드시티를 향해 시속 80킬로미터로 달려가다 보니, 마침내 고가철도 아래에 다다랐을 때 여유롭게 달리고 있는 쿠페가 눈에 들어왔다.

"50번가 근처의 영화관이 시원해요."

베이커가 말했다.

"저는 많은 사람들이 떠나버린 여름날 오후의 뉴욕이 참 좋더라고요. 뭔가 육감적인 분위기가 느껴지거든요. 온갖 신기한 과일들이 굳이 따지 않아도 손에 떨어질 만큼 무르익어 있다고나 할까요."

베이커가 입에 올린 '육감적'이라는 말이 톰의 마음을 더욱 뒤흔들어놓았다. 하지만 그가 미처 그 말에 대응할 거리를 찾아내기도 전에 쿠페가 옆으로 다가왔다. 데이지가 우리에게 얼굴을 내보이며 얼른 차를 세우라고 손짓했다.

"어디로 갈 거예요?"

그녀가 큰 소리로 물었다.

"영화를 보는 게 어떨까?"

"너무 덥잖아요."

그녀가 불평하며 말을 이었다.

"당신들끼리 가요. 우리는 드라이브나 하다가 나중에 합류할 테니까요. 어느 길모퉁이에서 만나도록 하지요. 한꺼번에 담배 두 대를 피우는 사람이 보이면 난 줄 알아요."

그녀는 짐짓 재치를 내보이려고 애썼다.

"이렇게 찻길에서 구구절절 이야기를 하고 있을 순 없어."

톰의 표정이 초조해 보였다. 때마침 트럭 한 대가 뒤에서 다가와 비난의 욕설을 퍼붓듯 경적을 울려댔다.

"센트럴파크 남쪽에 있는 플라자호텔 앞으로 따라와."

톰은 몇 번이나 고개를 돌려 쿠페가 따라오고 있는지 살펴보았다. 어쩌다 교통 신호 때문에 그들의 차가 뒤처지면 시야에 들어올 때까지 속도를 늦추었다. 그는 마치 쿠페에 탄 이들이 다른 길로 내빼 자신의 삶에서 영원히 사라져버리지는 않을까 염려하는 듯했다.

하지만 그런 일은 일어나지 않았다. 잠시 뒤 우리는 플라자 호텔의 특실을 빌리는 이해하기 어려운 행동을 하고 말았다.

호텔 방으로 들어설 때까지 우리는 뭔가 소란스럽고 지루한 입씨름을 벌였다. 그 내용은 잘 기억나지 않는다. 다만 속옷이 축축한 뱀처럼 다리를 휘감고 이따금 땀방울이 등줄기를 타고 서늘하게 흘러내리던 느낌이 지금도 생생하게 떠오른다. 그 때 데이지는 욕실을 다섯 개나 빌려 냉수욕을 하자는 제안을 했다. 그리고는 곧 '민트줄렙(위스키 등에 설탕이나 박하 등을 섞은 칵테일 – 편집자 주)을 마실 만한 장소'라는 좀 더 구체적인 의견을 내놓았다. 다른 일행들은 모두 '어처구니 없는 발상'이라고 몇 번이나 말했다. 우리는 어리둥절해하는 프런트 직원에게 몰려가 이러쿵저러쿵 저마다 이야기를 쏟아내며 문득 재미있는 짓을 벌이고 있다는 생각을 했다. 아니, 어쩌면 그냥 그렇게 생각하는 척했는지도 모른다.

특실은 꽤 넓었지만 답답했다. 이미 4시가 되었는데도 공원에서 불어오는 뜨거운 바람이 창문을 통해 들이닥쳤다. 데이지는 거울 앞으로 가서 우리에게 등을 돌리고 앉아 머리를 매만졌다.

"와, 굉장한 방이네요."

베이커가 짐짓 감탄하는 척하자 다른 사람들이 웃음을 터뜨렸다.

"다른 창문들도 모두 열어."

데이지가 뒤도 돌아보지 않고 명령하듯 말했다.

"더 열고 말고 할 창문이 없는걸."

"그래? 그럼 프런트에 전화해서 도끼를 가져오라고 한 다음……."

그 때 톰이 다급하게 데이지의 말을 가로막고 나섰다.

"더위는 그냥 잊어버리는 게 상책이야. 덥다고 자꾸 짜증을 부리면 열 배는 더 더워질 따름이지."

그는 위스키 병에 둘렀던 수건을 풀어 탁자 위에 놓았다.

"그녀에게 이래라저래라 하지 마세요, 형씨. 시내로 오자고 한 사람은 당신이잖아요."

개츠비가 위엄 있게 말했다.

순간 주위가 침묵에 잠겼다. 때마침 못에 걸려 있던 전화번호부가 바닥에 떨어지자 베이커가 "미안합니다."라며 농담을 던졌다. 그러나 이번에는 아무도 웃지 않았다.

"제가 줍지요."

내가 망설임 없이 나섰다.

"아니요, 제가 벌써 집어든 걸요."

개츠비는 얼른 전화번호부를 주워들었다. 그리고는 끊어진 줄을 살피고 나서 "흠!" 하고 외마디 소리를 내더니 그것을 의자에 던져두었다.

"그게 당신이 사용하는 고상한 말씨요?"

톰이 쏘아붙이듯 물었다.

"뭐가 말입니까?"

"조금 전에 '형씨' 어쩌고 했잖소. 그런 말은 대체 어디서 주워들은 거요?"

그 때 데이지가 거울 앞에서 몸을 돌렸다.

"이봐요, 톰! 당신이 그렇게 계속 인신공격이나 해댄다면 나는 여기에 일분도 더 머물지 않겠어요. 어서 프런트에 전화해 민트줄렙에 넣을 얼음이나 주문해요."

그 말에 톰이 슬그머니 수화기를 들자 눌려 있던 열기가 소리로 터져 나왔다. 우리는 누가 먼저라고 할 것도 없이 아래층에 위치한 연회장에서 들려오는 멘델스존의 〈결혼행진곡〉에 귀를 기울였다.

"맙소사, 이런 무더위에 결혼식을 올리는 사람이 있다니!"

베이커가 왠지 시무룩한 표정으로 중얼거렸다.

"나도 유월 중순에 결혼했는걸. 유월에 루이빌에서 말이야! 그 날 누군가는 기절까지 했지 뭐야! 톰, 그게 누구였지요?"

데이지가 기억을 더듬으며 물었다.

"빌록시였잖아."

톰이 퉁명스럽게 대꾸했다.

"맞아, 빌록시라는 남자였어요. '돌대가리' 빌록시. 상자 만드는 일을 하는 사람이었는데, 테네시주 빌록시 출신이었지요."

"사람들이 그를 우리 집으로 데려왔잖아요. 교회에서 두 집만 지나면 바로 우리 집이었으니까요. 한데 그 남자가 삼주 동안이나 떠날 생각을 안 하지 뭐예요. 결국 참다못한 아빠가 집에서 나가달라고 부탁했지요. 그 남자가 우리 집을 떠나고 나서 바로 이튿날 아빠가 돌아가시는 일이 벌어졌어요."

베이커가 옛 기억을 거들고 나섰다. 하지만 자기 얘기의 앞뒤가 잘 맞지 않는다고 생각했는지 잠시 말문을 닫았다가 덧붙여 설명했다.

"그렇다고 그 남자와 아빠가 무슨 연관이 있다는 건 아니고요."

"저도 멤피스 출신의 빌 빌록시라는 사람을 만난 적이 있지요. 그 사람은 여러분이 말씀하신 빌록시의 사촌이랍니다. 저는 그가 떠나기 전에 이런저런 집안 내력을 알게 됐어요. 요즘 쓰고 있는 알루미늄 골프채도 그 사람이 준 것이지요."

내가 말했다.

본격적으로 결혼식이 진행되면서 음악 소리는 잦아들었다. 그 대신 우렁찬 박수 소리가 창문 너머 들려오고, "야호, 멋져!"라는 등 신랑 신부를 응원하는 외침이 띄엄띄엄 이어졌다. 그리고 얼마 후 무도회가 시작됐는지 재즈 음악이 우렁차게 울려 퍼졌다.

"어느새 우리도 나이를 꽤 먹었나봐요. 젊은 시절 같으면 이럴 때 일어나 춤을 출 텐데 말이에요."

데이지가 말했다.

"빌록시의 실수를 잊지 말자고. 한데 톰은 그 사람을 어디서 알았어요?"

베이커가 그녀에게 주의를 주며 톰에게 물었다.

"빌록시?"

톰은 애써 기억을 더듬으며 이어 말했다.

"그는 나와 모르는 사이였어. 데이지의 친구였지."

"친구라니요. 저는 그 전에 그를 만난 적이 없었어요. 그 사람, 당신 차를 타고 왔잖아요."

데이지가 톰의 말을 부정했다.

"무슨 말이야? 그 사람은 분명 당신을 안다고 했는데. 루이빌에서 자랐다고 하더군. 아서 버드가 마지막 순간에 그를 데려와서 초대할 수 있겠느냐고 물었어."

톰이 말했다.

그러자 베이커가 미소를 지으며 끼어들었다.

"아마도 남의 차를 얻어 타고 고향에 가는 중이었나 보죠. 언젠가 저한테는 자기가 예일대학에 다닐 때 학과회장을 맡았다는 말도 했어요.”

그 말에 톰과 나는 멍한 표정으로 서로를 쳐다보았다.

“아니, 빌록시가?”

“예일대학에는 학과회장이라는 것 자체가 없었는걸.”

그 때 개츠비가 초조한 듯 한쪽 발로 바닥을 몇 차례 톡톡 두들겼다. 그 모습을 본 톰이 갑자기 그를 뚫어져라 쳐다보았다.

“한데 개츠비 씨는 옥스퍼드대학에서 공부했다면서요?”

“꼭 그렇다고 얘기할 수는 없습니다.”

“아뇨, 저는 분명 옥스퍼드대학 출신이라고 들었는데요.”

“네…… 그곳을 다니기는 했지요.”

순간 잠시 대화가 끊겼다. 그러더니 톰이 이내 믿을 수 없다는 표정으로 모욕적인 말을 꺼냈다.

“빌록시가 뉴헤이븐에 갔을 때 당신은 그곳에 있었겠군.”

또다시 두 사람의 대화가 멈추었다. 그 때 웨이터가 노크를 하고 잘게 부순 박하와 얼음을 들고 들어왔다. 그가 “감사합니다.”라고 말하며 문을 살짝 닫고 나갈 때까지 아무도 침묵을 깨뜨리지 않았다. 드디어 그의 깜짝 놀랄 만한 과거가 샅샅이 드러날 순간이었다.

“제가 그곳에 머문 적이 있다고 말씀드렸잖습니까.”

개츠비가 말했다.

“그래요, 들었소. 한데 그게 언제였는지 알고 싶구려.”

“1919년이었어요. 그렇지만 다섯 달밖에 머물지 않았으니 옥스퍼드 출신이라고 떠벌일 수는 없지요.”

톰은 우리도 자기처럼 개츠비를 불신하는지 살피려고 주위를 흘끔거렸다. 그러나 우리의 시선은 오로지 개츠비에게 향해 있었다.

“전쟁이 막을 내리고 나서 일부 장교들에게 그런 기회가 주어졌어요. 영국이나 프랑스에 있는 대학이라면 어디든 갈 수 있었지요.”

개츠비가 말했다.

나는 자리에서 일어나 기꺼이 그의 등을 토닥여주고 싶었다. 물론 전에도 그런 마음이 들고는 했지만, 그에 대한 충만한 신뢰감이 새삼 되살아났기 때문이다.

데이지가 미소를 띠며 일어서더니 탁자 쪽으로 걸어갔다.

“톰, 위스키나 따줘요. 내가 민트줄렙을 만들어줄게요. 그걸 마시면 그렇게 어리석어 보이지는 않을 거예요…… . 어머, 이 민트 좀 봐!”

그녀가 명령조로 말했다.

“잠깐만 기다려. 여기 개츠비 씨한테 물어볼 것이 하나 더 있으니까.”

톰이 예리한 눈빛으로 얘기했다.

"그래요, 계속 해보시지요."

개츠비가 침착하게 말했다.

"당신은 도대체 우리 집에 어떤 문제를 일으킬 작정이오?"

마침내 모든 것을 드러내놓고 노골적으로 맞서게 되자, 개츠비는 오히려 홀가분해 보였다.

"문제를 일으키고 있는 건 이 분이 아니잖아요."

데이지가 절망적인 눈빛으로 두 사람을 번갈아 쳐다보며 말을 이었다.

"문제를 일으키는 사람은 바로 당신이에요. 제발 자제력을 좀 가져 봐요."

"뭐, 자제력을 가지라고!"

톰은 도저히 믿을 수 없다는 얼굴로 소리쳤다.

"자기 마누라가 어디서 굴러먹었는지도 모르는 사내와 놀아나도 꾹 참으라는 건가? 글쎄, 그런 게 당신이 말하는 자제력이라면 난 좀 빼주면 좋겠군……. 요즘 사람들은 가족제도와 가정생활을 우습게 아는데, 그러다가 자칫 모든 걸 내던져버리고 백인과 흑인이 결혼하려고 들지도 몰라."

톰은 몹시 흥분해 횡설수설하며 얼굴이 붉게 달아올랐다. 그는 자신이 문명의 마지막 보루를 지켜내고 있는 것처럼 말했다.

"여기 있는 사람들은 모두 백인인데요."

베이커가 혼잣말을 하듯 중얼거렸다.

"나도 내가 별로 인기 없는 남자인 것을 잘 알고 있어. 누구처럼 거창한 파티를 열지는 않으니까. 글쎄, 친구를 사귀려면 자기 집을 돼지우리같이 만들어야 하나 보더군. 이런 현대 사회에서는 말이야."

나는 다른 사람들처럼 슬그머니 화가 치밀었다. 그러면서 한편으로는 그가 입을 열 적마다 웃음이 터지려고 했다. 톰은 어느덧 바람둥이에서 성인군자로 변신을 시도하고 있었던 것이다.

"당신한테 꼭 말해둘 것이 있어요, 형씨……."

개츠비가 다시 말문을 열려고 했다. 순간 데이지가 그의 생각을 알아챘다.

"그만둬요, 제발!"

데이지는 소스라치듯 그의 말을 가로막으며 다른 사람들을 둘러보았다.

"우리 이제 다 같이 돌아가도록 해요. 그만 집으로 가는 게 어떻겠어요?"

"그거 좋은 생각이군. 톰, 가자고. 누구도 술을 마시고 싶은 기분이 아니잖아."

내가 먼저 자리에서 일어나며 말했다.

"개츠비 씨가 무슨 얘기를 하려고 했는지 알고 싶군."

톰이 개츠비를 싸늘하게 바라보았다.

"부인은 당신을 사랑하지 않아요. 단 한 번도 당신을 진심으로 사랑하지 않았단 말입니다. 그녀는 나를 사랑하고 있어요."

개츠비는 단호했다.

"이 사람 미쳤군 그래!"

톰이 자기도 모르게 소리를 내질렀다. 그러자 잔뜩 흥분한 개츠비가 자리에서 벌떡 일어섰다.

"부인은 당신을 사랑한 적이 없단 말입니다. 알겠어요? 그녀는 내가 가난했던 탓에 기다리다 지쳐 별 수 없이 당신과 결혼했을 뿐입니다. 그건 아주 끔찍한 실수였지만, 그녀는 나 말고 어느 누구도 진심으로 사랑하지 않았어요!"

나와 베이커는 더 이상 참지 못하고 그곳을 벗어나려고 했다. 그러자 톰과 개츠비는 경쟁이라도 하듯 우리에게 그냥 남아 있어 달라며 고집을 부렸다. 이제 두 사람의 행동은 감출 것이 하나도 없어 보였다. 그들은 우리가 자신들의 감정을 이해하는 것이 마치 대단한 특권이라도 된다고 여기는 것 같았다.

"데이지, 자리에 앉아봐. 그동안 무슨 일이 있었던 것인지 낱낱이 듣고 싶어."

톰은 아버지가 딸을 훈계하는 말투를 흉내 내려고 했지만 영 어색했다.

"그동안 있었던 일을 제가 다 얘기하지 않았나요? 어느덧 오 년이 되어갑니다……. 당신만 몰랐을 뿐이지요."

그러자 톰이 갑자기 데이지를 향해 몸을 돌렸다.

"지난 오 년 동안 줄곧 이 사람을 만나왔다는 거야?"

"그런 얘기가 아닙니다. 서로 만날 수 없었으니까요. 그럼에도 우리는 항상 사랑하고 있었지요. 당신은 그걸 모르고 있었던 겁니다. 어느 때는 슬쩍 웃음이 나기도 하던 걸요. 당신이 아무것도 모른다는 사실이 떠올라서 말입니다."

그렇지만 개츠비의 얼굴에 웃음기는 보이지 않았다.

"정말 그게 전부요?"

톰은 두툼한 손가락을 성직자처럼 톡톡 두드리며 의자 등받이에 기대어 앉았다.

"당신 미쳤구먼!"

그가 냅다 고함을 질렀다.

"좋아, 오 년 전 일에 대해서는 상관하지 않겠소. 내가 데이지를 몰랐을 때니까. 그나저나 식료품 배달 따위를 한 것이 아니라면 당신이 어떻게 이 여자 근처에 접근할 수 있었는지 도무지 모를 일이군. 하지만 그 밖의 모든 말은 새빨간 거짓말이 분명하오. 데이지는 결혼할 때나 지금이나 나를 사랑하고 있소."

"아니요, 그렇지 않아요."

톰의 말에 개츠비가 고개를 가로저었다.

"여하튼 아내는 나를 사랑하고 있소. 이따금 얼토당토않은 생각을 하거나 자기 스스로도 어떤 행동을 하는 것인지 깨닫지 못해서 탈이지만 말이오."

톰은 짐짓 슬기로운 사람인 척 고개를 끄덕였다. 그의 말이 계속됐다.

"더구나 나도 데이지를 사랑하고 있소. 솔직히 가끔 술자리에서 어리석은 짓을 한 적이 있기는 하지만 언제나 제자리로 돌아왔다오. 그녀를 사랑하는 마음은 변함이 없소."

"어쩜, 역겹군요."

데이지가 톰에게 쏘아붙였다. 그녀가 몸을 돌려 나를 바라보더니 한 옥타브 낮은 경멸 섞인 목소리로 방 안을 섬뜩하게 만들었다.

"우리가 어떤 이유로 시카고를 떠났는지 알아요? 그 잘난 가끔 벌인 술자리에 대해 오빠에게 얘기해준 사람이 없었다는 것이 놀라울 따름이에요."

그 때 개츠비가 그녀 옆으로 다가섰다.

"그만해요, 데이지. 다 끝났소. 이제 그런 건 아무래도 상관없어요. 저 사람에게 진실을 털어놓기만 하면 되는 거요. 그를 결코 사랑한 적이 없다고……. 그럼 모든 일이 말끔히 정리되는 거요."

그 말에 데이지가 멍하니 개츠비를 바라보았다.

"아니…… 어떻게 제가 저 사람을 사랑할 수 있겠어요? 어떻게 말이에요……."

"그래요, 당신은 저 사람을 결코 사랑한 적이 없소."

데이지는 잠시 머뭇거렸다. 그리고는 무엇을 간절히 호소하는 듯한 눈길로 나와 베이커를 쳐다보았다. 그제야 그녀는 자기가 하는 행동의 의미에 대해 깨달은 것 같았다. 그녀는 의도적으로 벌인 일이 아니라는 표정이었으나, 이미 엎질러진 물이었다. 돌이키기에는 너무 늦어버린 것이었다.

"네, 그를 사랑한 적이 없어요."

그녀는 좀 전과 달리 썩 내키지 않는 투로 말했다.

"카피올라니(하와이 오하우 섬에 있는 공원 - 편집자 주)에서도 사랑하지 않았어?"

갑자기 톰이 따져 물었다.

"그래요."

그 때 아래층 연회장에서 뜨거운 바람을 타고 질식할 듯 답답한 노랫소리가 들려왔다.

"그럼 당신의 신발이 젖을까봐, 내가 펀치볼(호놀룰루 북쪽에 위치한 분지 - 편집자 주)에서 당신을 안고 내려왔던 그 날도 말이야?"

문득 톰의 탁한 목소리에 다정한 여운이 감돌았다. 그가 말 끝에 "……데이지?"라며 이름을 불러주었다.

"그만, 제발 그만 해요."

데이지의 목소리는 여전히 싸늘했다. 하지만 어느새 증오의 감정은 사라지고 없었다. 그녀가 개츠비를 바라보았다.

"이봐요, 제이."

담뱃불을 붙이려는 그녀의 손이 떨리고 있었다. 그녀가 갑자기 담배와 불이 붙은 성냥을 카펫 위에 내던져버렸다.

"아, 당신은 너무 많은 것을 원하는군요! 나는 지금 당신을 사랑해요. 그걸로 충분하지 않나요? 이미 지나가버린 과거는 어쩔 수 없단 말이에요."

데이지가 절망감을 느끼며 흐느껴 울었다.

"솔직히 저 사람을 한 번쯤은 사랑했단 말이에요……. 물론 당신도 사랑했지만."

그 말에 개츠비가 동그랗게 눈을 떴다가 감았다.

"나도 사랑했다고 했소?"

그가 그녀의 말을 되새김했다.

"그것도 거짓말이야! 데이지는 당신이 살아 있는지조차 몰랐는데 뭘. 어쨌거나…… 나와 아내 사이에는 당신이 알지 못하는 많은 사연들이 있소. 우리 부부가 영원히 잊지 못할 일들 말이오."

톰이 무자비하게 내뱉는 말들이 마치 개츠비의 몸을 물어뜯는 듯했다.

"데이지와 단 둘이 얘기하고 싶군요. 그녀가 너무 흥분한 탓에……."

개츠비의 말에 데이지가 손사래를 쳤다.

"아니요, 우리가 단 둘이 있더라도 톰을 사랑한 적이 없다고는 말할 수 없어요. 그건 결코 사실이 아니니까요."

"그럼, 사실이 아니고말고."

톰이 기분 좋게 맞장구를 쳤다. 그녀가 남편을 향해 몸을 돌렸다.

"쳇, 마치 그게 당신과 관계 있는 일인 것처럼 신바람이 났군요."

데이지가 시큰둥하게 말했다.

"물론이지. 나와 관계 있는 일이고말고. 앞으로는 당신한테 좀 더 잘해줄 생각이거든." "당신은 아직도 상황을 이해하지 못하나 보군요. 이제 당신이 데이지에게 잘해줄 일은 없을 겁니다."

개츠비가 약간 당황한 표정으로 쏘아붙였다.

"내가 잘해줄 일은 없을 거라고?"

톰은 눈을 동그랗게 뜨고 웃음을 터뜨렸다. 그제야 그는 비로소 자신의 감정을 제어할 여유가 생긴 것이었다.

"그 이유가 뭐요?"

"데이지가 당신 곁을 떠날 테니까요."

"허무맹랑한 소리로군."

"하지만 사실인걸요."

데이지가 두 사람의 대화에 끼어들어 힘겹게 말했다.

"아내는 결코 나를 떠나지 않아! 여자 손에 끼워줄 반지조차 훔쳐야 하는 별볼일없는 사기꾼에게 속아 나와 헤어지는 일은 절대 없을 거라고."

톰이 갑자기 개츠비를 향해 공격하듯 소리쳤다.

"더는 못 참아! 아, 제발 여기서 나가요."

데이지가 고함을 질렀다.

"당신의 정체가 도대체 뭐요? 아마도 마이어 울프심과 몰려다니는 패거리들 중 하나일 테지……. 그 정도는 나도 알고 있소. 당신의 사업에 대해서도 좀 알아봤으니까. 내일부터는 더 자세히 조사해볼 계획이오."

톰이 분을 삭이지 못하며 말했다.

"형씨 마음대로 하시지요."

개츠비의 반응은 침착했다.

"나는 당신의 '약국'이란 것이 뭔지도 알아냈소."

톰은 이렇게 얘기하고, 우리를 바라보며 말을 이었다.

"이 자는 울프심과 함께 이곳을 비롯해 시카고 뒷골목의 약국들을 여러 개 사들여 알코올을 팔았다네. 그런 것이 이 친구의 보잘것없는 재주 중 하나지. 나는 이 자를 보자마자 밀주업자일 것 같은 생각이 들었는데 영 틀린 예감은 아니었어.”

“그래서 어쨌다는 겁니까? 당신 친구 월터 체이스는 자존심이 없어 우리 사업에 끼어든 모양이로군요.”

“웃기는 소리 마시오. 당신들은 그 친구가 심각한 어려움에 빠졌을 때 모른 척했잖소. 뉴저지주 감옥에 한 달 동안이나 갇혀 있도록 내버려두지 않았느냔 말이오. 그렇지 않소? 맙소사, 이럴 줄 알았으면 월터가 당신들에 대해 어떻게 얘기하는지 한번 들어봤어야 하는 건데.”

“그 사람은 우리한테 올 때 완전히 빈털터리였어요. 돈을 좀 만지게 되자 그렇게 기뻐할 수가 없더군요, 형씨.”

“다시는 날보고 형씨라고 하지 마시오!”

톰이 버럭 고함을 질렀다. 개츠비는 그것에 관해 아무 말도 하지 않았다.

“월터는 당신들을 도박 관련법 위반으로 엮어 감옥에 처넣을 수도 있었소. 울프심이 협박하는 탓에 입을 다물고 있었을 뿐이지. 한데 아무리 생각해봐도 약국 사업은 푼돈 벌이에 지나지 않아……. 월터는 겁이 나서 내게 털어놓지 못하고 있지만, 당신들은 지금 뭔가 다른 일을 꾸미고 있는 것이 틀림없소.”

톰은 눈빛을 빛내며 말했다.

그 때 나의 눈길이 데이지에게 향했다. 그녀는 일종의 공포심을 느끼며 개츠비와 남편을 번갈아 쳐다보고 있었다. 베이커는 그 옆에서 눈에 보이지 않는 어떤 흥미로운 물건을 턱 끝에 올려놓고 균형을 잡는 중이었다. 나는 다시 개츠비에게 시선을 돌렸다가 그의 얼굴을 보고 깜짝 놀랐다. 그는 마치 ‘살인이라도 저지른’ 사람의 표정을 짓고 있었기 때문이다. 얼마 전 그의 정원에서 손님들이 쑥덕거리던 험담을 굳이 떠올리지 않더라도 그와 같은 인상을 받을 수밖에 없었다. 그 순간의 그의 얼굴은 그처럼 충격적인 비유를 하는 것이 절대 지나치지 않았다.

잠시 뒤 개츠비의 얼굴에서 그런 표정이 사라졌다. 그는 흥분한 채 데이지에게 말을 하기 시작했다. 모든 것을 부정하며, 아직 아무도 언급하지 않은 비난에 대해서까지 자신을 변명하기에 급급했다. 하지만 그럴수록 그녀의 마음은 안으로 점점 더 움츠러들 뿐이었다. 그것을 느낀 개츠비는 변명하는 것을 포기하고 말았다. 오후 해가 서서히 기울어가는 동안 이제는 사라져버린 꿈이 만질 수 없는 것에 닿으려고 힘겹게 애를 쓰고 있었다. 비록 안타깝지만 좌절하지 않으며 방 안 가득하던 잃어버린 목소리를 향해 몸부림치고 있었다.

그 목소리의 주인공이 또다시 집으로 가자며 매달렸다.

"톰, 제발! 이제 더 이상은 못 참겠단 말이에요."

그녀의 눈은 겁에 질려 있었다. 지금까지 품고 있었던 어떤 의지나 용기도 완전히 사라져버린 상태였다.

"데이지, 둘이서 먼저 떠나지 그래. 개츠비 씨 차로 말이야."

톰이 말했다.

그녀는 깜짝 놀라 톰을 쳐다보았다. 그는 언뜻 아량을 베푸는 듯했지만 경멸어린 눈빛을 감추지 않았다. 그가 거듭 권유했다.

"어서 함께 떠나. 저 사람이 당신을 괴롭히지는 않을 거야. 분수도 모르고 날뛰던 애정행각이 끝났다는 것을 알아차렸을 테니까 말이야."

곧 두 사람은 한마디 말도 없이 훌쩍 떠나버렸다. 그러자 마치 유령처럼 우리의 동정심에서도 홀연히 사라지고 말았다.

톰이 잠시 뒤 자리에서 일어나 마개도 열지 않은 위스키 병을 다시 수건에 감싸기 시작했다.

"이거 우리끼리 마실까? 조던, 닉……."

나는 대답하지 않았다.

"닉?"

그가 다시 물었다.

"왜, 뭐 말이야?"

"마실 거냐고."

"아니……. 방금 생각났는데, 오늘이 마침 내 생일이로군."

나는 어느덧 서른 살이 되었다. 내 앞에는 또 한 차례의 10년 세월이 불길하고 위협적인 풍경으로 펼쳐져 있었다.

나와 톰, 베이커는 7시에 쿠페를 타고 롱아일랜드를 향해 출발했다. 톰은 기분이 좋은지 쉼 없이 웃어대며 수다를 떨었다. 하지만 나와 베이커에게는 그의 목소리가 분주한 도로나 고가철도의 이질적인 소음처럼 아득하게 들렸다. 무릇 인간의 공감과 동정심에는 한계가 있는 법이다. 우리는 톰과 데이지의 비극적인 말다툼이 도시의 불빛을 뒤로한 채 잦아들어가는 것을 다행스럽게 생각했다.

서른 살, 고독의 10년을 약속하는 나이. 그것은 독신자의 수가 점점 줄어드는 나이다. 열정이라는 이름의 업무용 가방이 얄팍해지는 나이다. 머리카락 숱이 서서히 줄어들어가는 나이다. 하지만 내 곁에는 데이지와 달리 여러 해 전 꿈을 오랫동안 간직하기에는 너무 똑똑한 여자 베이커가 앉아 있었다. 차가 어두운 다리 위를 지날 때, 그녀는 내 어깨에 창백한 얼굴을 나른하게 기댔다. 또한 그녀의 손길은 내 손을 부드럽게 감쌌다. 그러자 서른 살을 맞이했다는 엄청난 충격도 어느

새 잊혀져버렸다.

우리는 빠르게 서늘해지는 황혼을 뚫고 죽음을 향해 계속 달려가고 있었다.

재의 계곡 옆에는 그리스 청년 미카엘리스가 카페를 운영하고 있었다. 그는 사건 심리의 가장 중요한 증인이었다. 그는 무더위 속에서 5시까지 낮잠을 자다가 정비소로 천천히 걸어갔는데, 마침 조지 윌슨이 사무실에서 끙끙 앓고 있는 것을 발견했다. 얼굴빛이 하얀 머리카락만큼이나 창백했고 온몸을 덜덜 떨 만큼 심각한 상태였다. 미카엘리스가 그만 장사를 쉬라고 권했지만, 윌슨은 손님을 놓치면 손해가 이만저만 아니라며 한사코 말을 듣지 않았다. 그 때 위층에서 큰 소동이 벌어진 듯 요란한 소리가 들려왔다.

"내가 아내를 위층에 가둬두었다네. 모레까지 그냥 둘 생각이지. 그러고 나서 우리는 이사를 갈 예정이야."

윌슨이 차분하게 말했다.

미카엘리스는 뜻밖의 상황에 놀라움을 감추지 못했다. 그와 4년 동안 이웃으로 살아왔지만 그런 말을 내뱉을 위인으로는 보이지 않았기 때문이다. 윌슨은 항상 무기력했다. 그는 일이 없을 때면 문간에 의자를 내놓고 앉아 길 가는 행인이나 자동차를 물끄러미 바라보고 있기 일쑤였다. 그러다가 누가 말을 걸면 상냥하기는 해도 너무나 기운 없어 보이는 미소를 지었다. 그는 자기 의지대로 살아간다기보다 아내에게 휘둘려 사는 남자였다.

미카엘리스는 윌슨에게 무슨 일이 있느냐고 캐물었다. 하지만 그는 전혀 입을 열려고 하지 않았다. 오히려 카페를 운영하는 청년에게 야릇한 의심의 눈초리를 보내며 어느 날 어느 시간에 무엇을 하고 있었는지 물었다. 때마침 손님 몇 사람이 카페 쪽으로 향하고 있었기 때문에, 미카엘리스는 기회를 놓치지 않고 거북하게 느껴지는 그 자리를 벗어났다. 처음에 청년은 사무실에 다시 와봐야겠다고 생각했지만 그렇게 하지 못했다. 특별한 이유가 있었던 것은 아니고 다만 그 일을 잊어버렸던 탓이다. 그런데 7시가 조금 지나 미카엘리스가 카페 밖으로 나왔을 때, 정비소 아래층에서 큰 소리로 고함을 쳐대는 윌슨 부인의 목소리가 들려왔다. 순간 청년은 얼마 전 윌슨과 나누었던 이야기가 머릿속에 떠올랐다.

"때릴 테면 어서 때려봐!"

윌슨 부인이 고래고래 소리를 질러댔다.

"날 넘어뜨려놓고 때려보라고, 빨리. 이 비겁한 겁쟁이야!"

잠시 뒤, 그녀는 알 수 없는 소리를 내지르며 손을 흔들더니 어스레한 어둠 속으로 뛰쳐나갔다. 윌슨이 문간에서 몸을 돌리기도 전에 사건은 이미 막을 내리고 말았다.

신문에서는 멈춰 서지 않은 그 차를 '죽음의 자동차'라고 불렀다. 그 차는 짙어 가는 어둠을 헤치고 나타나 잠시 비극적으로 오락가락하더니 다음 모퉁이로 사라져버렸다. 미카엘리스는 그 자동차의 색깔조차 명확히 알 수가 없었다. 그는 처음에 경찰관에게 연한 초록색으로 기억한다고 말했다. 뉴욕을 향해 달리던 다른 차는 약 100미터쯤 지나친 뒤에야 정지했다. 운전자가 재빨리 차를 돌려 돌아와 보니 머틀 윌슨이 무참히 목숨이 끊긴 채 끈적끈적한 검붉은 피와 먼지로 뒤범벅이 되어 길바닥에 엎어져 있었다.

미카엘리스와 그 남자가 제일 먼저 윌슨 부인에게 달려갔다. 아직도 땀에 흥건히 젖어 있는 블라우스 자락을 찢어 보니 왼쪽 유방이 헝겊 조각처럼 너덜거렸다. 그 아래 심장의 고동 소리는 들어볼 필요도 없었다. 그녀의 입은 오랫동안 쌓아온 엄청난 생명력을 한꺼번에 쏟아내느라 숨이 찼는지 양쪽 가장자리가 조금씩 찢어져 딱 벌어져 있었다.

우리가 꽤 멀찍이 떨어져 있는데도 벌써 자동차 몇 대와 사람들이 모여들어 웅성거렸다.

"저기 교통사고가 났나 봐! 잘됐지, 뭐. 윌슨에게 작은 돈벌이가 생겼으니까 말이야."

톰이 말했다.

그는 속력을 늦추었지만 차를 멈출 생각은 없었다. 하지만 좀 더 가까이 접근하자 정비소 앞에 잔뜩 긴장해 말없이 서 있는 사람들이 보였고, 그 바람에 자기도 모르게 브레이크를 밟게 되었다.

"잠깐 구경이나 하자고."

그가 머뭇거리며 말했다.

그 때 정비소 안에서 넋이 나간 듯 울부짖는 소리가 쉴 새 없이 들려왔다. 우리가 쿠페에서 내려 문간으로 향하자, 그 소리의 주인공은 숨이 컥컥 막히는 신음 소리와 함께 "아이고, 세상에! 아이고, 세상에!"라는 말을 되풀이해 내뱉고 있었다.

"이런, 무슨 큰 사고가 난 모양이로군."

톰이 흥분하여 말했다.

그는 까치발을 해 둥그렇게 모여선 사람들의 머리 너머로 정비소 안을 들여다보았다. 하지만 머리 위에서 흔들거리는 철제 등갓 안에 노란 전등 하나가 켜져 있는 것이 보일 따름이었다. 그는 결국 거친 소리를 내며 다른 사람들을 억센 팔로 난폭하게 밀어젖히면서 안으로 들어갔다. 사람들은 구시렁거리며 다시 둥그렇게 모여 섰고, 나는 여전히 아무것도 볼 수 없었다. 그러던 어느 순간 새로 모여든 구경꾼들이 뒤섞이는 통에 나와 베이커는 얼떨결에 안으로 떠밀려 들어가게 되었다.

머틀 윌슨의 시신은 벽 가까이 작업대에 놓여 있었다. 그토록 무더운 밤에 추위를 염려했는지 담요 한 장이 덮여 있는 상태였다. 톰은 우리에게 등을 보인 채 그 시신 위로 하염없이 몸을 굽히고 있었다. 그 옆에서는 오토바이를 몰고 온 교통경찰관 한 사람이 땀을 뻘뻘 흘리며 수첩에 어떤 이름을 받아 적었다가 다시 고쳐 쓰는 참이었다. 그 때까지만 해도 나는 시끄럽게 울려 퍼지는 신음 소리가 어디서 들려오는지 정확히 알 수가 없었다. 그러다가 문득 윌슨이 사무실 문지방에 서서 두 손으로 문설주를 짚은 채 몸을 들썩이고 있는 것을 보았다. 어떤 남자가 나지막한 목소리로 뭔가 말을 건네며 이따금 손으로 어깨를 짚으려고 했지만, 그에게는 들리지도 보이지도 않는 것 같았다. 그의 눈길은 전등에서 천천히 내려와 시신이 놓인 작업대로 향하더니, 이내 다시 전등 쪽으로 휙 옮겨가고는 했다. 그리고 그럴 적마다 목이 찢어져라 섬뜩한 소리를 질러댔다.

"아이고, 세상에! 아이고, 세상에! 아이고, 세상에!"

그 때 갑자기 톰이 고개를 쳐들더니 초점 잃은 눈빛으로 정비소 안을 둘러보았다. 그리고는 혼잣말을 하듯 경찰관에게 뭐라고 지껄여댔다.

경찰관은 미카엘리스와 이야기를 나누고 있었다.

“M, A, V……..”

경찰관이 청년의 말을 따라했다.

“O…….”

“아니요, R.”

청년이 틀린 철자를 바로잡아주었다.

“M, A, V, R, O…….”

“내 말 좀 들어보시오!”

톰이 두 사람의 대화에 거칠게 끼어들었다.

“G.”

“G…….”

경찰관은 하던 일을 멈추지 않았다.

톰이 참다못해 넓적한 손바닥으로 경찰관의 어깨를 붙잡았
다. 그제야 경찰관이 고개를 들었다.

“뭡니까?”

“어떻게 된 일인지…… 알고 싶소!”

“자동차에 여자가 치어 즉사했습니다.”

“즉사했다…….”

톰이 경찰관을 쳐다보며 반복해 말했다.

“여자가 도로로 뛰어들었어요. 그 못된 운전자는 차를 멈추
지 않았고요.”

“차가 두 대 있었다니까요. 서로 다른 방향으로 마주보고

달렸어요. 아시겠어요?”

미카엘리스가 말했다.

“차가 어느 쪽으로 가고 있었다고요?”

경찰관이 눈매를 번뜩이며 물었다.

“각각 맞은편 방향으로 가고 있었어요. 그런데 이 부인
이…….”

청년이 대답하며 담요 위로 손을 반쯤 올리는가 싶더니 냉
큼 옆구리 쪽으로 내렸다.

“……이 부인이 도로로 뛰쳐나갔고, 뉴욕 방면에서 오던 차
가 정면으로 들이받았지요. 시속 오육십 킬로미터는 되지 않
았을까 싶어요.”

“이곳의 지명이 어떻게 되나요?”

경찰관이 다시 물었다.

“뭐, 딱히 지명이랄 것이 없는데요.”

그 때 한 흑인이 가까이 다가왔다. 얼굴은 수척했지만 옷을
잘 차려입은 사람이었다.

“노란색 차였습니다. 분명 커다란 노란색 차였어요. 새 차
였고요.”

“사고 순간을 목격했나요?”

경찰관이 물었다.

“아니요. 하지만 그 차가 분명 내 옆을 지나 시속 육십 킬로

미터가 넘는 속도로 이 도로를 내달렸어요. 어쩌면 시속 팔구십 킬로미터쯤 됐는지도 모르겠네요.”

“이리 좀 와보세요. 당신의 이름을 적어야겠소. 자, 모두 비켜요! 이 사람의 이름을 적어야 합니다.”

그런데 경찰관과 흑인의 대화 중 몇 마디가 윌슨의 귀에 들린 것이 틀림없었다. 왜냐하면 목이 터져라 섬뜩한 소리를 질러대던 그의 입에서 문득 새로운 사실이 흘러나왔기 때문이다.

“그 차가 어떻게 생겼는지에 대해서는 새삼 말할 필요가 없어! 내가 그 모습을 똑똑히 알고 있으니까!”

순간 나는 톰의 등 근육이 꿈틀대며 경직되는 것을 느꼈다. 그는 한달음에 윌슨에게 다가가 어깨를 꽉 움켜쥐었다.

“이봐, 정신 차리게.”

톰은 무뚝뚝한 말투로 그를 진정시키려고 했다.

윌슨의 눈길이 톰에게 향했다. 그러더니 그가 갑자기 발끝으로 몸을 벌떡 일으켜 세우려고 했다. 만약 톰이 얼른 붙잡아주지 않았더라면 무릎을 꿇고 털썩 주저앉았을 것이 뻔했다.

“내 말 좀 들어보게.”

톰이 그의 몸을 살짝 흔들며 말을 이었다.

“나는 지금 막 뉴욕에서 돌아오는 길이야. 우리가 얘기하던 쿠페를 당신에게 갖다 주기 위해 오는 길이었다고. 오늘 오후에 내가 몰던 노란 차는 내 것이 아니야. 내가 하는 말뜻을 알겠어? 오후 내내 나는 그 차를 보지도 못했단 말이야.”

나와 그 흑인만이 그가 하는 말이 들릴 만큼 가까이 있었다. 하지만 경찰관이 심상찮은 분위기에서 무슨 낌새를 눈치챘는지 매서운 눈초리로 훑어보았다.

“지금 무슨 얘기를 하는 겁니까?”

경찰관이 물었다.

“난 이 사람의 친구입니다. 이 사람이 사고를 낸 차에 대해 안다는군요……. 차 색깔이 노란색이랍니다.”

톰은 대답을 하면서도 여전히 손으로 윌슨을 꽉 붙잡고 있었다. 경찰관은 어떤 직감을 느꼈는지 의혹의 눈초리로 그를 바라보았다.

“당신의 차는 무슨 색깔입니까?”

“푸른색 쿠페예요.”

“우리는 방금 전 뉴욕에서 오는 길이었습니다.”

내가 톰을 거들고 나섰다. 마침 우리와 조금 떨어져 뒤따라오던 다른 차의 운전자가 그 사실을 확인해주었다. 그제야 경찰관은 톰에게서 돌아섰다.

“자, 다시 한 번 이름을 불러주시지요. 정확하게 말입니다.”

그 때 톰이 윌슨을 인형처럼 번쩍 들어 사무실 의자에 앉혀 놓았다. 그리고는 밖으로 나와 사람들을 둘러보았다.

"누가 이리 와서 이 사람과 함께 있어주시오."

톰은 다짜고짜 명령조로 말했다. 그러자 그와 가장 가까이 있던 두 남자가 서로의 얼굴을 멀뚱거리며 바라보더니 마지못해 사무실로 발걸음을 옮겼다. 톰은 그 모습을 지켜본 뒤에야 애써 작업대 쪽을 외면하면서 한 단으로 된 턱을 내려섰다. 그는 내 옆을 스쳐 지나가며 은밀히 속삭였다.

"그만 여기서 나가세."

톰은 무리지어 있는 사람들의 시선을 의식하면서도 두 팔로 거칠게 길을 텄다. 우리가 사람들 사이를 거의 빠져나왔을 때, 왕진가방을 챙겨들고 다급하게 걸어 들어오는 의사가 보였다. 그는 혹시나 하는 마음으로 30분 전에 부른 의사였다.

톰은 길모퉁이를 벗어날 때까지 천천히 차를 몰았다. 하지만 이내 액셀러레이터를 힘껏 밟아, 쿠페가 한밤의 어둠을 뚫고 쏜살같이 내달렸다. 잠시 뒤 나지막이 흐느끼는 소리가 들리는가 싶더니 그의 두 볼 위로 눈물이 흘러내렸다.

"못된 겁쟁이 놈! 그런 상황에 차를 멈추지도 않다니……."

머지않아 톰의 집이 바람이 스치는 검은 나무들 사이로 불쑥 모습을 드러냈다. 그는 현관 옆에 차를 세우고 나서 담쟁이덩굴 사이로 두 개의 창이 환하게 불을 밝힌 2층을 올려다 보았다.

"데이지가 집에 와 있나보군."

톰이 말했다. 그는 차에서 내리며 나를 힐끔 쳐다보더니 미간을 약간 찡그렸다.

"웨스트에그에서 자네를 내려줄 걸 그랬군, 닉. 오늘 밤에는 아무 일도 못할 테니까 말일세."

그는 어딘가 좀 달라져 있었다. 태도는 엄숙했고 말투도 단호했다. 우리가 달빛이 비치는 자갈길을 지나 현관으로 향하는 동안, 그는 몇 마디 말로 재빨리 상황을 정리했다.

"집에 타고 갈 택시를 전화로 불러주겠네. 택시가 올 때까지 자네와 조던은 주방에 가서 저녁식사를 차려달라고 해. 뭘 좀 먹고 싶다면 말이야."

그는 문을 열며 우리와 눈을 맞췄다.

"자, 안으로 들어오지."

"아니, 사양하겠어. 하지만 택시는 불러주면 고맙겠군. 난 그동안 밖에서 기다리겠네."

그 때 베이커가 내 팔에 손을 얹었다.

"닉, 정말 안으로 들어가지 않을 거예요?"

"네, 여기 있는 편이 낫겠어요."

나는 왠지 속이 울렁거려 밖에 있고 싶었다. 그러나 베이커는 잠시 더 머뭇거렸다.

"이제 겨우 아홉 시 반인걸요."

그녀가 말했다.

나는 결코 집 안에 들어가고 싶지 않았다. 하루 종일 지겨울 만큼 그들과 어울렸기 때문이다. 베이커라고 예외는 아니었다. 그녀가 그런 내 마음을 눈치챘는지, 몸을 홱 돌려 현관 계단을 뛰어올라 안으로 들어가 버렸다. 나는 몇 분 동안 머리를 감싸고 집 밖에 앉아 있었다. 마침내 큰 소리로 택시를 부르며 손짓하는 집사의 목소리가 들려왔다. 나는 몸을 일으켜 천천히 진입로를 따라 걸어 내려왔다. 아예 정문 앞에서 기다릴 작정이었다.

그런데 20미터도 못 가서 내 이름을 부르는 소리가 들리더니 관목 숲 사이 오솔길에서 개츠비가 걸어 나왔다. 순간 나는 섬뜩한 기분을 느꼈다. 달빛 아래에서 유난히 반짝이는 그의 분홍빛 양복이 눈에 띄었는데, 달리 아무런 생각도 떠오르지 않았다.

"여기서 뭘 하고 있습니까?"

내가 물었다.

"그냥 서 있었어요, 친구."

그의 행동은 어딘지 모르게 비열한 짓처럼 여겨졌다. 그가 곧 그 집을 털려는 것이 아닌가 하는 생각이 들 정도였다. 당장 그의 등 뒤로 보이는 어두컴컴한 관목 숲 사이에서 '울프심 패거리'의 험상궂은 얼굴들이 나타난다고 해도 별로 놀랍지 않을 것 같았다.

"길에서 난 교통사고를 보았습니까?"

그가 물었다.

"네, 봤지요."

그는 잠깐 머뭇거렸다.

"그 여자는 죽었나요?"

"네."

"그래요, 그럴 줄 알았어요. 데이지에게도 그럴 것이라고 얘기했지요. 충격은 차라리 한꺼번에 받는 편이 나으니까요. 데이지는 생각보다 잘 견뎌내더군요."

그는 오로지 데이지의 반응만이 중요한 문제라는 투로 말했다.

"저는 옆길로 빠져 웨스트에그로 갔어요. 차는 제 차고에 넣어두었지요. 아무도 우리를 못 본 것 같아요. 물론 장담할 수는 없지만 말이에요."

나는 순간 그가 너무나 혐오스러웠다. 따라서 그의 생각이 틀렸다고 지적해줄 필요조차 느끼지 못했다.

"그 여자가 대체 누굽니까?"

"윌슨 부인이에요. 그곳 정비소 주인의 아내지요. 한데 어쩌다가 그런 일이 벌어졌습니까?"

"아, 그게…… 제가 핸들을 급히 꺾으려고 했는데……."

개츠비는 쉽게 말을 잇지 못했다. 그 때 나의 머릿속으로 어떤 직감이 스쳐 지나갔다.

"데이지가 운전을 했군요?"

그는 잠시 멈칫하더니 입을 열었다.

"그래요. 하지만 제가 운전했다고 말할 겁니다. 당신도 봤겠지만, 뉴욕에서 출발할 때 데이지가 잔뜩 흥분한 상태라 운전을 하면 기분 전환이 좀 될 거라고 생각했지요. 그런데 그 길에서 마주 오는 차와 엇갈릴 때 그 여자가 달려들었어요. 눈 깜짝할 새 일어난 일이었는데, 제가 보기에는 그 여자가 우리에게 무슨 말을 하려고 했던 것 같아요. 아마도 우리를 아는 사람이라고 생각했나 보지요. 처음에 데이지는 그 여자를 피해 마주 달려오는 차 쪽으로 핸들을 돌리려고 했는데, 이내 겁을 먹고 다시 핸들을 꺾었어요. 제가 서둘러 핸들에 손을 댔지만 소용없었지요. 순식간에 쾅 하고 부딪히는 충격이 느껴졌으니, 그 여자는 분명 즉사했을 거라고 확신했어요."

"네, 몸이 여기저기 찢겨……."

"그만, 그만 하세요. 더 듣고 싶지 않군요, 친구."

그는 내 말에 눈살을 찌푸렸다.

“여하튼…… 데이지는 사고를 내고도 그냥 차를 몰았어요. 제가 차를 멈추게 하려고 했지만 뜻대로 되지 않았지요. 그래서 재빨리 핸드브레이크를 당겼어요. 차의 속력에 급제동이 걸렸고, 그녀가 제 무릎 위로 쓰러졌지요. 그 뒤에는 제가 핸들을 잡았어요.”

그가 곧 말을 이었다.

“데이지는 내일이면 괜찮아질 거예요. 저는 지금 여기서 혹시 그 자가 오늘 오후에 벌어진 불쾌한 일로 그녀를 못살게 굴지나 않는지 지켜보는 중이에요. 데이지는 방에 들어가 문을 잠갔어요. 만약에 그 자가 폭행이라도 하려고 들면 불을 껐다 켰다 해서 신호를 보내기로 했지요.”

“톰은 그런 행동을 하지 않을 겁니다. 데이지를 떠올릴 여유조차 없거든요.”

내가 말했다.

“저는 그 자를 믿지 못하겠어요, 친구.”

“여기서 얼마나 오랫동안 기다릴 작정입니까?”

“필요하다면 밤이라도 새워야지요. 어쨌든 모두 잠이 들 때까지는 기다려볼 생각이에요.”

그 때 새로운 생각 하나가 머릿속에 번뜩였다. 데이지가 차를 운전했다는 사실을 톰이 알면 어떻게 될까? 그는 그 사고에 어떤 연관성을 추측할지 모른다. 지금 그는 이런저런 생각을 하느라 정신이 없을 것이다. 나는 그의 집을 바라보았다. 아래층 두어 개의 방에 불이 환히 켜져 있었고, 2층의 데이지의 방에서는 분홍빛 불빛이 새어나왔다.

"잠시 기다려보세요. 제가 가서 어떤 소동이 일어날 낌새가 있는지 살펴보고 오겠습니다."

내가 말했다.

나는 잔디밭 가장자리를 따라 돌아가 자갈길을 가로질렀다. 그리고 발뒤꿈치를 살짝 들어 베란다 계단을 살금살금 올라갔다. 거실의 커튼은 젖혀졌고, 방은 텅 비어 있었다. 나는 석 달 전, 그러니까 6월의 그 날 밤에 저녁식사를 하던 현관을 지나 자그마한 직사각형의 불빛이 흘러나오는 창가로 다가섰다. 그곳은 아마도 식당으로 짐작되었는데, 블라인드를 내렸지만 창틀에서 갈라진 틈 하나를 찾아낼 수 있었다.

데이지와 톰이 차갑게 식어버린 프라이드치킨 한 접시와 흑맥주 두 병을 사이에 두고 마주앉아 있었다. 톰은 식탁 맞은편의 데이지에게 뭔가 열심히 말을 건네고 있었는데, 대단히 진지한 분위기 속에 팔을 뻗어 그녀의 손을 감싸기도 했다. 이따금 데이지는 그를 올려다보며 잘 알겠다는 듯 고개를 끄덕였다.

두 사람은 행복해 보이지 않았다. 모두 치킨이나 맥주에는 손을 대는 법이 없었다. 하지만 그렇다고 해서 그들이 불행

해 보인다고 말하기도 어려웠다. 둘 사이에는 분명 원만한 친밀감이 흐르고 있어, 얼핏 그들이 함께 어떤 음모라도 꾸미는 것처럼 여겨질 정도였다.

나는 발소리를 죽이며 현관을 걸어 나왔다. 그 때 나를 태우러 온 택시가 어두운 길을 따라 집을 향해 다가오는 것이 희미하게 보였다. 개츠비는 나와 이야기를 나누었던 그 자리에 그대로 서 있었다.

"집 안은 조용하던가요?"

그가 걱정스런 낯빛으로 물었다.

"네, 잠잠하던걸요. 그만 집에 돌아가서 잠을 좀 자는 것이 어떻겠어요?"

나는 머뭇거리며 말했다. 그는 고개를 가로저었다.

"아니요, 데이지가 잠자리에 들 때까지 계속 기다리겠어요. 안녕히 가세요, 친구."

그는 웃옷 주머니에 손을 찔러 넣었다. 그리고는 내가 곁에 있는 것이 신성한 불침번에 걸림돌이라도 된다는 듯 더없이 진지한 표정으로 톰의 집을 향해 시선을 돌렸다. 나는 결국 달빛 아래에 서서 아무 일도 일어날 리 없는 집을 바라보고 있는 그를 남겨둔 채 그곳을 떠났다.

08

나는 밤새도록 잠을 이루지 못했다. 해협에서는 안개 경보가 신음 소리처럼 잇달아 들려왔다. 나는 기괴한 현실과 잔혹한 꿈 사이를 오락가락하며 절반쯤은 환자인 양 몸을 뒤척였다. 그러다가 새벽녘에 개츠비의 저택 진입로로 택시가 올라가는 소리를 들었다. 나는 냉큼 침대에서 일어나 주섬주섬 옷을 챙겨 입었다. 그에게 해줄 말이 있었기 때문이다. 꼭 조심하라고 경고해주고 싶었는데, 아침이 될 때를 기다리자니 너무 늦을 것 같았다.

저택의 잔디밭을 가로질러 가보니 현관문이 열려 있었다. 개츠비는 크게 상심한 탓인지, 아니면 졸음 때문이지 무거워 보이는 몸으로 홀의 테이블에 기대어 있었다.

"아무 일도 일어나지 않았습니다."

그가 나른한 목소리로 입을 열었다.

"밤새도록 줄곧 그 집을 쳐다봤어요. 새벽 4시쯤 되었을 무렵, 그녀가 창가 쪽으로 다가와 잠시 서 있었더니 불을 끄더군요."

우리는 문득 담배 생각이 나서 커다란 방들을 뒤지고 다녔다. 그 날만큼 그 집이 그토록 넓게 느껴진 적이 없었다. 우리는 장막 같은 커튼을 열어젖히면서 전등 스위치를 찾느라 길고 어두운 벽들을 더듬었다. 그러다가 발을 헛디뎌 몸이 기우뚱하면서 유령 같은 피아노의 건반을 건드리는 바람에 요란한 소리를 쏟아내기도 했다. 저택 안 이 구석 저 구석에 이해하기 어려울 만큼 수북이 먼지가 쌓여 있었다. 오랫동안 통풍을 시키지 않았는지 곰팡이 냄새도 진동했다. 나는 마침내 처음 보는 탁자에서 말라비틀어진 궐련 두 개비가 들어 있는 담뱃갑을 찾아냈다. 우리는 거실에서 프랑스풍 창문을 활짝 열어젖히고 앉아 어둠 속으로 담배 연기를 내뿜었다.

"이곳을 떠나 있도록 하세요. 사람들이 당신의 차를 찾아낼 것이 틀림없어요."

"지금 당장 말입니까, 친구?"

"네, 애틀랜틱시티에 일주일 정도 머물거나 몬트리올에 올라가 계세요."

그러나 개츠비는 그럴 마음이 없었다. 데이지가 어떻게 할 것인지 알기 전에는 결코 떠날 수 없다는 것이었다. 그는 아직도 마지막 한 줌의 희망을 움켜쥐고 있었다. 나는 차마 그를 흔들어 쥐고 있는 손을 놓게 할 수가 없었다.

그는 그 날 내게 댄 코디와 함께 보낸 특이한 젊은 날에 관한 이야기를 들려주었다. 그런 일이 가능했던 까닭은 '제이 개츠비'란 인물이 톰의 강력한 악의 앞에 유리조각처럼 산산이 박살나면서 오랫동안 이어져온 은밀하고 광기어린 연극의 막을 내렸기 때문이다. 돌이켜보면 그는 어떤 비밀이라도 숨김없이 털어놓을 뜻이 있었지만, 무엇보다 먼저 데이지에 대해 이야기하고 싶어 했다.

데이지는 개츠비가 태어나서 처음 알게 된 '고상한' 여자였다. 그는 남들이 눈치채치 못하게 짐짓 다양한 자격을 갖춘 척 행동하며 상류층 사람들과 어울려왔다. 하지만 자신과 그들 사이에는 보이지 않는 가시철조망이 놓여 있다는 것을 절감했다. 그러던 중 그는 그녀에게 흠뻑 빠져들 만큼 호감을 느꼈다. 처음에는 캠프 테일러의 다른 장교들과 함께 그녀의 집을 찾았지만, 점점 혼자서 그곳으로 발걸음을 옮기기 시작했다. 그것은 그에게 놀라운 경험이었다. 그처럼 아름다운 집에 들어가 보기는 난생처음이었다. 그러나 무엇보다 그가 숨막힐 듯한 흥분에 빠진 까닭은 다름아닌 데이지 때문이었다. 그에게 군부대의 막사가 자연스럽듯, 그녀에게는 그 집이 무척 자연스러워 보였다. 그 집에는 무르익은 신비감이 감돌고 있었다. 위층에는 어느 곳보다 화사하고 시원한 침실이 있을 것 같았고, 복도마다 신바람 나는 눈부신 일들이 벌어질 것만 같았다. 또한 라벤더 속에 처박아놓은 구린내 나는 로맨스가 아니라 올해 갓 출시된 최신형 자동차처럼 신선한 향기를 풍기는 생생한 로맨스가 있을 것 같았으며, 영원히 시들지 않는 꽃들이 춤을 추는 무도회가 열릴 것 같기도 했다. 게다가 그때까지 많은 남자들이 데이지를 흠모했다는 사실도 그를 더욱 달아오르게 하기에 충분했다. 그런 점이 그녀의 가치를 훨씬 드높이는 것이라고 생각했기 때문이다. 그는 마치 그 남자들의 존재가 아직도 설레는 감정의 그림자와 메아리로 그 집 주변을 가득 채우고 있다는 느낌을 받았다.

하지만 개츠비는 자신이 데이지의 집에 발을 들여놓게 된 것이 굉장한 우연 때문이라는 것을 잘 알고 있었다. 제이 개츠비로서 살아갈 미래가 아무리 찬란하다고 해도 당시에는 이렇다 할 경력조차 없는 빈털터리 청년에 불과했으니까 말이다. 그다지 눈에 띌 것도 없는 제복이 순식간에 어깨에서 흘러내릴지도 모를 일이었다. 그래서 그는 자신에게 주어진 시간을 최대한 활용하기로 마음먹었다. 그는 자신이 얻을 수 있는 것이라면 체면 불구하고 탐욕스럽게 갈구했다. 그렇게 10월의 어느 고요한 밤, 그는 마침내 데이지를 차지했다. 그런데 실은 그에게 그녀를 욕심 낼 진정한 자격이 없었기 때문에 그와 같은 열정을 품었던 것이라고 말할 수 있다.

　개츠비는 거짓의 탈을 쓰고 데이지를 얻었기 때문에 스스로 자신을 경멸했을지 모른다. 그가 수백만 달러를 가지고 있다는 식으로 거짓말을 했다는 것이 아니다. 데이지에게 실체 없는 안도감을 불어넣어 주었다는 뜻이다. 그는 자기가 그녀와 같은 사회 계층에 속하며, 그녀를 너끈히 보살펴줄 능력이 있다고 믿게 만들었다. 당시 그에게는 그럴 만한 능력이 전혀 없었는데 말이다. 그는 집안의 뒷받침조차 기대할 수 있는 형편이 아니었다. 더구나 개인의 감정 따위는 신경쓰지 않는 정부의 변덕에 따라 언제 갑자기 다른 나라의 위험 속으로 보내질지 모르는 상황이었다.

　하지만 개츠비는 자신을 경멸하지 않았다. 이러저러한 상황도 그가 예상한 대로 돌아가지 않았다. 어쩌면 그는 얻을 수 있는 것만 얻고는 훌훌 털고 떠나버릴 생각이었는지도 모른다. 그러나 그는 그 때 자신이 죽을힘을 다해 성배(聖杯)를 쫓았다는 사실을 깨달았다. 그녀가 평범하지 않다는 것은 이미 알고 있었지만, '고상한' 여자가 대체 얼마만큼이나 특별할 수 있는지에 대해서는 미처 생각하지 못했던 것이다. 그녀는 그에게 아무것도 남겨두지 않은 채 자기 집 안으로, 부유하고 화려한 삶 속으로 사라져버렸다. 그는 그녀와 결혼이라도 한 것 같은 느낌을 받았지만, 그것이 전부였다.

그들은 이틀 뒤 다시 만났는데, 어쩐지 배신당한 기분이 들어 가슴을 졸인 쪽은 개츠비였다. 그녀의 집 현관은 많은 돈을 주고 산 별처럼 빛나는 사치품들로 눈이 부실 지경이었다. 그녀가 먼저 그를 향해 몸을 돌렸다. 그는 그녀의 야릇하고 아름다운 입술에 키스를 했다. 그러자 고리버들로 만든 기다란 의자가 멋지게 삐걱거리는 소리를 냈다. 그녀가 감기에 걸려 이전보다 허스키한 목소리를 내는 바람에 더욱 매력이 넘쳐흘렀다. 개츠비는 부유함이 가두어놓고 보호해주는 젊음과 신비, 여러 종류의 다양한 옷들에 비례하는 신선함, 아울러 어렵게 살아가는 가난한 사람들과는 동떨어진 곳에서 데이지가 안락하고 영광스럽게 은처럼 빛을 발산한다는 사실을 사무치게 깨달았다.

"내가 그녀를 사랑한다는 사실을 깨닫고 얼마나 놀랐는지 말로 표현하기 어렵습니다, 친구. 한때는 그녀가 나를 차버렸으면 하고 바라기도 했지요. 하지만 그녀는 그렇게 하지 않았어요. 그녀도 내게 사랑의 감정을 느꼈으니까요. 그녀는 자신이 모르는 세계를 알고 있는 내가 무척 똑똑하다고 생각했습니다. 나는 본래 품었던 야망을 점점 잊어가며 날이 갈수록 더 깊이 사랑에 빠져들었지요. 아니, 갑자기 야망이나 다른 일들에 대해서는 신경조차 쓰지 않게 되었습니다. 그녀와 미래를 이야기하며 훨씬 즐거운 시간을 보낼 수 있는데, 그깟 것들이 다 무슨 소용이었겠습니까?”

개츠비가 해외로 파병되기 전날 오후, 그는 데이지를 포옹한 채 한동안 말없이 앉아 있었다. 서늘한 가을 날씨 탓에 방 안에 난로를 피워두어 그녀의 볼이 발갛게 달아올랐다. 그녀가 이따금 몸을 뒤척일 때면, 그가 팔의 위치를 조금씩 바꾸어 자세를 편하게 해주었다. 한번은 그녀의 윤기 나는 검은 머리카락에 가만히 입을 맞추기도 했다. 그 때 두 사람은 다음날로 예정된 긴 이별을 앞두고 잊지 못할 추억을 깊이 간직하려는 듯 오랫동안 조용히 떨어질 줄을 몰랐다. 그들은 그 날 데이지의 다문 입술이 개츠비의 웃옷 어깨를 스치거나, 데이지가 잠들어 있기라도 한 것처럼 개츠비가 그녀의 손끝을 살짝 매만지면서 서로의 가슴 속 깊은 곳까지 친밀감을 느꼈다. 그런 감정은 그들이 사랑을 나눈 한 달 동안 일찍이 경험해보지 못한 것이었다.

개츠비가 전쟁터에서 보인 활약은 대단했다. 그는 전선에 배치되기 전에 이미 대위로 진급했고, 아르곤 전투가 끝난 뒤에는 소령 계급장을 달아 사단 기관총 부대의 지휘관이 되었다. 그러던 중 휴전이 되자, 그는 서둘러 귀국하려고 온갖 노력을 기울였다. 하지만 무슨 행정상의 실수나 오해가 있었는지 몰라도 옥스퍼드대학으로 파견되고 말았다. 그는 슬슬 걱정되기 시작했다. 데이지가 보내오는 편지에 잔뜩 초조감을 내비치는 절망 같은 것이 배어 있었기 때문이다. 그녀의 입장에서는 그가 귀국하지 못하는 이유를 이해할 수 없었다. 그녀는 주변의 압력을 받고 있었던 탓에 하루빨리 그를 만나고 싶었다. 그가 곁에 있어주기를 간절히 원했다. 그것은 자신의 선택이 옳았음을 확인받고 싶은 마음이기도 했다.

그 때 데이지는 어렸다. 그녀가 살아가는 인위적인 세계는 난초 향기와 쾌활하고 유쾌한 속물근성의 체취로 가득했다. 또한 삶의 슬픔과 징후를 새로운 곡조에 담아 그 해의 리듬을 연주하는 오케스트라의 분위기를 느끼게 했다. 밤새 색소폰이 〈빌 스트리트 블루스〉(1919년에 발표되어 큰 인기를 얻었던 곡 – 편집자 주)의 절망적인 곡조를 울부짖는 동안 금빛 은빛의 화려한 구두 수백 켤레가 반짝거리는 먼지를 일으켰다. 언제나 뉘엿뉘엿 해가 지고 차를 마시는 시간이 되면 여기저기 방마다 그와 같은 달콤한 열기가 나지막이 요동을 쳤다. 날마다 숱한 새로운 얼굴들이 흩날리는 장미 꽃잎처럼 애절한 나팔 소리에 홀려 방 안 곳곳을 떠돌아다녔다.

데이지는 계절이 바뀌면서 다시 황혼녘의 사교계를 돌아다니기 시작했다. 그녀는 하루에도 대여섯 명의 남자들과 어울린 다음, 희붐한 새벽이 되어서야 침대 옆에 놓인 시들어가는 난초 사이에 구슬과 레이스로 장식된 이브닝드레스를 아무렇게나 던져둔 채 잠들고는 했다. 그러는 동안 그녀의 마음속에서는 어떻게든 결단을 내려야 한다는 절박감이 몸부림치고 있었다. 그녀는 자신의 삶이 당장 안정적인 형태를 갖추기를 바랐다. 그 결단은 사랑과 돈을 비롯해 결코 의심할 여지가 없는 현실적인 이유에 의해 이루어져야 했다. 그런데 그와 같은 가능성이 그녀의 손이 닿을 만한 곳에 있었다.

그것은 봄이 무르익어갈 무렵 톰 뷰캐넌이 나타나면서 구체적인 모습을 드러냈다. 그의 단단한 몸집과 사회적 지위에서 느껴지는 유쾌한 무게감에 데이지는 우쭐해졌다. 그녀가 어느 정도 갈등을 겪은 것은 틀림없지만, 비로소 정신적인 안도감을 만끽한 것도 분명한 사실이었다. 여전히 옥스퍼드에 머물고 있던 개츠비는 결국 그런 사연을 담은 편지를 받게 되었다.

어느덧 롱아일랜드에 새벽이 찾아왔다. 우리는 집 안을 돌아다니며 아래층의 창문들을 모두 열어젖혔다. 집 안이 금세 잿빛과 황금빛 새벽 햇살로 가득해졌다. 나무 그늘이 불쑥 이슬 위에 드리워졌고, 푸른 나뭇잎들 사이에서는 유령 같은 새들이 지저귀기 시작했다. 대지의 공기는 바람이 거의 불지 않아 느릿하고 상쾌한 기운이 느껴지는 가운데 좋은 날씨를 예고하고 있었다.

"전 데이지가 그를 한 번도 사랑한 적이 없다고 생각하지 않습니다."

개츠비가 창가에서 몸을 돌리며 도전적인 눈빛으로 나를 바라보았다.

"어제 오후에는 그녀가 매우 흥분한 상태였다는 것을 이해해야 합니다, 친구. 그 사람이 그녀가 두려워할 만한 이야기를 들먹였으니까요. 제가 마치 치졸한 사기꾼이라도 되는 것처럼 몰아세웠잖아요. 그러다 보니 데이지는 자기가 무슨 말을 하고 있는지도 제대로 깨닫지 못했습니다."

그는 침통한 표정으로 자리에 앉았다.

"하기야 신혼 때는 그 사람을 잠시나마 사랑했을 수 있어요……. 당연히 그 시기에도 마음속으로는 저를 더 사랑했겠지만 말이에요. 아시겠어요?"

개츠비는 갑자기 이상한 쪽으로 말머리를 돌렸다.

"어쨌든 그건 다만 개인적인 문제였을 뿐이지요."

그가 말했다.

나는 뭐라고 규정하기 어려운 사랑의 문제에 그가 지나치게 관념적으로 골몰해 있는 것은 아닐까 의심해보았다. 그것말고는 그의 말을 달리 해석할 수가 없었다.

그는 톰과 데이지가 신혼여행을 떠나 있는 사이에 프랑스에서 돌아왔다. 그리고 군대에서 받은 마지막 월급으로 비참하지만 어쩔 도리가 없는 힘에 이끌려 루이빌에 찾아갔다. 그는 그곳에 일주일 동안 머물면서 11월 밤 둘이 함께 발자국 소리를 내며 거닐었던 거리를 서성거렸다. 또 그녀의 하얀색 자동차를 타고 드라이브했던 호젓한 장소들도 다시 둘러보았다. 데이지의 집이 항상 여느 집보다 신비롭고 즐겁게 보였던 것처럼, 비록 그녀는 멀리 떠나버렸어도 그 도시는 여전히 우수어린 아름다움으로 가득 차 있었다.

그는 그곳을 떠나며 좀 더 애를 쓰면 데이지를 찾아낼 수 있을 것 같다는 생각을 했다. 왠지 그녀를 뒤에 두고 떠나는 듯한 느낌이 들었기 때문이다. 기차의 일반실은 찜통 같았다. 그의 주머니에는 이미 한 푼도 남아 있지 않았다. 그는 객실을 연결하는 통로로 나가 접이식 의자를 펴고 앉았다. 플랫폼이 미끄러지듯 뒤로 사라지고 낯선 건물들의 모습이 빠르게 스쳐 지나갔다. 기차가 봄의 들판으로 들어섰을 때는 노란 전차 한 대가 경주라도 하듯 나란히 달렸다. 어쩌면 그 전차에 탄 사람들은 어느 거리를 지나다 데이지의 하얗고 매력적인 얼굴을 보았을지도 모를 일이었다.

철로가 꺾이면서 기차는 태양으로부터 서서히 멀어졌다. 태양이 점점 낮게 가라앉으며, 한때 그녀가 호흡했지만 지금은 아득해져가는 도시에 축복을 내리는 양 빛을 뿌리고 있었

다. 그는 한 줌의 공기라도 움켜쥐려는 듯, 그녀가 있어 아름
다웠던 도시의 흔적을 한 움큼이라도 간직하려는 듯 손을 뻗
었다. 하지만 어느새 눈물로 흐려진 그의 눈에 담기에는 도시
가 너무나 빨리 멀어져갔다. 그는 그곳에서 가장 신선하고 가
장 아름다운 것을 영영 잃어버렸다는 사실을 깨달았다.

우리가 아침식사를 마치고 현관으로 나왔을 때는 벌써 9시
였다. 밤사이 날씨가 크게 달라져 대지에 가을의 기운이 완연
했다. 개츠비가 이전에 고용했던 사람들 가운데 유일하게 남
아 있는 정원사가 계단 아래로 다가왔다.
"이제 그만 수영장 물을 뺄까 하는데요. 낙엽이 지기 시작
하면 꼭 배수관이 막히거든요."
"오늘은 하지 말게."
개츠비가 정원사의 말에 나중에 하라는 지시를 내렸다. 그
리고는 어떤 변명이라도 하려는 듯한 얼굴로 나를 돌아보았
다.
"한데 말이지요, 친구. 이번 여름에는 제가 수영장을 한 번
도 이용하지 못했다는 것을 아십니까?"
나는 시계를 들여다보며 자리에서 일어섰다.
"기차 시간이 십이 분밖에 남지 않았네요."
나는 시내에 나가고 싶지 않았다. 일이 손에 잡힐 것 같지

도 않았지만, 그런 이유 때문만은 아니었다. 나는 개츠비를 혼자 남겨두는 것이 내키지 않았다. 원래 타려고 했던 기차와 다음 기차가 떠난 시각이 되어서야 나는 마지못해 그 자리를 떠나기로 했다.

"전화드리지요."

마침내 내가 말했다.

"그렇게 해주세요, 친구."

"정오쯤에 걸도록 할게요."

우리는 천천히 계단을 내려갔다.

"데이지도 제게 전화를 하겠지요?"

그는 마치 내가 그 일에 대해 확답이라도 해주기를 바라는 듯 걱정스러운 눈빛을 건넸다.

"아마 그럴 겁니다."

"그래요, 그럼…… 안녕히 가세요."

나는 그와 악수를 나눈 뒤 집에서 나왔다. 그런데 울타리에 다다르기 직전에 어떤 생각이 떠올라 뒤로 돌아섰다.

"그 자들은 모두 썩어빠진 인간들이에요! 당신 한 사람이 그들을 모조리 합쳐놓은 것보다 낫습니다."

나는 잔디밭 너머로 크게 소리쳤다.

나는 지금도 그 때 그 말을 하기를 잘했다고 생각한다. 그 것은 그의 행동을 늘 마땅치 않게 여겨왔던 내가 보여준 유일한 찬사였다. 그는 내 말을 듣고 처음에는 정중히 고개를 끄덕였다. 그러더니 곧 환해진 얼굴로 마치 그동안 줄곧 그 일을 공모해오기라도 한 것처럼 미소를 지어 보였다. 개츠비의 화려한 분홍색 양복이 하얀 계단을 배경으로 밝은 분위기를 띠고 있는 모습을 보자, 석 달 전 그의 예스러운 저택을 처음 방문했던 날 밤이 떠올랐다. 그 날 잔디밭과 저택 진입로는 그가 이런저런 부정한 짓을 저질렀다고 수군거리는 사람들로 붐볐다. 그는 파티가 끝난 후 바로 지금 보이는 계단에 서서 자신의 변치 않는 꿈을 감춘 채 그들에게 손을 흔들어 작별인사를 건넸다.

나는 그가 잘 대접해주어 감사하다고 인사를 전했다. 우리는 그의 환대에 항상 고맙다는 말을 했다. 그것은 너나없이 누구나 마찬가지였다.

"안녕히 계세요! 아침 잘 먹었습니다, 개츠비 씨."

내가 소리쳤다.

나는 시내에 나와 한동안 수북이 쌓인 주식 거래 증서를 정리하다가 회전의자에 앉은 채 깜빡 잠이 들고 말았다. 정오가 되기 직전, 전화벨 소리에 놀라 고개를 들어보니 이마가 온통 땀으로 축축이 젖어 있었다. 전화기 너머에서는 조던 베이커의 목소리가 들려왔다. 그녀는 특별한 일정 없이 호텔이나 클럽, 친구들의 집을 전전했기 때문에 달리 연락할 방법이 없어 그 시각이면 종종 전화를 걸어오고는 했다. 그럴 때면 전화선을 타고 날아드는 그녀의 음성이 녹색 골프장의 싱그러운 잔디처럼 발랄하고 상큼하게 느껴졌다. 그런데 그 날은 왠지 그녀의 목소리가 바싹 메말라 귀에 거슬리게 들렸다.

"데이지의 집에서 나왔어요. 지금 헴스테드(롱아일랜드에 있는 마을 – 편집자 주)에 있는데, 오후에는 사우스햄튼(롱아일랜드 동쪽 끝에 위치한 부유층 거주 지역 – 편집자 주)으로 가려고 해요."

그녀가 말했다.

베이커가 데이지의 집에서 나온 것은 눈치 빠른 슬기로운 행동일지 몰라도 나는 은근히 불쾌한 기분이 들었다. 그녀의 다음 말을 듣고서는 그런 기분이 더욱 확고해졌다.

"어젯밤에 당신은 저를 좀 함부로 대하셨어요."

"그런 상황에서 그게 그렇게 중요한 문제입니까?"

잠시 침묵이 흘렀다. 그리고 이내 그녀가 다시 말문을 열었다.

"그런데…… 당신을 만나고 싶군요."

"나도 그렇습니다."

"오후에 사우스햄튼에 가지 말고 시내로 나갈까요?"

"아뇨……. 아무래도 오늘 오후에는 만나기가 좀 어렵겠네요.”

“알았어요.”

“오늘 오후에는 이런저런 일 때문에 도저히…….”

우리는 한동안 그런 식으로 이야기를 나누다가 갑자기 대화가 뚝 끊겼다. 두 사람 가운데 누가 먼저 냉정하게 전화기를 내려놓았는지 모르지만, 나는 별로 신경쓰지 않았다. 그 날만큼은 그녀와 얼굴을 마주해 차를 마시며 한가롭게 이야기를 주고받을 수는 없을 것 같았다. 설령 두 번 다시 그녀와 대화를 나누지 못하게 된다고 하더라도 말이다.

몇 분 후 나는 개츠비의 집에 전화를 걸었는데 통화중이었다. 짧은 시간에 네 번이나 계속 전화를 걸었더니 화가 난 교환원이 그 번호는 지금 디트로이트에서 걸려올 장거리 전화를 기다리고 있는 중이라고 말해주었다. 나는 기차 시간표를 꺼내 3시 50분발 기차에 조그맣게 동그라미 표시를 했다. 그리고는 의자에 깊숙이 몸을 기대고 앉아 머릿속의 생각들을 정리해보려고 했다. 그 때 시각이 바로 정오였다.

그 날 아침 기차가 재의 계곡을 지날 때 나는 일부러 반대편 좌석으로 자리를 옮겼다. 아마도 창 밖에는 하루 종일 호기심 많은 사람들이 모여 웅성거리리라. 그들은 아이들과 함께 먼지구덩이 속에서 검은 얼룩을 찾으려 할 것이고, 머틀 윌슨에게 일어난 일에 대해 수다쟁이처럼 되풀이해 떠들어대는 바람에 결국 현실감을 잃어 그 비극적 사건을 빠르게 잊어갈 것이 틀림없었다. 여기서 잠시 시간을 거꾸로 돌려 전날 밤 우리가 정비소를 떠난 뒤 그곳에서 일어났던 일을 이야기해야겠다.

경찰에서는 사고 수습을 위해 머틀의 여동생 캐서린의 소재를 어렵게 알아냈다. 그 날 밤 그녀는 술을 마시지 않겠다는 다짐을 스스로 허물어뜨린 것이 분명했다. 그 여자가 현장에 도착했을 때는 술에 만취해 이미 앰뷸런스가 플러싱(롱아일랜드 인접 지역으로, 재의 계곡과 웨스트에그 사이에 위치함 − 편집자 주)으로 떠났다는 말조차 제대로 알아듣지 못했다. 사람들이 그 사실의 의미를 설명해주자 그녀는 순식간에 기절하고 말았다. 마치 앰뷸런스가 떠난 것이 이번 사고에서 가장 견디기 힘든 일이라도 되는 것처럼 말이다. 그런데 그 때 누군가가 친절을 베풀려는 것이었는지, 단순히 호기심 때문이었는지 그녀를 자신의 차에 태워 언니의 시신을 뒤쫓게 도와주었다.

자정이 지나도록 새로운 구경꾼들이 계속 정비소 앞으로 몰려들었다. 그 시각 윌슨은 사무실 안의 기다란 의자에 앉아 멍하니 몸을 앞뒤로 흔들어대고 있었다. 사무실 문이 활짝 열려 있었기 때문에 정비소로 들어온 사람들은 자연스럽게 그 안을 들여다보게 되었다. 결국 누군가가 나서서 윌슨의 자존심을 생각해 문을 닫아주었다. 미카엘리스를 비롯한 몇몇 사람들이 그의 곁에 남았다. 처음에는 그 수가 네댓 명쯤 됐는데 머지않아 두어 명으로 줄어들었다. 미카엘리스는 시간이 더욱 늦어지자, 여전히 자리를 지키고 있던 낯선 남자에게 자신의 카페에 가서 커피를 한 주전자 끓여올 때까지 15분만 더 머물러달라고 당부했다. 그 뒤 정비소로 돌아온 그는 새벽이 밝아오도록 홀로 윌슨 곁에 있어 주었다.

새벽 3시 무렵이 되자, 앞뒤 없이 중얼거리던 윌슨의 이야기에 변화가 보였다. 이전보다 한결 차분해진 자세를 보이더니 노란 자동차를 화제로 삼았던 것이다. 그는 그 차가 누구 것인지 알아낼 방법이 있다며, 두 달 전에 아내가 시내에 다녀왔는데 얼굴에 멍이 들고 코가 부어올랐더라는 말을 불쑥 꺼냈다.

그러나 윌슨은 자기 입으로 내뱉은 말에 놀라 움찔하더니 신음하듯 "아이고, 세상에!"라며 흐느끼기 시작했다. 그러자 미카엘리스가 당황해 서툴게나마 그의 마음을 안정시키려고 애를 썼다.

"결혼하신 지는 얼마나 됐어요, 아저씨? 자, 저를 좀 봐요. 진정하고 제가 묻는 말에 대답해보세요. 결혼하신 지 얼마나 됐느냐고요?"

"십이 년 됐네."

"자녀는 없고요? 아, 가만히 좀……. 아이는 없느냐고 제가 묻잖아요."

딱정벌레들이 희미한 전등 불빛을 보고 날아와 자꾸만 단단한 껍질을 부딪쳤다. 미카엘리스는 정비소 밖을 쏜살같이 지나가는 차 소리가 들릴 적마다 몇 시간 전에 사고를 내고도 그대로 달아나버렸던 그 자동차가 떠올랐다. 그는 시신이 놓여 피로 얼룩져버린 작업대 주위를 짐짓 멀리하며 사무실 안에서만 안절부절못하고 있었다. 그 덕분에 그는 아침이 밝아 오기 전에 그 안에 놓인 모든 물건들을 낱낱이 살펴보게 되었다. 그는 이따금 윌슨 곁에 앉아 그를 진정시키려고 노력했다.

"아저씨, 가끔이나마 나가시는 교회가 있나요? 설령 한동안 발길을 끊은 교회라 하더라도 제가 목사님에게 전화해 아저씨의 말벗이 되어달라고 부탁해보면 어떨까 싶은데요."

"난 교회에 다니지 않아."

"교회에 나가도록 하세요, 아저씨. 이렇게 슬픈 일을 당했을 때를 대비해서 말이에요. 교회에 나가신 적이 있기는 하지요? 교회에서 결혼식을 올리시지 않았나요? 아저씨, 제 말 좀 들어보라니까요. 교회에서 결혼하시지 않았어요?"

"아주 오래 전 일인걸 뭐."

윌슨은 대답을 하느라 몸을 흔들어대는 리듬이 헝클어졌
다. 그는 잠시 침묵에 잠겼다. 그리고는 이내 멍한 눈빛으로
뭔가 알고 있는 것 같기도 하고 아무것도 몰라 어리둥절해하
는 것 같기도 한 표정을 다시 내비쳤다.

"저기 서랍 안을 좀 보게."

그가 책상을 가리키며 말했다.

"어느 서랍 말인가요?"

"그쪽…… 그래, 그쪽 서랍."

미카엘리스가 자신과 가장 가까운 곳의 서랍을 열었다. 그
안에는 가죽과 은실을 섞어 꼰 작고 값비싼 개줄이 들어 있을
뿐이었다. 그 개줄은 새것처럼 보였다.

"이걸 찾으시나요?"

미카엘리스가 개줄을 들어 올리며 물었다. 윌슨이 그것을
쳐다보고 고개를 끄덕였다.

"난 어제 오후에 그걸 처음 보았네. 아내는 뭔가 둘러대려
고 했지만, 나는 그것이 심상찮은 물건이란 것을 직감했어."

"부인께서 이걸 사셨나요?"

"아내는 그걸 포장지에 싸서 옷장 위에 놓아두었어."

미카엘리스는 그것이 어째서 심상치 않은 물건인지 이해되
지 않았다. 그는 윌슨에게 부인이 개줄을 왜 샀을지 그럴 만
한 이유를 몇 가지 말해주었다. 하지만 그가 또다시 "아이고,

세상에!"라고 중얼거리는 것으로 보아 이미 머틀의 입을 통해
그런 이야기를 다 들은 모양이었다. 미카엘리스는 윌슨의 마
음을 달래려고 하나 마나 한 소리를 늘어놓은 셈이었다.

"그러니까 그 자가 아내를 죽인 것이 틀림없어."

윌슨이 단호하게 말했다. 그의 입이 갑자기 쩍 벌어졌다.

"누가 죽였다고요?"

"다 알아내는 방법이 있지."

"이런, 아저씨는 지금 제정신이 아니에요. 이번 일로 너무
충격을 받아서 말도 안 되는 소리를 하시는 거라고요. 가만히
앉아 좀 더 쉬시는 편이 낫겠어요."

"그놈이 분명 내 아내를 죽였어."

"그건 사고였다고요, 아저씨."

윌슨은 그 말에 고개를 가로저었다. 모든 일을 귀신처럼 훤
히 꿰뚫고 있다는 듯 "흠!" 하는 소리를 내며 두 눈을 가늘게
뜨고 입을 살짝 벌렸다.

"난 다 알고 있어. 나는 누구를 일부러 배신하거나 해칠 생
각이 전혀 없어. 그러니까 내가 뭘 알고 있다고 하면 그건 진
짜로 확실히 아는 거야. 바로 그 차에 탄 자였어. 아내가 그놈
에게 말을 걸려고 달려 나갔는데, 그 자가 차를 멈추지 않았
던 거야."

윌슨이 단정적으로 말했다.

미카엘리스도 그 장면을 목격하기는 했다. 하지만 거기에 특별한 의미가 있으리라고는 생각되지 않았다. 청년은 윌슨 부인이 어떤 차를 세우려고 했다기보다는 단지 남편으로부터 달아나려고 했을 뿐이라고 믿었다.

"대체 부인이 왜 그랬을까요?"

"엉큼하고 잔꾀가 많은 여자니까."

윌슨은 그것으로 충분한 대답이 된다고 여기는 듯했다.

"아아……."

그가 신음 소리를 내며 다시 몸을 흔들어대기 시작했다. 미카엘리스는 별 생각 없이 손으로 개줄을 비틀며 서 있었다.

"제가 전화를 걸어드릴 만한 친구 분이 있나요?"

미카엘리스가 물었다.

하지만 그것은 하나 마나 한 소리였다. 윌슨에게는 친구가 한 명도 없다는 것이 거의 확실했다. 아니, 친구는커녕 아내도 제대로 챙기지 못하는 사람이었다. 시간이 조금 더 지나자 창가에 푸른빛이 되살아나면서 방 안 분위기가 달라졌다. 미카엘리스는 날이 밝아올수록 마음이 놓였다. 새벽 5시가 되면서는 굳이 전등을 켜지 않아도 될 만큼 주위가 밝아졌다.

윌슨이 초점 잃은 시선으로 창문을 통해 재의 계곡을 바라보았다. 자그마한 회색 구름들이 새벽녘의 산들바람에 이리저리 떠돌고 있었다.

"내가 아내한테 말했지. 나를 기만할 수는 있어도 하나님을 속일 수는 없다고. 나는 아내를 창가로 데려갔어……."

윌슨이 한동안 이어지던 침묵을 깨고 중얼거렸다. 그는 힘 겹게 자리에서 일어나 뒤쪽 창문으로 향하더니 얼굴을 유리창에 바짝 갖다 댔다.

"……그리고 이렇게 얘기했다네. '하나님은 당신이 한 짓을 모두 알고 계셔. 당신이 나를 우롱할 수는 있어도 하나님의 눈은 절대 피할 수 없어!'라고 말이야."

윌슨은 여전히 재의 계곡을 바라보고 있었다. 어둠이 걷히면서 그쪽에 세워둔 광고판에 그려진 한 의사의 거대한 푸른 두 눈이 서서히 모습을 드러냈다. 미카엘리스는 그가 그림의 눈을 가만히 응시하는 것을 보고 어떤 전율 같은 것을 느꼈다.

"그럼, 하나님은 분명히 모든 것을 보고 계시지."

윌슨이 다시 중얼거렸다.

"저건 광고판일 뿐이에요."

미카엘리스는 그가 눈앞의 현실을 받아들이게 하고 싶었다. 하지만 윌슨은 조금 전과 다름없이 창문에 얼굴을 바짝 들이댄 채 희미하게 밝아오는 아침을 향해 고개를 끄덕이며 오랫동안 그 자리에 그냥 서 있었다.

6시 무렵, 미카엘리스는 이미 온몸의 기운이 다 빠져버렸다. 그 때 밖에서 자동차가 멈추는 소리가 들려오자 그의 얼굴에 반가운 빛이 떠올랐다. 전날 밤 늦게까지 함께 자리를 지켰던 사람들 중 하나가 다시 오겠다는 약속을 지킨 것이었다. 그래서 그는 서둘러 3인분의 아침식사를 준비했는데 그 남자와 둘이서만 먹게 되었다. 윌슨은 이제 거의 말을 하지 않은 채 넋이 나간 표정이었다. 미카엘리스는 그제야 집으로 돌아가 잠을 잤다. 그리고 네 시간쯤 후에 깨어나 정비소로 돌아와 보니 윌슨의 모습이 보이지 않았다.

나중에 알고 보니, 윌슨은 밖으로 나가 하염없이 걸어 다녔다. 그는 먼저 포트루스벨트로 향했다가 개즈힐(롱아일랜드에 실재하지 않는 가상의 지명 – 편집자 주)로 가서 샌드위치를 샀다. 하지만 그것을 먹는 대신 커피만 마셨다. 그가 개즈힐에 도착한 것은 정오 무렵이었는데, 아마도 몸이 피곤해 천천히 걸어간 것 같았다. 그 때까지는 그가 어떻게 시간을 보냈는지 설명하기가 어렵지 않다. 몇몇 아이들이 '약간 미친 것처럼 행동하는' 남자를 보았다고 했고, 어떤 자동차 운전자들은 그가 길옆에 서서 자신들을 이상한 눈초리로 훑어보았다고 얘기했으니까 말이다. 그런데 그 후 세 시간 동안 그가 어디에서 무엇을 했는지는 알 수가 없다. 경찰에서는 윌슨이 미카엘리스에게 '찾아내는 방법이 있다'고 말한 것을 근거로, 아마도 그가 주변에 있는 정비소들을 일일이 찾아다니며 노란색 자동차를 찾는 데 그 시간을 보냈을 것이라고 추측했다. 하지만 그를 보았다는 정비소가 하나도 없었다. 그에게는 자신이 추적하는 것을 좀 더 쉽고 분명하게 알아내는 방법이 있는지 모를 일이었다. 그는 2시 30분쯤 웨스트에그에 다다른 것으로 알려졌다. 그곳에서 누군가에게 개츠비의 저택으로 가는 길을 물었는데, 그런 사실로 미루어 그가 이미 개츠비의 이름을 알고 있었던 것이 틀림없었다.

개츠비는 2시 무렵 수영복으로 갈아입은 다음, 만약 전화가 걸려오면 수영장으로 알려달라고 집사에게 말했다. 그리고 그는 여름 내내 손님들을 즐겁게 해주었던 에어매트리스를 가지러 창고로 향했다. 운전기사가 그의 곁에서 에어매트리스에 공기 넣는 일을 도와주었다. 그는 운전기사에게 어떤 경우에도 차고에 있는 오픈카를 절대 밖으로 꺼내지 말라고 당부했다. 그런데 오픈카 앞쪽의 오른쪽 펜더가 망가져 수리가 필요했기 때문에 운전기사는 그 지시가 이상하게 생각되었다.

개츠비는 에어매트리스를 어깨에 메고 수영장으로 걸어갔다. 그가 곧 걸음을 잠시 멈춰 다른 쪽 어깨로 에어매트리스를 옮겨 메는 것을 본 운전기사가 도움이 필요하냐고 물었다.

그러자 개츠비는 고개를 가로저으며 노랗게 단풍이 물들기 시작한 나무들 사이로 사라졌다.

전화는 한 통도 걸려오지 않았다. 그럼에도 집사는 낮잠까지 마다하며 4시가 되도록 전화기 쪽에 온 신경을 곤두세웠다. 그 때는 설령 전화가 걸려왔다 해도 그 소식을 전달받을 사람이 사라진 지 한참 지났을 때였는데 말이다. 어쩌면 개츠비 자신도 전화가 걸려올 것이라고는 기대하지 않았을 것이다. 이미 그런 일에 신경조차 쓰고 싶지 않은 마음이었을지도 모른다. 만약 나의 짐작이 틀리지 않다면 그는 분명 옛날의 따뜻한 세계를 잃어버렸다고 생각했을 것이다. 또 너무 오랫동안 단 하나의 꿈을 좇으며 살아온 데 대해 값비싼 대가를 치르고 있다고 느꼈을 것이다. 장미꽃이 실은 얼마나 괴상하고 기이한 것인지, 막 움트기 시작한 잔디밭에 쏟아지는 햇볕이 실은 얼마나 쓰리고 아픈 것인지 깨달았을 때, 그는 섬뜩한 나뭇잎들 사이로 보이는 생경한 하늘을 올려다보며 몸서리를 쳤을 것이 틀림없다. 도무지 현실감은 없으면서 물질적이기만 한 세계, 불쌍한 허깨비들이 공기처럼 꿈을 들이켜며 이리저리 방황하는 세계 속에서 잿빛 환영 같은 누군가가 형체도 불분명한 나무들 사이를 헤치며 그를 향해 서서히 다가왔다.

운전기사가(그는 울프심의 부하였다) 몇 발의 총성을 들었다.

그는 나중에 그 총소리를 대수롭지 않게 여겼다고 말할 뿐이
었다. 나는 곧장 기차역에서 개츠비의 저택으로 차를 몰았다.
그리고는 걱정스런 마음에 저택의 앞쪽 계단을 서둘러 달려
올라갔는데, 그제야 그 집 사람들은 심상찮은 내 행동에 깜짝
놀랐다. 하지만 지금 돌이켜보면 그들은 이미 그 일의 심각성
을 알고 있었다고 믿는다. 운전기사와 집사, 정원사 그리고
나 이렇게 네 사람은 한마디 말도 없이 잰걸음으로 수영장을
향해 달려 내려갔다.

수영장은 한쪽 끝에서 맑은 물이 흘러들어와 반대편 배수
구로 빠져나가는 구조였다. 그런데 왠지 물의 흐름이 거의 느
껴지지 않았다. 그처럼 잔잔한 물살을 타고 사람을 태운 에어
매트리스가 불규칙한 움직임으로 수영장 아래쪽을 향하고 있
었다. 수면에 잔물결 하나 만들지 못하는 한 줄기 바람도 전
혀 뜻밖의 짐을 싣고 예상치 못한 방향으로 흘러가는 에어매
트리스의 흐름을 방해하기에는 부족함이 없었다. 곧 에어매
트리스가 수면에 떠 있는 나뭇잎 더미에 닿자, 마치 컴퍼스의
다리처럼 붉은 동그라미를 그리며 물 위에서 천천히 회전했
다.

우리는 개츠비의 시신을 수습해 저택으로 갔다. 그 때 정원
사가 조금 떨어진 잔디밭에서 윌슨의 주검을 발견했다. 그렇
게 한 편의 학살극은 어이없게 막을 내렸다.

09

그 후 2년이 지난 지금도 그 날의 나머지 시간과 이튿날을 떠올리면, 나는 여전히 경찰관들과 사진기자를 비롯한 신문기자들이 개츠비의 저택을 쉴 새 없이 들락거렸던 것만 기억난다. 당시 경찰에서는 현관을 가로질러 밧줄을 둘러치고 경찰관 한 명을 배치해 호기심어린 구경꾼들을 가로막았다. 하지만 아이들은 금세 우리 집 뜰을 통해 저택으로 들어갈 수 있다는 사실을 알아냈다. 그래서 수영장 주위에는 항상 아이들 몇 명이 수다를 떨어대며 모여 있었다. 그 날 오후 자신만만한 태도로 찾아온 형사는 윌슨의 시신을 살펴보며 '미치광이'라는 표현을 썼다. 우연찮게 그의 목소리에 권위가 실리면서 이튿날 조간신문들이 그와 같은 논조로 기사를 썼다.

대부분의 신문 기사들은 끔찍한 악몽 같았다. 사건의 정황을 마음대로 추측하며 열을 내 써내려간 기사들은 괴상하기 짝이 없어 진실과 거리가 멀었다. 그러다 보니 미카엘리스의 증언으로 윌슨이 아내를 의심하고 있었다는 것이 알려졌을 때, 나는 곧 사건 전체가 선정적인 가십거리로 이용되겠구나 하는 생각이 들었다. 그런데 그와 같은 상황에서 뭔가 할 이야기가 있을 법한 캐서린은 이렇다 할 말을 입에 올리지 않았다. 그녀는 사건과 관련해 놀랍도록 당당한 태도를 보일 따름이었다. 그녀는 눈썹을 짙게 그린 단호한 눈초리로 검시관을 쳐다보면서 자신의 언니는 개츠비를 만난 적이 없다고 증언했다. 더불어 언니가 남편과 아무런 문제없이 행복한 삶을 살았다고 강조했다. 그녀는 자기가 한 말에 지나칠 정도로 도취되는 바람에 누가 세간에 떠도는 추문에 대해 말문을 열려고만 해도 손수건에 얼굴을 파묻고 흐느꼈다. 결국 사건은 윌슨이 '비탄에 잠긴 나머지 정신착란을 일으킨' 것으로 축소되었고, 그처럼 매우 단순한 형태로 지금까지 알려져 왔다.

그러나 그것은 모두 진실과 거리가 멀고 본질적이지도 않았다. 나는 어느 순간 홀로 개츠비의 편을 들고 있다는 것을 깨달았다. 그 비극적인 사건을 웨스트에그 마을에 전화로 알렸을 때부터, 그를 둘러싼 온갖 억측과 현실적인 질문들이 나에게 쏟아졌다. 처음에는 너무 놀랍고 당혹스러워 정신을 차리지 못할 지경이었다. 하지만 시간이 지날수록 집 안에 안치

되어 움직이거나 숨을 쉬거나 말조차 하지 못한 채 누워 있는 개츠비를 위해 내가 그 일을 책임져야 한다는 생각이 들었다. 왜냐하면 나 말고는 아무도 그 일에 관심을 보이지 않았기 때문이다. 누구든 마지막 순간에는 비록 구체적이지 않더라도 인간적인 관심을 받을 권리가 있는데 말이다.

개츠비의 시신을 발견하고 나서 30분 뒤, 나는 조금의 망설임도 없이 본능적으로 데이지에게 전화를 걸었다. 그러나 그녀와 톰은 그 날 오후에 짐까지 꾸려 일찌감치 집을 떠난 상태였다.

"어디로 간다고 주소를 남겼나요?"

"아뇨."

"언제 돌아온다는 말은요?"

"아뇨."

"어디로 갔는지 짐작되는 데도 없습니까? 어떻게든 연락해 볼 방법이 없을까요?"

"모릅니다. 말씀드릴 것이 없어요."

나는 개츠비를 위해 누군가를 데려올 생각이었다. 그가 누워 있는 방으로 들어가 위로의 말을 건네고 싶었다.

"개츠비 씨, 당신을 위해 누군가를 데려오겠습니다. 걱정하지 말고 저를 믿어주세요. 누군가를 반드시 데려올 테니……."

마이어 울프심의 이름은 전화번호부에 나와 있지 않았다. 집사가 브로드웨이에 있는 그의 사무실 주소를 알려주었다. 내가 전화번호를 손에 넣었을 때는 5시가 훨씬 지난 시각이었으므로, 안내계에 전화를 걸었지만 아무도 받는 사람이 없었다.

"한 번만 더 연결해주실 수 없겠습니까?"

"벌써 세 번이나 해봤잖아요."

"매우 중요한 일이라서 그렇습니다."

"안됐지만, 아무도 없는 것 같아요."

나는 별 수 없이 응접실로 갔다. 그 때 문득 방 안을 가득 채운 사람들이 업무 때문에 왔다가 우연히 들르게 된 조문객이라는 생각이 스쳐 지나갔다. 그들이 시트를 걷어 올리고 무덤덤한 눈길로 시신을 바라보는 동안에도 개츠비의 항의가 여전히 나의 머릿속에 맴돌았다.

"이봐요, 친구. 나를 위해 누군가를 데려다줘요. 부디 애를 좀 써줘요. 이렇게 혼자 있으니 견디기가 힘들군요."

그 때 누가 내게 이런저런 질문들을 해대기 시작했다. 하지만 나를 그를 뿌리치고 위층으로 올라가 잠겨 있지 않은 책상 서랍들을 재빨리 뒤졌다. 그는 내게 자신의 부모가 세상을 떠났다고 확실히 밝힌 적이 없었다. 그런데 서랍들 안에는 이렇다 할 것이 하나도 들어 있지 않았다. 다만 잊혀져버린 폭력의 증거인 댄 코디의 사진만이 벽에서 아래를 내려다보고 있었다.

이튿날 아침, 나는 울프심에게 전하는 편지를 쓴 다음 집사를 뉴욕으로 보냈다. 편지에는 개츠비의 신상에 대해 자세히 알려달라는 것과 다음 기차로 서둘러 와달라는 내용을 적었다. 사실 그 편지를 쓰면서 괜한 짓이 아닐까 하는 생각이 들기도 했지만 펜을 놓지 않았다. 나는 정오가 되기 전에 데이지가 전화를 걸어올 것이라고 예상했던 것처럼, 울프심도 신문을 보자마자 이곳으로 출발할 것이라고 믿어 의심치 않았다. 하지만 전화벨은 잠잠했고, 울프심 역시 오지 않았다. 오로지 경찰관과 기자들만 물밀듯이 밀려들었을 뿐이다. 얼마 뒤 집사가 울프심의 답장을 갖고 돌아왔을 때 나는 일종의 반항심이 치밀었다. 그들 모두에게 맞서 나와 개츠비가 한편이라는 냉소적인 유대감이 느껴졌다.

친애하는 캐러웨이 씨께.

이번 일은 내 평생을 통틀어 가장 끔찍한 충격이라, 그것이 사실이라는 것조차 쉽게 믿어지지 않소. 그 자가 저지른 정신 나간 행동은 우리 모두를 깊은 생각에 잠기게 할 것이오. 나는 아주 중요한 사업 문제에 맞닥뜨려 있어 당장은 그곳에 갈 수 없으며, 그 일에

발을 들이기도 어렵소. 그럼에도 만약 내가 할 수 있는 일이 있다면 나중에 에드거를 통해 편지로 알려주기를 바라는 바요. 여하튼 이런 소식을 전해 듣고 보니, 나는 지금 내가 어디 있는지도 모를 만큼 정신이 쏙 빠져버린 것 같소.

당신의 친구
마이어 울프심

그리고 그는 급히 휘갈겨 쓴 글씨로 다음과 같은 말을 덧붙였다.

'장례식에 대해 알려주시오. 그의 가족에 대해서는 전혀 아는 것이 없소.'

그 날 오후 전화벨이 울렸다. 교환원이 시카고에서 걸려온 장거리 전화라고 말해주었을 때, 나는 마침내 데이지가 수화기를 든 것이라고 생각했다. 하지만 전화기에서 들려온 것은 가늘고 감이 먼 남자의 목소리였다.

"저는 슬레이글이라고 합니다만……."

"네?"

처음 듣는 이름이었다.

"전화 상태가 좋지 않군요. 제가 보낸 전보를 받으셨는지요?"

"아니요, 아무 전보도 못 받았는데요."

"파크 녀석이 사고를 쳐 곤경에 빠졌지 뭐예요."

그가 서둘러 말을 이었다.

"창구에서 몰래 증권을 넘겨주다 붙잡혔어요. 직원들이 바로 오 분 전에 뉴욕에서 증권번호를 알려주는 회람장을 받은 것이지요. 그 일에 대해 뭐 들은 얘기 없나요? 이런 촌구석에 처박혀 있어서는 통 알 수가 없으니, 원……."

"이봐요!"

내가 다급히 그의 말을 가로막았다.

"나는 개츠비 씨가 아니에요. 개츠비 씨는 죽었어요."

그러자 전화기 너머에서 한동안 침묵이 흘렀다. 한참 만에 소스라치는 듯한 짧은 비명이 들리더니 전화가 끊겼다.

사건이 난 지 사흘째 되던 날, 미네소타주에 있는 한 읍에서 '헨리 C. 개츠'라고 서명된 전보 한 통이 날아왔다. 발신인은 곧바로 출발할 테니 자기가 도착할 때까지 장례식을 연기해달라는 내용을 전했다.

그는 개츠비의 아버지였다. 근엄한 노인이 크게 상심한 탓에 무기력해 보이는 얼굴로, 9월인데도 불구하고 기다란 싸구려 외투로 온몸을 감싼 채 찾아왔다. 그는 감정이 북받쳐 자꾸만 눈물을 흘렸다. 나는 그의 손에서 가방과 우산을 받아 들었는데, 쉴 새 없이 성긴 회색 수염을 쓰다듬는 바람에 외투 벗는 것을 도우면서는 적잖이 애를 먹어야 했다. 그는 금방이라도 덜컥 쓰러질 것 같았다. 나는 그를 음악실로 안내해 자리에 앉게 한 다음 다른 사람을 시켜 먹을거리를 가져오게 했다. 그러나 그는 음식에 눈길조차 주지 않았으며, 손을 떠는 바람에 앞에 놓아둔 우유를 엎지르고 말았다.

"시카고 신문에서 보고 알았소. 그곳에서 발행되는 신문들마다 모두 기사가 실렸더군요. 나는 신문을 내려놓자마자 곧장 이리로 출발했소이다."

"그러셨군요. 어떻게 연락드려야 할지 몰랐습니다."

노인은 아무것도 눈에 들어오지 않았지만 자꾸 방 안을 두리번거렸다.

"그 자는 미치광이요. 아주 미친 것이 틀림없소."

그가 중얼거렸다.

"커피 한잔 드시겠습니까?"

내가 정중히 물었다.

"아무것도 먹고 싶지 않소. 이젠 괜찮아요. 한데 이름이……?"

"캐러웨이라고 합니다."

"음, 그렇군요. 지미의 시신은 어디에 안치했소?"

나는 그를 아들이 누워 있는 곳으로 안내한 다음 혼자 있을 수 있게 배려했다. 밖으로 나와 보니 아이들 몇 명이 계단을 올라와 홀에서 기웃거리고 있었다. 내가 방금 전 저택에 도착한 사람이 누군지 알려주자 아이들은 마지못해 하나둘 자리를 떴다.

잠시 뒤, 개츠 씨가 문을 열고 밖으로 나왔다. 그는 입술이 살짝 벌어져 있었고, 얼굴빛도 발그레하게 달아올랐다. 두 눈에서는 가끔 눈물방울이 흘러내렸다. 그는 죽음이 그다지 두렵게 느껴지지 않을 나이의 노인이었다. 그는 그 때서야 비로소 홀의 높고 화려한 천장과 서로 잇닿아 있는 커다란 방들에 눈길이 갔는데, 슬픔이 몰아닥친 중에도 내심 자랑스러운 기분이 드는 모양이었다. 나는 개츠 씨를 부축해 위층의 침실로 올라갔다. 그는 외투와 조끼를 차례로 벗었다. 그 사이 나는 그가 올 때까지 모든 일 처리를 연기해두었다고 말했다.

"어떻게 하실지 몰라서 말이지요, 개츠비 씨……."

"내 성은 개츠요."

"아, 개츠 씨……. 저는 아버님께서 시신을 서부로 옮겨 가실지 모른다고 생각했습니다."

그러자 그가 고개를 가로저었다.

"지미는 이곳 동부를 매우 마음에 들어 했소. 그 애가 동부에서 자리를 잡았으니까 말이오. 한데 당신은 내 아들의 친구였소?” “네, 친했지요.”

“그렇다면 잘 알겠지만, 내 아들은 앞날이 창창한 아이였소. 아직 나이는 얼마 안 됐어도 머리가 상당히 영특했지.”

그는 눈에 띄는 동작으로 자신의 머리를 매만지며 말했다. 나는 가만히 고개를 끄덕였다.

“아들 녀석이 좀 더 살았더라면 큰 인물이 됐을 거요. 제임스 J. 힐(미국 서부로 철도가 놓일 때 큰돈을 번 부자 – 편집자 주) 같은 인물 말이오. 국가 발전에 단단히 한몫 했을 것이 틀림없소.”

“맞는 말씀입니다.”

나는 마땅치 않은 마음을 숨기며 맞장구를 쳤다.

그는 침침한 눈으로 수놓아진 침대보를 벗겨내려고 더듬거리다가 그냥 꼿꼿한 자세로 자리에 누웠다. 그리고는 이내 잠에 곯아떨어졌다.

그 날 밤, 어떤 사람이 놀란 목소리로 전화를 걸어왔다. 그는 자신의 이름을 밝히기 전에 다짜고짜 내게 누구냐고 물었다.

“저는 캐러웨이입니다만.”

“아, 네! 저는 클립스프링어입니다.”

그는 내 이름을 듣고 안심하는 듯했다.

　나도 마음이 놓이기는 마찬가지였다. 개츠비의 장례식에 참석할 사람이 한 사람 더 늘어날 것 같았기 때문이다. 나는 신문에 부고를 내서 별 관계도 없는 구경꾼들이 우르르 몰려들게 하고 싶지 않았다. 그래서 몇몇 사람들에게만 일일이 전화로 연락을 하고 있었는데, 장례식에 참석할 만한 사람을 찾기가 무척 힘들었다.

　"장례식은 내일 오후 세 시에 이 저택에서 치러집니다. 함께 오실 만한 분이 있으면 연락해주십시오."

　"네, 그렇게 할게요. 물론 함께 갈 사람이 있을 것 같지는 않지만, 만약 누굴 만나게 되면 꼭 전하도록 하지요."

　그가 깊은 생각 없이 대답했다. 나는 그의 말투가 왠지 미심쩍었다.

　"당신은 당연히 참석하실 테지요?"

　"글쎄요, 그러도록 노력해보겠습니다. 제가 전화한 용건은 다름아니라……."

　"잠깐만요!"

　내가 그의 말을 가로막았다.

　"확실히 오겠다고 말씀해주시지 않겠습니까?"

　"아, 실은요…… 그러니까 지금 저는 그리니치(미국 코네티컷주의 부촌 ─ 편집자 주)에 와 있는데, 일행이 있어요. 이 사람들은 내일 제가 함께 있어주기를 바라거든요. 사실은 단합

대회 같은 것이 예정되어 있지요. 물론 중간에라도 빠져나가도록 애를 써보겠습니다만……."

나는 그의 말을 듣다가 엉겁결에 "거참!" 하는 탄식을 내뱉었다. 순간 그의 말투가 싸늘하게 변한 것으로 보아 그 소리를 들은 것이 틀림없었다.

"제가 전화를 한 까닭은 거기 두고 온 신발 때문입니다. 큰 수고가 아니라면 집사를 시켜 보내주셨으면 합니다. 테니스 신발인데요, 전 그걸 신지 않으면 제대로 경기를 할 수 없답니다. 제 주소는……."

나는 전화기를 덜컥 내려놓아 주소를 듣지 못했다.

그 후 나는 개츠비 영전에 조금 민망함을 느낄 만한 일을 벌이기도 했다. 한 신사에게 전화를 걸었는데, 그는 개츠비가 결국 그렇게 될 줄 알았다는 식으로 말했다. 그에게 전화를한 것은 나의 실수였다. 그는 개츠비가 내놓은 술을 마시고 취해, 개츠비에 관한 험담을 실컷 늘어놓던 사람이었으니 말이다. 애당초 그에게는 전화를 걸지 말았어야 옳았다.

장례식 날 아침, 나는 마이어 울프심을 만나기 위해 뉴욕으로 향했다. 그렇게 하지 않고서는 달리 그를 만날 방법이 없다고 생각했기 때문이다. 엘리베이터 안내원이 가르쳐준 대로 밀고 들어간 문에는 '스와스티카 주식회사'라는 간판이 붙어 있었다. 하지만 인기척이 들리지 않았다. 내가 몇 번이나

"누구 안 계십니까?"라고 소리치자, 그제야 칸막이 뒤쪽에서 가벼운 언쟁이 벌어지는가 싶더니 곱상하게 생긴 유태인 여자가 모습을 드러냈다. 그녀는 적의가 깃든 까만 눈으로 나를 유심히 훑어보았다.

"아무도 안 계세요. 울프심 씨는 시카고에 가셨거든요."

그런데 그 때 누군가 음정도 맞지 않게 〈로사리〉(1898년 에설버트 네빈이 작곡하여 발표한 뒤, 1920년대 초 미국에서 리바이벌되어 크게 유행함 – 편집자 주)를 휘파람으로 부는 소리가 들려왔다. 사무실 안에 아무도 없다는 말은 분명 거짓말이었다.

"캐러웨이가 만나 뵙고 싶어 한다고 전해주십시오."

"제가 그분을 당장 시카고에서 모셔올 순 없잖아요?"

바로 그 순간 칸막이 저편에서 한 남자가 "스텔라!"라고 외쳤다. 울프심의 목소리가 틀림없었다.

"책상 위에 이름을 적어 놓아두세요. 사장님이 돌아오시는 대로 전해드릴게요."

"무슨 말입니까? 지금 저 안에 계시잖아요."

그러자 그녀는 내게 한 걸음 다가섰다. 그리고는 화가 난 듯 두 손으로 자신의 엉덩이를 위아래로 쓸어내렸다.

"거참, 젊은 사람들은 항상 자기들 맘대로 밀고 들어올 수 있다고 생각한다니까! 정말 진절머리가 나. 내가 시카고에 있다면 시카고에 있는 거지 왜 그래!"

그녀가 신경질적으로 소리쳤다.

나는 개츠비의 이름을 댔다.

"어머나!"

그녀의 입에서 자기도 모르게 탄성이 새어나왔다. 그녀가 다시 나를 자세히 훑어보았다.

"잠깐만요, 성함이 뭐라고 하셨지요?"

그녀는 내 말을 들은 뒤 안쪽으로 사라졌다. 곧 마이어 울프심이 문간에 서서 근엄하게 두 손을 내밀었다. 그는 나를 사무실로 데려가더니, 짐짓 점잖은 말투로 지금은 우리 모두에게 슬픔이 깊은 시기라며 시가를 권했다.

"그를 처음 만났을 때가 떠오르는군. 군대에서 갓 제대한 젊은 소령이 전쟁에서 받은 훈장을 잔뜩 달고 있더라고. 그는 형편이 안 좋아서 항상 군복을 입고 다녔지. 옷 한 벌 사 입을 돈이 없었거든. 내가 그를 처음 본 것도 43번가에 있는 와인브레너 당구장이었는데, 마침 그가 들어와 일자리가 있느냐고 묻더군. 이틀 동안 아무것도 먹지 못했다면서 말이야. 그래서 내가 함께 점심이나 하자고 했지. 아 글쎄, 그 사람이 겨우 삼십 분 만에 사 달러어치도 넘게 먹어치우지 뭐야."

그가 말했다.

"선생께서 그에게 일자리를 마련해주셨습니까?"

내가 물었다.

"그럼, 그랬지! 내가 그를 키우다시피 했는걸."

"아, 네……."

"아무것도 없는 데서, 정말이지 시궁창이나 다름없는 곳에
서 그를 건져냈어. 나는 그가 신사답고 인물도 출중한 것을
한눈에 알아봤는데, 오그스퍼드 출신이라는 말을 들었을 때
는 솔직히 그를 잘 써먹을 수 있겠구나 하는 생각까지 들더
군. 나는 그를 미국 재향군인회에 소개시켜주었어. 그는 거기
서 꽤 높은 자리까지 올라갔지. 하지만 그는 얼마 지나지 않
아 올버니(미국 뉴욕주의 주도 – 편집자 주)에서 나의 의뢰인을
위해 일하게 되었다네. 우린 함께 일을 하면서 두터운 우정을
쌓아갔지……."

울프심은 알뿌리같이 생긴 손가락 두 개를 들어 올리며 말
을 이었다.

"……언제나 둘이 함께였어."

나는 두 사람의 협력 관계에 1919년 월드시리즈 사건도 포
함되어 있는지 궁금했다.

"이제 그는 이 세상 사람이 아닙니다. 생전에 선생께서 그
사람의 가장 친한 벗이었던 것 같아 드리는 말씀인데, 오늘
오후에 있을 그의 장례식에 꼭 참석해주시기를 바랍니다."

"나도 가고 싶지."

"그럼 오세요."

순간 그의 콧수염이 움찔거렸다. 그는 이내 머리를 양 옆으로 흔들더니 두 눈에 눈물이 그렁그렁했다.

"하지만 그럴 수가 없어……. 그 사건에 휘말려들고 싶지 않거든."

그가 말했다.

"휘말려들고 말고 할 게 뭐 있겠어요. 이미 다 끝난 일인걸요."

"아무튼 사람이 피살된 사건이잖아. 난 어떤 식으로든 연루되고 싶지 않네. 한 발 물러서 있을 따름이지. 물론 젊었을 때는 이렇지 않았어. 친구가 죽으면 끝까지 함께하는 것이 당연하다고 믿었지. 자네가 생각하기에는 내가 너무 감상적이었다고 말할는지 몰라도 정말 그랬어. 어떤 험한 꼴을 보게 되더라도 최후까지 함께했지."

그는 나름대로 분명한 이유를 들어 장례식에 오지 않겠다고 말했다. 나는 자리에서 일어날 수밖에 없었다.

"자네는 대학을 나왔나?"

그가 불쑥 물었다.

나는 그가 '거래선' 이야기를 꺼내려는 것이 아닌가 생각했다. 하지만 그는 고개를 끄덕이며 악수를 건넬 따름이었다.

"친구가 죽은 뒤가 아니라 살아 있을 때 우정을 보여주도록 하게. 내 원칙은 일단 친구가 죽고 나면 모든 것을 그냥 내버려두는 편이 낫다는 거야.”

울프심의 사무실에서 나왔을 때 하늘은 어둑해져 있었다. 나는 가랑비를 맞으며 웨스트에그로 돌아왔다. 서둘러 옷을 갈아입고 나서 저택으로 갔더니 웬 일인지 개츠 씨가 흥분해 홀 안을 서성대고 있었다. 개츠 씨는 아들과 그가 이룩한 부에 대한 자부심으로 충만해 있던 참에 내게 보여줄 것을 찾아낸 것이었다.

“지미가 이 사진을 내게 보냈었소. 이것 좀 보시오.”

그는 떨리는 손으로 지갑을 열어 보였다.

그 안에서 꺼낸 사진은 개츠비의 저택을 찍은 것이었는데, 가장자리가 닳고 접힌데다 전체적으로 손때를 타서 꽤 낡은 상태였다. 개츠 씨는 사진의 구석구석을 가리키며 열심히 설명을 시작했다. 연신 “이것 좀 보시오.” 하며 내 눈에서 감탄의 빛을 찾아내려고 애썼다. 그동안 다른 사람들에게도 얼마나 자랑을 했는지, 그에게는 눈앞에 있는 실물의 집보다 그 사진이 한층 더 현실적인 것 같았다.

“지미가 이 사진을 내게 보냈단 말이오. 참 근사하지 않소? 정말 잘 나온 사진이오.”

“그렇군요, 아버님. 한데 최근에 아드님을 만나보신 적이 있나요?”

“두 해 전에 아들이 나를 보러 와서 지금 살고 있는 집을 사주었소. 옛날에 그 애가 집을 나갔을 때는 우리 사이가 영 틀어져버렸지만, 다 그럴 만한 이유가 있었다는 것을 이제는 이해하겠소. 아들 녀석은 자기 앞에 밝은 미래가 펼쳐져 있다는 사실을 잘 알고 있었던 거요. 그 애가 출세한 뒤에는 이 아비한테 정말 잘해주었소.”

개츠 씨는 그 사진을 치우는 것이 내키지 않아 보였다. 그는 사진을 들고 잠시 머뭇거리더니 마지못해 그것을 다시 지갑에 넣고 호주머니에서 굉장히 낡은 책 한 권을 꺼냈다. 겉표지에 ‘호펄롱 캐시디(클래런스 멀포드가 지은 카우보이 소설의 주인공. - 편집자 주)’라고 쓰인 책이었다.

“그 애가 어렸을 적에 갖고 있던 책이오. 이걸 보면 뭔가 짐작 가는 것이 있을 거요.”

개츠 씨는 뒤표지를 펼친 다음 내가 잘 볼 수 있게 책을 돌렸다. 아무것도 인쇄되어 있지 않은 면지에 ‘계획표, 1906년 9월 12일(〈호펄롱 캐시디〉는 1910년 처음 출판되었으므로, 이 책에 나오는 1906년이라는 표현은 저자의 착오 - 편집자 주)’이라고 적혀 있었다. 그 아래에 쓰인 내용은 다음과 같았다.

기상 ---------- 오전 6 : 00

아령 들기 및 담벼락 타기 운동 ---------- 오전 6 : 15 ~ 6 : 30

전기학 등 공부 ---------- 오전 7 : 15 ~ 8 : 15

일 ---------- 오전 8 : 30 ~ 오후 4 : 30

야구 및 스포츠 ---------- 오후 4 : 30 ~ 5 : 00

웅변술, 자세 습득 훈련 ---------- 오후 5 : 00 ~ 6 : 00

발명을 위한 공부 ---------- 오후 7 : 00 ~ 9 : 00

* 나의 결심

새프터스나 OOO(해독 불가)에서 시간을 낭비하지 말 것.

담배를 삼갈 것.

이틀에 한 번씩 샤워를 할 것.

매주 유익한 잡지나 책을 한 권씩 읽을 것.

매주 5달러□, 아니 3달러씩 저축할 것.

부모님께 잘해드릴 것.

"나는 이 책을 우연한 기회에 발견했다오. 이걸 보면 지미가 어떤 녀석인지 짐작되지 않소?"

"네, 그렇군요."

"지미는 출세할 수밖에 없는 아이였소. 이런 결심을 하고 있었으니 말이오. 지미가 자기 계발을 위해 얼마나 노력했는지 알겠소? 그 애는 항상 열심히 살았지. 언젠가 한번은 이 아비에게 음식을 돼지처럼 먹는다며 면박을 주기에 때려준 적도 있소."

개츠 씨는 책을 그냥 덮어두기 싫은 눈치였다. 그는 아들의 메모를 소리 높여 낭독하고는 왠지 간절한 눈길로 나를 바라보았다. 내가 그 계획표를 옮겨 적은 뒤 그대로 따라 하기를 바랐던 것이 아닐까 싶은 생각이 든다.

잠시 뒤 3시가 약간 못 되어 플러싱에서 루터교 목사가 도착했다. 나는 문득 다른 차들도 왔나 하고 창밖을 내다보았다. 개츠비의 아버지 역시 창밖에 눈길을 주고 있었다. 좀 더 시간이 흘러 일꾼들이 들어와 홀 안에 기다리고 서 있자 노인의 눈이 불안정하게 깜빡거리기 시작하더니 기운 없는 목소리로 비를 탓했다. 목사는 몇 번이나 손목시계를 들여다보았다. 나는 그를 한쪽으로 데려가 30분만 더 기다려달라고 부탁했다. 하지만 소용없는 일이었다. 저택으로 오는 사람은 아무도 없었다.

5시 무렵, 장례 행렬인 세 대의 자동차가 굵은 가랑비를 맞으며 천천히 달려가 묘지 입구에 멈춰 섰다. 맨 앞에는 섬뜩하리만치 검은색의 비에 젖은 영구차가 있었고, 그 다음에는 나와 개츠 씨 그리고 목사가 탄 리무진이 자리했다. 마지막에 네댓 명의 일꾼들과 웨스트에그에서 온 우편배달부 한 명은 비에 흠뻑 젖은 개츠비의 스테이션왜건을 타고 있었다. 우리는 곧 입구를 통과해 묘지 안으로 들어섰는데, 땅바닥에 질펀하게 고인 물을 튀기는 차 소리가 들리더니 누군가 바삐 뒤를 따라왔다. 내가 고개를 돌려보니, 그는 3개월 전 어느 날 밤에 개츠비의 서재에 꽂힌 책들을 보고 놀라워하던 올빼미 안경을 낀 남자였다.

나는 그 후로 한 번도 그를 만난 적이 없었다. 나는 그가 장례식이 있다는 것을 어떻게 알았는지, 아니 그의 이름이 무엇인지조차 몰랐다. 남자의 두꺼운 안경에 빗방울이 들이쳤다. 그는 개츠비의 무덤에 가려놓은 장막을 걷는 것을 보기 위해 안경을 벗어 물기를 닦아냈다.

그 때 나는 개츠비에 관한 기억을 떠올려보려고 했다. 하지만 이제 그는 아주 먼 곳에 있었다. 데이지가 조문 전보나 조화(弔花) 한 다발조차 보내오지 않은 것이 새삼 생각났지만 아무런 분노도 느껴지지 않았다. 누군가 "죽은 자에게 비가 내리니 복이 있도다."라고 나지막한 목소리로 중얼거리자, 올빼미 눈이 우렁차게 "아멘!" 하고 소리쳤다.

우리는 비를 맞으며 저마다 뿔뿔이 자동차들이 있는 곳으로 급히 발걸음을 옮겼다. 묘지 입구에 다다랐을 때 올빼미 눈이 내게 말을 붙였다.

"저택에는 가보지도 못했네요."

"아무도 찾아오지 않은걸요."

내가 말했다.

"저런! 어떻게 그럴 수 있나요? 그 저택에 수백 명이나 되는 사람들이 드나들었는데 말이에요!"

그가 깜짝 놀라며 어이없어했다. 올빼미 눈은 다시 안경을 벗어 안팎을 정성껏 닦았다.

"불쌍한 녀석."

그가 말했다.

내가 아직도 또렷하게 기억하고 있는 것이 있다. 크리스마스 때 대학 예비 학교에서, 또 나중에는 대학에서 서부로 돌아오던 일이 그것이다. 당시 시카고보다 더 멀리 가는 친구들은 12월의 어느 날 저녁 6시쯤 시카고 친구들과 함께 허름하고 어둑한 유니언 역(시카고에 있는 환승역 – 편집자 주)에 모여 일찌감치 흥겨운 휴가 분위기에 들떠서 작별 인사를 주고받고는 했다. 그 시절 여러 학교에서 온 여학생들의 털외투와 너나없이 하얀 입김을 내뿜으며 떠들어대거나 손을 머리 위로 흔들어대던 모습도 선명히 떠오른다. "넌 오드웨이 집에 갈 거니? 허시네는? 슐츠 집에는?" 우리는 이렇게 서로의 초대 일정을 맞춰보며 수런거렸다. 그리고 장갑 낀 손으로 힘껏 움켜쥐었던 기다란 초록색 기차표도 아직 기억 속에 생생하다. 더불어 '시카고–밀워키–세인트폴 철도 회사'의 먼지를 뒤집어쓴 노란색 기차들이 출입문 옆 선로 위에 멈춰 서 있던 것이 마치 크리스마스 날 고유의 풍경처럼 즐겁게 느껴지기도 했다.

기차가 역을 빠져나와 겨울밤을 내달리면 차창 밖에서 눈발이 휘날리며 반짝거렸다. 자그마한 위스콘신 역의 흐릿한 불빛들이 스쳐 지나가면서 공기 중에는 살을 에는 듯한 거친 긴박감이 감돌았다. 우리는 저녁식사를 마치고 싸늘한 객실 연결 통로를 지나면서 그 공기를 가슴 깊이 들이마셨다. 그처럼 기묘한 한 시간이 지나면 우리는 그 지역과 따로 떼어 설명될 수 없을 만큼 완전히 하나가 되어 녹아들었다.

그곳이 다름아닌 나의 중서부였다. 밀밭이나 평원 또는 사라져버린 스웨덴 이민자들의 마을이 아니라 어릴 적 두근대는 가슴으로 타고 가던 귀성열차, 잔뜩 서리가 내린 밤의 가로등이 보이고 썰매 종소리가 들리는 곳, 불 켜진 창문에서 크리스마스를 장식하는 화환의 그림자가 눈밭 위에 비치는 곳 말이다. 그와 같은 중서부의 일부분인 나는 그토록 기나긴 겨울을 느낄 때면 얼핏 엄숙한 기분이 들고는 했다. 지난 수십 년 동안 아직도 가문의 성(姓)이 주소를 대신하는 지역에서, 캐러웨이 가문의 후손으로 자라난 것에 대해 약간은 자부심을 느끼기도 한다. 이제 와 돌이켜보면 이것은 서부에 관한 이야기나 마찬가지였다. 톰과 개츠비, 데이지와 베이커와 나

는 모두 서부 사람이다. 아마도 우리는 모두 동부 생활에 적
응하지 못한 공통적인 문제를 갖고 있었는지 모른다.

동부가 나를 가장 흥분시켰을 때조차, 나에게 동부는 어딘
지 뒤틀린 구석이 있어 보였다. 아이들과 노인들만 빼놓고 누
구든 시시콜콜 캐묻기 좋아하는 오하이오주 너머의 꼴사납
게 부풀어오른 따분하기 짝이 없는 서쪽 지역보다 동부가 우
월하다는 것을 절감했을 때도 마찬가지였다. 특히 웨스트에
그는 아직도 내가 기묘하고 환상적인 꿈을 꿀 적마다 자주 등
장한다. 내게는 그곳이 엘 그레코(스페인 출신의 화가 - 편집
자 주)가 그린 야경처럼 보인다. 이를테면 전통적이면서도 괴
기스러운 수백 채의 집이 음산한 하늘과 희뿌연 달빛 아래에
웅크리고 있는 그림 같다는 말이다. 그 그림 앞쪽에는 하얀색
야회복을 입은 네 명의 남자가 들것을 들고 거리를 걸어가고
있다. 들것에는 새하얀 이브닝드레스 차림의 여자가 술에 취
해 누워 있는데, 양 옆으로 축 늘어뜨린 그녀의 손에서 보석
들이 싸늘하게 반짝거린다. 남자들은 곧 어느 문 앞에 다다르
지만 엉뚱한 집이다. 그런데 누구도 그녀를 진심으로 신경쓰
지 않으며, 이름조차 알지 못한다.

나의 머릿속에는 개츠비가 죽은 뒤의 동부가 꼭 그런 풍경
으로 끊임없이 떠올랐다. 내 눈의 힘으로는 결코 바로잡을 수
없을 만큼 그 모습이 뒤틀렸다. 그래서 나는 고향에 돌아가기

로 마음먹었다. 메마른 낙엽을 태운 푸른 연기가 허공으로 피어오르고, 빨랫줄에 널어놓은 젖은 옷들이 바람을 머금어 금세 팽팽해질 무렵이었다.

나는 고향으로 떠나기 전에 할 일이 하나 남아 있었다. 그것은 어쩌면 그냥 내버려두는 편이 나을지도 모를 찜찜하고 불쾌한 일이었다. 하지만 나는 그 일을 정리하고 싶었다. 그토록 친절하면서도 무심한 바다가 나의 쓰레기를 휩쓸어가도록 내버려두고 싶지는 않았기 때문이다. 나는 조던 베이커를 만나서 우리 모두에게 벌어졌던 사건과 그 뒤 내게 일어났던 일에 대해 이야기했다. 그녀는 커다란 의자에 조용히 몸을 파묻고 앉아 내 말에 귀를 기울였다.

베이커는 골프복을 입고 있었다. 문득 살짝 턱을 들어 올린 자세와 단풍든 은행잎 빛깔의 머리카락, 무릎 위에 올려놓은 골프 장갑처럼 갈색으로 그을린 얼굴을 하고 있던 그녀의 모습이 멋진 삽화 같다고 느껴졌던 기억이 났다. 내가 모든 이야기를 마치자, 그녀는 다짜고짜 다른 남자와 약혼을 했다고 말했다. 물론 그녀가 고갯짓을 하기만 해도 선뜻 결혼하겠다고 나설 남자가 몇 명 있기는 했지만, 나는 어쩐지 그 말에 믿음이 가지 않았다. 그래서 일부러 놀라는 시늉을 해보였다. 그리고는 재빨리 그 일에 대해 곰곰이 생각해봤지만, 결국 작별 인사를 하기 위해 자리에서 일어설 수밖에 없었다.

"어쨌거나 당신이 저를 버린 거예요. 전화로 저를 걷어찼단 말이에요. 지금이야 당신에 대해 별 감정이 없지만, 그 때는 처음 겪는 일이라 한동안 머릿속이 텅 빈 것 같더군요."

베이커가 불쑥 말을 꺼냈다. 우리는 악수를 나누었다.

"참, 기억나세요?"

그녀는 앞뒤 없이 질문을 던지더니 말을 이었다.

"우리가 자동차 운전에 대해 주고받았던 이야기 말이에요."

"네…… . 정확히 생각나지는 않지만."

"당신이 그랬어요. 부주의한 운전자는 또 다른 부주의한 운전자를 만나기 전까지만 안전하다고요. 그렇다면 저는 또 다른 부주의한 운전자를 만났던 거예요. 안 그래요? 하기야 어리석은 착각을 한 건 다 내가 부주의했던 탓이지요. 저는 당신이 매우 정직하며 비뚤어지지 않은 사람이라고 생각했거든요. 그것이 당신의 은밀한 자부심일 것이라고 여겼단 말이에요."

"제 나이가 서른 살입니다. 당신보다 다섯 살이나 많은데, 스스로를 기만하면서 그걸 자랑스럽게 생각하겠어요?"

내가 말했다.

그녀는 이렇다 할 대꾸를 하지 않았다. 나는 그녀에게 화가 나는 한편 사랑과 후회의 감정이 뒤섞이는 것을 느끼며 발길을 돌렸다.

어느덧 10월도 저물어가고 있었다. 나는 어느 날 오후 톰 뷰캐넌을 만났다. 그는 공격적이고 활기찬 걸음걸이로 5번가를 따라 내 앞에서 걸어가고 있었다. 그는 방해물이 나타나면 어떤 것이라도 냅다 후려쳐버리겠다는 듯 두 팔을 몸에서 약간 떨어뜨려둔 자세였다. 또한 머리를 이리저리 분주히 움직이며 주위를 살폈다. 나는 톰과 거리를 두고 싶어 짐짓 속도를 늦추었는데, 때마침 그가 걸음을 멈추더니 눈을 찡그리며 보석가게 진열장을 들여다보기 시작했다. 그러다가 어느 순간 나를 발견하고는 뒤로 걸어와 불쑥 손을 내밀었다.

"닉, 왜 그래? 나와 악수하는 게 싫어?"

"그래, 내가 자네를 어떻게 생각하고 있는지 잘 알 것 아닌가."

"미쳤군, 닉. 정말 미쳤어. 자네가 왜 그러는지 도통 모르겠군."

톰이 빠르게 말을 쏟아냈다.

"톰! 그 날 오후에 윌슨에게 대체 뭐라고 했나?"

내가 따지듯이 물었다.

톰은 아무 말도 못한 채 나를 바라보기만 했다. 윌슨이 어디 있는지 행방을 알 수 없었던 시간에 대한 나의 추측이 틀리지 않은 것이 분명했다. 내가 뒤돌아서서 다시 길을 걷기 시작하자 그가 쫓아와 팔을 붙잡았다.

"그에게 사실대로 말해줬어. 우리가 막 외출하려고 이층에서 준비를 하고 있는데 그가 문간에 나타났지. 그래서 사람을 시켜 집에 없다고 둘러댔지만 막무가내로 위층에 올라오려고 하지 뭔가. 그는 완전히 제정신이 아니었어. 내가 그 자동차 주인을 알려주지 않으면 당장이라도 총을 쏘아댈 기세더라고. 집 안에 있는 동안에도 그는 줄곧 호주머니에 손을 넣고는 권총을 만지작거렸단 말이야……."

그 때 톰이 갑자기 이야기를 멈추더니 도전적인 태도로 돌변했다.

"내가 말을 해준 것이 어때서? 그 자는 뿌린 만큼 거둔 거야. 데이지를 속인 것처럼 자네도 기만했지. 하지만 놀랍도록 대단한 친구라는 건 인정해. 개를 치듯 머틀을 치고도 차를 멈추지 않았으니까 말이야."

나는 아무런 대꾸도 하지 못했다. 단 하나, 그것이 진실이 아니라는 말을 할 수는 있었지만 차마 내 입에 올리기가 어려웠다.

"혹시 나만 마음고생을 하지 않았다고 생각하는 건가? 아니야……. 이보게, 난 시내의 그 아파트를 처분하러 가서 우라질 개 비스킷 상자가 찬장 위에 놓여 있는 것을 보고는 어린아이처럼 주저앉아 펑펑 눈물을 쏟았단 말일세. 아, 맙소사! 정말이지 끔찍했어……."

　나는 톰을 용서할 수도, 좋아할 수도 없었다. 하지만 그는 자기가 한 일이 완벽하게 정당한 것이라고 여기는 듯했다. 모든 것이 부주의했고 뒤죽박죽 엉망이었다. 톰과 데이지, 그들은 조심성이 없고 가볍기 짝이 없는 인간이었다. 그들은 물건이든 사람이든 실컷 망가뜨리고 나서 돈이나 거대한 무관심 또는 자신들을 한데 묶어주는 것이 있다면 그 뒤로 냉큼 숨어버렸다. 그리고는 자기들이 쏟아놓은 쓰레기를 다른 사람들이 치우도록 했다.

　나는 톰과 악수를 나누었다. 악수를 거부하는 것이 오히려 어리석게 생각됐다. 그를 마주하고 있자니, 문득 어린아이와 이야기를 하는 것처럼 느껴졌기 때문이다. 그는 진주목걸이가 필요했는지, 아니면 커프스버튼을 사야 했는지 보석가게 안으로 들어갔다. 그와 동시에 그는 나의 촌스러운 고지식함에서 영영 벗어나버렸다.

　내가 떠날 때 개츠비의 저택은 여전히 텅 비어 있었다. 어느새 그곳의 잔디도 우리 집의 무성한 잔디밭만큼이나 어지럽게 자라 있었다. 마을의 한 택시 기사는 저택 앞을 지나가는 손님을 태우기만 하면 늘 그곳에 차를 잠깐 세우고 손가락으로 집 안을 가리키는 습관이 생겼다고 한다. 그는 어쩌면 사건이 일어나던 날 밤 데이지와 개츠비를 태우고 이스트에

그에 갔던 운전기사였는지 모를 일이다. 그렇다면 그는 그 인연을 근거로 사건을 제멋대로 꾸며내고 있는 것은 아닐까. 나는 그 운전기사의 이야기를 듣고 싶지 않아 기차에서 내릴 때면 일부러 그를 피했다.

나는 토요일 밤이 되면 뉴욕에서 시간을 보내고는 했다. 개츠비가 열었던 눈부시도록 화려한 파티가 너무나 생생했기 때문이다. 여전히 음악 소리와 웃음소리가 내 귓가를 울리는 듯했고, 그의 저택 진입로를 분주히 오르내리던 자동차 소리가 쉴 새 없이 들려오는 것 같았다. 그러던 어느 날 밤, 나는 실제로 자동차 소리를 들었다. 분명 헤드라이트 불빛이 저택 앞 계단을 비추고 있었다. 하지만 나는 밖으로 나가 그 사람이 누구인지 살펴보지 않았다. 아마도 그는 지구 반대편에 가 있다가 파티가 영원히 끝나버린 줄도 모르고 찾아온 최후의 손님이었을 것이다.

마지막 날 밤, 나는 트렁크에 짐을 꾸리고 나서 식료품상에 자동차를 팔았다. 그리고는 저택으로 건너가 모순적이기까지 한 그 집의 엄청난 몰락을 다시 한 번 바라보았다. 달빛이 비치자 하얀 돌계단에 어떤 아이가 장난스럽게 휘갈겨 써놓은 음탕한 욕설이 선명하게 드러나 보였다. 나는 계단을 따라가며 그 낙서를 구둣발로 문질러 지워버렸다. 그리고 해변으로 느릿느릿 걸어 내려가 모래밭에 벌렁 드러누웠다.

해변에 늘어선 별장 같은 집들은 대부분 문이 닫혀 있었다. 롱아일랜드 해협을 건너가는 작은 배들에서 희미하게 움직이는 불빛이 아니라면 어디에서도 밝은 빛을 찾아보기 어려웠다. 달이 점점 하늘 높이 떠오르면서 이렇다 할 것 없는 집들이 녹아 없어지자, 나는 그 옛날 네덜란드 선원들(뉴욕에 정착한 최초의 백인들 – 편집자 주)의 눈에 꽃처럼 찬란히 빛나던 이 오래된 섬이 어떤 의미를 가졌을지 깨닫게 되었다. 이 섬은 신세계의 싱그러운 초록빛 젖가슴이었던 것이다. 이 섬에서 자취를 감춘 나무들, 개츠비의 저택을 세우느라 자리를 내주고 사라진 나무들은 한때 인간의 마지막이자 무엇보다 원대했던 꿈을 속삭이며 북돋워주었다. 그들은 한순간 마법에 걸린 듯 이 대륙을 바라보며 숨죽였을 것이다. 인류 역사상 마지막으로 경이로움을 느낄 수 있는 재능과 비례하는 그 무엇과 마주하고 서서, 이해할 수 없고 바랄 수도 없는 심미적 명상에 어쩔 수 없이 빠져들었을 것이 틀림없다.

나는 몸을 일으켜 세우고 앉아 오랜 미지의 세계를 곰곰이 생각해보았다. 개츠비가 부두 끝에서 데이지의 초록색 불빛을 처음 찾아냈을 때 느꼈을 경이로움을 상상해보기도 했다. 그는 이 푸른 잔디밭을 향해 주저 없이 머나먼 길을 달려왔다. 그리고 자신의 꿈이 손이 닿을 듯 아주 가까운 곳에 있어 곧 붙잡을 수 있을 것이라고 확신했다. 하지만 그는 그 꿈이 이미 자신의 뒤쪽으로 사라져버린 것을 알지 못했다. 공화국의 어두운 들판이 밤하늘 아래 펼쳐져 있는 도시 너머 드넓고 아득한 어느 곳에 가 있다는 사실을 미처 깨닫지 못했던 것이다.

개츠비는 그 초록색 불빛에서, 해마다 우리 앞에서 뒤로 물러가고 있는 찬란하고 화려한 미래를 믿었다. 그 때는 그것이 우리를 피해 갔어도 별로 문제될 것이 없었다. 내일이면 우리는 더 빨리 달릴 것이고, 좀 더 멀리 팔을 뻗을 것이다. 그리고 언젠가 맑게 갠 날 아침에…….

그렇게 우리는 물결을 거스르는 배처럼 끊임없이 과거 속으로 떠밀려가면서도 쉼 없이 앞으로 나아가는 것이다.

〈위대한 개츠비〉 end.